DANY

Si près du bonheur

JANICE KAY JOHNSON

Si près du bonheur

éditions Harlequin

Titre original : FIRST COMES BABY

Traduction française de CATHERINE BERTHET

Photos de couverture

Chaussons bébé : © ROYALTY FREE / MATTON IMAGES
Fenêtre : © PETE LEORNARD / ZEFA / CORBIS
Femme : © SACHA AJBESZYC / GETTY IMAGES

Conception graphique : VIVIANE ROCH

83/85 boulevard Vincent-Auriol 75646 PARIS CEDEX 13.
Service Lectrices — Tél. : 01 45 82 47 47

ISBN 978-2-2808-4523-6 — ISSN 1950-277X

Chapitre 1

— Je suppose que Matt t'a parlé de ce que je voulais vous demander…

Laurel croisa les mains sur ses genoux et attendit, retenant sa respiration.

Sheila hocha la tête, gravement.

— En effet…

Elle croyait avoir accompli la démarche la plus difficile au monde, en demandant à un homme d'être le père de son bébé sans que cela implique entre eux une relation sexuelle.

Mais il y avait pire. Bien pire.

Demander à l'épouse de cet homme si elle ne voyait pas d'inconvénient à ce qu'il lui rende ce service.

Le couple était assis à la table de la salle à manger, face à elle. Ils étaient si proches que leurs épaules se touchaient. Après le dîner, ils avaient envoyé les enfants faire leurs devoirs, prendre leur douche et se préparer pour la nuit. Sheila et elle avaient débarrassé la table et rempli le lave-vaisselle tout en bavardant, comme si elles étaient parfaitement à l'aise ensemble. Ce qui n'était pas du tout le cas. Puis, une fois le café prêt, elles étaient retournées à table.

Matt semblait en transe. Il savait probablement ce que pensait sa femme, mais il ignorait encore ce qu'elle allait dire.

— J'ai bien sûr quelques questions à te poser à ce sujet, avant de prendre ma décision, continua Sheila.

— Bien sûr.

« Ce sujet. » Un vocable anodin, qui pouvait se rapporter à n'importe quoi. Du cadeau le plus banal, jusqu'au don de sperme.

Elle lui sourit, comme si elles allaient parler de leurs projets de vacances et non d'une chose qui était devenue absolument vitale pour elle.

— Ton enfant saura-t-il que Matt est son père ?

— Ça dépendra entièrement de vous. J'aimerais qu'il ou elle le sache…

Elle employait le féminin, car elle pensait en secret qu'elle aurait une fille.

— Nous pourrions dire les choses d'une manière très simple, reprit-elle. Par exemple : « Je n'étais pas mariée, mais je voulais à tout prix un enfant. Aussi, j'ai demandé à un de mes meilleurs amis s'il acceptait d'être ton papa. »

— Ce qui veut dire que nos enfants le sauraient aussi ?

— Oui. Je suppose. Mais vous pourriez leur donner la même explication.

— Est-ce que tu souhaites que Matt joue un rôle, en tant que père ?

— Encore une fois, ça dépend entièrement de ce que vous, vous souhaitez. Si Matt était proche de nous, comme un oncle en quelque sorte, ce serait merveilleux. Mais si tu fais allusion à une garde partagée ou à un droit de visite le week-end, non.

Sheila regarda le fond de sa tasse, comme si elle s'attendait à y trouver des conseils.

Mais le marc de café ne lui proposa rien.

Laurel se pencha vers elle.

— Imagine que ce soir, je sois venue t'annoncer que je suis enceinte. Que se passerait-il ? Est-ce que tu n'accueillerais pas mon bébé parmi vous, comme vous l'avez toujours fait avec moi ? Si je vous demandais d'être ses parrain et marraine…

— Je n'hésiterais pas une seconde, admit Sheila. Mais là, c'est différent.

— J'ai demandé ce service à Matt parce que je le connais. Je suis à l'aise avec lui. Et pour être honnête, parce que je trouve que vous avez des enfants magnifiques.

Elle sut qu'elle avait dit ce qu'il fallait, en voyant l'expression de Sheila s'adoucir.

Matt et Sheila se sourirent, probablement aussi amoureux l'un de l'autre qu'au premier jour de leur mariage. C'était une des raisons pour lesquelles elle s'était adressée à eux. Leur mariage était solide, basé sur une relation de confiance. Sheila ne se demanderait jamais une seule seconde s'il y avait quelque chose entre Laurel et son mari.

— Je suis sûre que mon hésitation est due à un sentiment plutôt primaire, reprit Sheila. Tu sais… C'est mon mari et je n'ai pas envie de le partager, même de cette façon. Mais dans le fond, je sais que ma réaction est idiote. Matt veut faire ça pour toi et ce n'est pas comme si je ne te connaissais pas ou comme si nous n'étions pas des amies… Alors… Eh bien, oui… C'est d'accord.

Laurel se redressa, le cœur battant.

— Tu en es sûre ?

Sheila sourit.

— Oui !

— Oh, je t'adore !

Elle se leva si brusquement que sa chaise se renversa. Elle les serra tour à tour dans ses bras.

— C'est merveilleux ! Je suis aux anges !

— Mais tu pleures ! s'exclama Matt, alarmé.

— Quoi ? Oh…

Elle s'essuya prestement les yeux du revers de la main. Ses larmes n'avaient pas d'importance. Rien n'avait d'importance, maintenant. Car elle savait que bientôt, elle aurait un enfant.

Elle finit par se ressaisir et par sécher complètement ses yeux, avant d'exposer à ses amis la procédure à suivre.

— Tu pourras accompagner Matt, dit-elle à Sheila.

— Ah oui, pour l'aider à…

Sheila ne termina pas sa phrase. Sans doute la jugea-t-elle trop sarcastique.

— Oui, pour l'aider, comme tu dis, répondit Laurel en feignant la désinvolture.

Elle n'avait pas envie de penser à cette étape de la « procédure ». C'était une étape trop proche de la sexualité, à laquelle elle évitait, autant que possible, de penser.

— Si tu étais là, ce serait comme si vous étiez deux à contribuer, tu vois ?

— Je ne sais pas. Toute cette démarche est curieuse, en fait. Mais j'y réfléchirai.

Laurel fit un signe de tête.

Le plus dur était fait.

S'ils avaient refusé, elle avait des solutions de repli, bien entendu. Mais Matt était le premier sur sa liste de pères potentiels. Elle l'avait connu après le viol dont elle avait été victime, étudiante. Il travaillait dans le même cabinet d'assistance juridique qu'elle. Il avait tout pour lui. Intelligent, beau, doux, gentil et en parfaite santé. Ses parents étaient des septuagénaires dynamiques et sa grand-mère avait vécu jusqu'à quatre-vingt-dix ans. Mais surtout, elle le connaissait bien. Elle savait quel genre d'homme il était.

Naturellement, elle avait aussi envisagé de s'adresser

à une banque de sperme. Elle avait passé quelques coups de téléphone pour se renseigner. Mais comment être sûre que les renseignements sur les donneurs étaient fiables ? Diplômé d'astrophysique… Oui. Mais peut-être travaillait-il à la station-service du coin ? Quotient d'intelligence de 154… Comment en était-il arrivé à cette conclusion ? En faisant un quiz sur Internet ?

Mais il n'y avait pas que ça. Certains de ces donneurs étaient très probablement les étudiants diplômés qu'ils disaient être. Des jeunes gens qui avaient besoin d'argent pour poursuivre leurs études et avaient opté pour cette solution. Le problème, c'était qu'elle ne les connaissait pas.

Ils étaient des étrangers pour elle…

Or, la procédure avait beau être clinique, elle allait tout de même recevoir en elle un peu de l'un de ces hommes. Et cette seule idée suffisait à lui donner la chair de poule.

Ce serait différent avec un ami… Un ami pour qui elle n'éprouvait aucune attirance sexuelle. Matt était un homme qu'elle pouvait serrer amicalement dans ses bras. Elle pouvait donc accepter sans répugnance de recevoir son sperme.

Et il avait dit oui. Ils avaient dit oui, Sheila et lui. Ses yeux étaient encore embués de larmes lorsqu'elle retrouva, plus tard dans la soirée, sa petite maison de Lake City.

Elle n'avait mis personne au courant de son projet. Pas même son père et sa jeune sœur. Quand elle serait enceinte, ils le verraient bien. En tout cas, il serait trop tard pour tenter de la dissuader d'aller plus loin.

Ce qu'ils n'auraient certainement pas manqué de faire. Matt lui-même, avec sa douceur coutumière, avait essayé.

Il avait commencé par s'éclaircir la gorge, comme pour s'excuser à l'avance, et lui avait dit :

— Je sais que tu n'envisages pas d'avoir de nouveau des relations sexuelles dans l'immédiat. Mais tu es encore jeune, Laurel. Cet aspect des choses peut évoluer. Tu as des années devant toi pour concevoir un enfant. Devenir parent avec quelqu'un qu'on aime, c'est…

Mais elle avait secoué la tête, catégorique.

— Non. Ça n'arrivera jamais, Matt. Et j'ai besoin de quelqu'un à aimer. Quelqu'un que je peux aimer.

Elle ne voulait pas discuter avec une autre personne que lui. Elle ne voulait pas avoir à s'expliquer ni à se justifier.

Elle se contenterait d'annoncer : « Je suis enceinte. » En espérant qu'ils seraient tous contents pour elle.

Pour Caleb, c'était autre chose. Elle ne lui dirait rien au téléphone, ni par e-mail. Mais quand elle le verrait, à son retour de voyage, elle lui parlerait de son projet.

Elle ignorait totalement quelle serait sa réaction.

Comprendrait-il ? Essayerait-il au contraire de la faire revenir sur sa décision ?

Elle se rappelait encore leur toute première rencontre, à l'université. La résidence d'étudiants de Pacific Lutheran University avait une salle de loisirs équipée d'une table de ping-pong et de quelques fauteuils défoncés. Dominant sa timidité, elle s'était aventurée au rez-de-chaussée le soir de son arrivée. Un groupe de jeunes gens se trouvait dans la salle. Certains lisaient, affalés dans les sièges, d'autres écoutaient leur baladeur en secouant la tête au rythme de la musique. Deux garçons discutaient à voix basse et deux autres jouaient au ping-pong.

L'un des deux joueurs suivait le même cours de psychologie qu'elle. Ils s'étaient assis à côté en classe et avaient échangé quelques mots. Aussi trouva-t-elle naturel de s'arrêter pour les regarder jouer. Son partenaire, qu'elle ne connaissait pas, renvoya une balle qu'il ne put rattraper. Tout en se moquant de sa maladresse, il se tourna vers elle et lui sourit. Leurs regards se croisèrent et…

Ce ne fut pas le coup de foudre au sens strict du terme. Même si par la suite et au cours de ses quatre années d'études, les amies de Laurel restèrent persuadées qu'elle avait le béguin pour Caleb Manes. En fait, ce n'était pas de l'amour, mais une solide amitié qui s'était nouée. Un lien indéfectible, entre ce grand garçon dégingandé, aux boucles noires et aux yeux bleus, et elle, Laurel Woodall, étudiante réservée qui se trouvait au moins douze kilos de trop…

Caleb était le genre de personne avec qui elle pouvait parler. Il l'écoutait vraiment. Lui aussi se confiait, lui racontant des choses qu'aucun garçon ne lui avait dites auparavant. Ils se conseillèrent et se soutinrent mutuellement pour leurs flirts respectifs, leurs ruptures.

Le soir de la remise des diplômes, il lui avait glissé un papier dans la main. Elle avait fait un petit signe à son père et pris quelques photos, avant de lire son message.

« Amis pour toujours. »

Elle avait éprouvé un sentiment de chaleur et de soulagement à l'idée qu'ils resteraient toujours en relation, même quand leurs vies prendraient des directions différentes. Caleb s'était engagé dans l'Organisation de coopération américaine et il partait faire le tour de l'Equateur. Elle avait trouvé un job d'été avant de faire sa rentrée à l'école de droit de Washington à l'automne suivant.

Quand elle avait cherché à rompre, peu à peu, avec tous ses amis de l'époque, seul Caleb ne l'avait pas laissée faire. Un fait qui, aujourd'hui encore, l'emplissait d'émotions contradictoires.

Ils n'avaient plus jamais été aussi proches qu'à l'université, où ils pouvaient passer l'un chez l'autre, à tout moment, quand ils avaient envie de parler. Quand Caleb revint d'Equateur, ils ne s'étaient pas vus depuis deux ans. Ils étaient alors devenus deux adultes, engagés dans une carrière professionnelle.

Caleb s'était fiancé, mais la date du mariage avait été repoussée plusieurs fois et en fin de compte, la cérémonie n'avait jamais eu lieu. Quand son affaire d'importation avait démarré, il s'était acheté une maison à Vashon Island, à une demi-heure de route et vingt minutes de ferry de la banlieue de Seattle où elle vivait. Elle le voyait généralement une fois par mois. Ils étaient toujours amis, mais la vie les avait un peu éloignés.

Depuis que Matt et Sheila avaient accepté, pour le bébé, Laurel oscillait entre des moments d'euphorie et de profondes crises d'angoisse. Tout à coup, un tsunami de doutes et de peurs la submergeait et elle restait comme paralysée sur place, écrasée par le choc, emportée par le courant, incapable de refaire surface.

Elle connaissait bien ces attaques de panique soudaines. Mais elle avait réussi peu à peu à les maîtriser. C'était pourquoi elle ne comprenait plus.

Elle était pourtant certaine de vouloir un bébé. Avoir un enfant toute seule ne lui faisait pas peur. Elle savait qu'elle s'en sortirait.

Si Matt et Sheila revenaient sur leur décision, elle disposait encore d'une liste de donneurs possibles. Elle pourrait aussi s'adresser à une banque de sperme. Il existait toutes sortes de possibilités. Alors pourquoi cette inquiétude ?

Etait-ce la crainte d'avoir fait un mauvais choix avec Matt ? Non, c'était stupide ! Elle le connaissait bien et il avait toutes les qualités requises pour un futur père.

Redoutait-elle les problèmes que cela entraînerait ? Craignait-elle que son enfant souffre plus tard de la situation ? Matt pourrait-il, tout à coup, lui intenter un procès pour obtenir la garde de l'enfant ?

Quand elle était calme, elle savait pertinemment que Matt n'agirait jamais ainsi. C'était un ami. Et c'était pour cette raison qu'elle s'adressait à lui. Et puis Sheila ne souhaitait pas élever l'enfant d'une autre femme. Elle craignait déjà que Laurel n'implique trop Matt dans la vie du bébé.

Etait-ce la procédure clinique qui l'inquiétait ? Elle détestait les examens médicaux, mais elle aimait bien la femme médecin qu'elle consultait au centre de gynécologie. C'était une femme douce et discrète. Rassurante. Quand on pratiquerait sur elle l'insémination artificielle, elle n'aurait qu'à fermer les yeux et à penser au bébé qu'elle aurait bientôt. A la vie qu'elle sentirait grandir dans son ventre.

Pourtant, elle avait peur de quelque chose. Indéniablement. Mais elle ne savait pas dire de quoi. Or, elle détestait avoir peur et se sentir vulnérable.

Grâce au Ciel, ces crises n'arrivaient jamais quand elle était seule chez elle. Elle n'aimait pas entendre les branches de l'érable fouetter les carreaux de sa fenêtre quand il y avait du vent, la nuit. Ni les craquements de la maison. Les bruits de l'extérieur. Une toux d'homme dans la rue ou le fracas d'une poubelle qui se renverse sur le trottoir. Mais l'important, c'était qu'elle n'était plus dominée par la peur.

Peut-être son anxiété était-elle due au choix qu'elle avait fait, qui était loin d'être conventionnel. Ce n'était pas ainsi que les autres jeunes femmes rêvaient de concevoir leur premier enfant.

Mais elle était convaincue que lorsque ce serait fait, tout irait bien.

Dans la journée, elle avait reparlé à Matt, au bureau. Ils ne s'étaient pas revus depuis le dîner chez lui. Alors elle était passée le voir, juste pour lui dire bonjour.

Il semblait surmené.

— Salut, Laurel. J'ai eu un problème, aujourd'hui. Une horreur ! Un plafond rongé de moisissure qui s'est effondré en blessant gravement un petit garçon. Des rats sont tombés avec le plafond. Un vrai scénario catastrophe.

— En effet. Et l'enfant, comment va-t-il ?

— Les médecins disent qu'il ne gardera aucune séquelle de l'accident. Mais je vais assigner le propriétaire et lui faire payer cher sa négligence.

— Je l'espère bien.

Elle eut un pincement au cœur en songeant à l'époque lointaine où elle espérait elle aussi devenir juriste et défendre les plus démunis.

— Ça tient toujours ?

Elle décela une nuance spéciale dans la voix de Matt. Un manque d'enthousiasme ? L'espoir que « ça ne tenait plus » ?

— Oui. Ce sera dans deux semaines, environ.

— Ecoute, il faut que j'y aille... On en reparle ?

Elle le trouva distant, presque froid. Avait-elle gâché une amitié précieuse, en lui demandant ce service ? Tout rentrerait-il dans l'ordre, lorsque ce serait fait ?

Elle retourna à son bureau et reprit le testament qu'elle rédigeait pour un client. Elle travaillait la plupart du temps avec Malcolm Hern, dont elle transcrivait les dossiers sur ordinateur.

Elle fut soulagée, à 5 heures, lorsqu'elle put enfin enfiler son imperméable pour rejoindre le flot des employés qui se déversait dans la rue. C'était le seul moment de la journée où elle ne regrettait pas de ne pas avoir pu passer son diplôme d'avocat. Elle n'aurait jamais pu quitter le bureau aussi tôt. Les avocats travaillaient soixante ou soixante-dix heures par semaine. Ce qui n'était pas envisageable quand on était parent unique.

Lorsqu'elle sortit de l'ascenseur et se dirigea vers les portes pivotantes du hall, elle se rendit compte qu'un homme lui avait emboîté le pas.

— Puis-je vous raccompagner chez vous, mademoiselle ?

— Caleb ! s'exclama-t-elle, ravie. Tu es revenu ?

Il lui passa un bras autour des épaules et la serra contre lui, comme ils sortaient dans la rue.

— Oui. Super voyage. Et toi, comment vas-tu ?

« J'ai prévu de faire une insémination artificielle dans deux semaines et j'ai des crises de panique quotidiennes », lui répondit-elle mentalement.

Au lieu de quoi, elle dit :

— Très bien. Je t'invite à dîner ?

— Je voulais t'emmener au restaurant.

— J'ai du bœuf Stroganov tout prêt dans une marmite, il n'y a plus qu'à le faire réchauffer et à faire cuire des pâtes…

— Dans ce cas… Marché conclu.

Son sourire était toujours aussi éblouissant. Ses voyages le conduisaient la plupart du temps en Amérique du Sud, si bien qu'il était bronzé toute l'année. De fines rides d'expression soulignaient ses yeux d'un bleu très pâle. Et une fossette se creusait toujours dans une de ses joues, quand il distribuait ses sourires enjôleurs.

Ses cheveux étaient plus longs que ceux de la plupart des avocats et des hommes d'affaires qui travaillaient avec Laurel et lui donnaient un air de héros romantique. Il s'était un peu étoffé depuis l'université, mais restait mince. Il la dominait de toute une tête. Lorsqu'elle était avec lui, elle était consciente des regards que les femmes posaient sur lui. Non seulement parce qu'il était beau, mais aussi parce qu'il avait cette qualité indéfinissable, que l'on aurait peut-être appelée « charisme », chez un personnage connu. Une impression de force vitale, de confiance en soi, émanait de toute sa personne.

Ils parlaient de tout. Sauf du viol brutal qu'elle avait subi. Ce sujet était tabou. Le seul endroit où elle pouvait en parler, c'était dans son groupe de soutien psychologique. Car là, toutes les femmes qui étaient avec elle la comprenaient. Les hommes en étaient incapables.

Toutefois, elle n'avait pas envie de lui cacher son projet. Elle n'aimait pas l'idée de devoir s'expliquer et elle devrait sans doute entendre ses réserves. Mais le secret n'était pas envisageable avec lui. Elle savait qu'il en serait, a posteriori, profondément blessé.

Il avait trouvé à se garer à une centaine de mètres de la tour Drohman, où elle travaillait, alors que personne ne trouvait de place dans les rues du centre-ville, à cette heure de la journée.

Personne sauf Caleb, qui bénéficiait sans doute de la protection des fées !

— Tu as fait un bon voyage ? lui demanda-t-elle, lorsqu'il s'engagea dans la circulation.

— Très bon. Mais Haïti est un endroit déprimant. Trop de pauvreté. Je suis content de la coopérative que nous avons mise en place là-bas. Les artisans du groupe font des sculptures murales très intéressantes.

Et nous avons trouvé un gars qui sculpte la pierre de façon extraordinaire. Tu verras.

Dès l'université, Caleb savait qu'il travaillerait dans l'humanitaire. Mais pendant son séjour en Equateur avec l'Organisation de coopération, il avait eu une révélation. L'aide extérieure n'était pas une solution à long terme. C'était au sein des peuples eux-mêmes qu'il fallait trouver les moyens de leur survie. Chaque pays d'Amérique latine produisait des objets d'art qui pouvaient être revendus à des prix élevés aux Etats-Unis. A condition que les Américains aient accès à ces objets. Caleb aidait donc les villages à se regrouper pour former des coopératives, dont les bénéfices étaient ensuite partagés. Quelques-unes de ces coopératives ne comprenaient que des femmes veuves.

Caleb avait démarré avec un minuscule magasin à Seattle, dans University Avenue. Dès l'année suivante, il avait pu l'agrandir. Deux ans plus tard, il en avait ouvert un deuxième à Portland. A présent, il en existait également un dans le quartier chic de Bellevue et un quatrième à Tacoma. L'ouverture du cinquième était prévue à San Francisco. Il avait aussi établi un catalogue et un site sur le Web. Il gagnait bien sa vie. Mais les profits qu'il reversait aux artisans des coopératives étaient si élevés, que les Haïtiens et les Guatémaltèques, habitués à toucher des sommes dérisoires pour leurs travaux, en étaient stupéfaits.

Caleb aimait ce qu'il faisait, il était fier de ce qu'il avait accompli. Si elle était sincèrement heureuse pour lui de sa réussite, chaque fois qu'elle le voyait, Laurel éprouvait un sentiment ambigu, fait d'envie et de regrets. Ses rêves avaient été aussi ambitieux que ceux de Caleb. Et maintenant, où en était-elle ? Elle avait un emploi bien en dessous de ses capacités, qui l'occupait de 9 heures du matin à 17 heures le soir, et les jours passaient, monotones.

Pour la première fois depuis longtemps, elle venait de prendre une décision qui la tournait vers l'avenir, qui signifiait qu'elle avait encore de l'espoir. Peut-être Caleb en serait-il heureux pour elle ?

Le trafic était ralenti sur la I-5. Laurel serait allée aussi vite en prenant le bus qui longeait tranquillement East Lake. Mais elle se moquait des embouteillages. Elle était heureuse d'être simplement assise à côté de Caleb, de l'écouter parler de ce qu'il avait vu, des gens qu'il avait rencontrés. Il lui parlait aussi des splendides plages des Caraïbes, jonchées de morceaux de polystyrène et de seringues. Il parlait des enfants, de la maladie, de politique. Il était tout à la fois passionné, furieux, terrifié... Mais il croyait encore pouvoir faire avancer les choses et s'y employait.

Elle avait été tentée quelquefois de voyager avec lui, de voir de ses propres yeux tout ce qu'il lui racontait. Il lui avait suggéré une fois de l'accompagner dans un voyage au Honduras et au Guatemala. Il lui avait décrit les singes qui se balançaient de branche en branche, au-dessus des ruines des temples mayas, des femmes qui passaient des journées entières à filer pour nourrir leur famille, du soleil, des poissons colorés dans les récifs de corail.

Mais la seule chose qui permettait à Laurel de survivre, c'était sa routine. Le fait de manger les mêmes céréales chaque matin, de s'asseoir sur la même chaise, de prendre le bus à la même heure, de rencontrer les mêmes personnes à l'arrêt. Elle ne pouvait s'imaginer prenant l'avion pour se rendre dans un pays dont elle ignorait la langue, monter dans un bateau, remonter une rivière, pour arriver dans un village où il n'y avait ni voitures ni téléphone, et où sa propre vie n'aurait pas eu de sens.

Elle vivait dans un quartier tranquille de Lake City, au nord de Seattle, qui avait été construit dans les années trente et quarante. Les maisons étaient modestes mais jolies, occupées principalement par des familles jeunes. La sienne faisait figure d'intruse. C'était une maison cossue, construite plus tardivement, avec un garage en parpaings et une clôture en fer. Elle avait eu la chance de pouvoir l'acquérir grâce à l'aide financière de son père. Jusqu'ici, son budget ne lui avait pas permis d'entreprendre une restauration. Mais la clôture disparaissait sous le chèvrefeuille, les roses et les clématites qu'elle avait plantés. Elle avait repeint le garage, dont les murs étaient à présent masqués par des plantes grimpantes.

A l'intérieur, elle avait enlevé la moquette pour mettre en valeur les parquets de chêne.

Caleb se gara dans la rue et jeta un coup d'œil aux plantes qui commençaient à sortir dans le jardin.

— J'ai planté des bulbes à l'automne dernier. Des jacinthes et des jonquilles.

— Je t'ai dit que tu m'avais influencé ? lui demanda-t-il. J'ai planté une centaine de tulipes en octobre. Avec la chance que j'ai, les parasites ont dû les dévorer. Mais au moins, j'aurai essayé.

Elle rit, en essayant de dissimuler son étonnement. Elle l'avait influencé, lui ?

Parfaitement à l'aise chez elle, il trouva le tire-bouchon dans un tiroir et ouvrit une bouteille de vin, tandis qu'elle se changeait dans sa chambre. Elle redescendit pour mettre une casserole d'eau à bouillir.

— Eh bien ? Assez parlé de moi. Raconte-moi ta vie.

— J'ai décidé d'avoir un enfant…

Il poussa un juron et renversa du vin sur le comptoir en les servant. Il prit l'éponge pour nettoyer, puis lui passa un verre.

— Tu ne m'avais pas dit que tu étais enceinte.

— Je ne suis pas enceinte, mais je vais bientôt l'être.

Il l'observa, sans comprendre.

— Tu as décidé ça comme ça ?

— Ces choses-là arrivent très vite.

— Oui, mais en général, il faut une femme et un homme.

— Tu sais bien que je ne peux pas… que je ne veux pas…

Elle aurait juré voir passer de la colère dans ses yeux.

— Je sais. Et donc, tu envisages quoi ? De trouver un donneur ?

— J'en ai déjà un, bredouilla-t-elle en versant des pâtes dans l'eau bouillante. Tu connais Matt Baker ?

— Il n'est pas marié ? demanda Caleb, d'un ton prudemment maîtrisé.

— Oui, c'est justement ça qui est bien. J'ai passé beaucoup de temps chez eux, ils ont des enfants merveilleux. Je suis la marraine de Madison. Ce sera comme une deuxième famille pour mon enfant.

Elle poursuivit, tout en coupant des bouquets de brocolis :

— J'ai bien pensé à m'adresser à un donneur anonyme, mais ça m'angoissait. On a l'impression que tous les gars qui donnent leur sperme sont de futurs Prix Nobel. Ils sont tous brillants, beaux, athlétiques et titulaires d'un doctorat dans un domaine ou un autre. Ça paraît trop beau pour être vrai. Certains d'entre eux sont forcément des hommes ordinaires. Ou pire encore. Je voulais que le père de mon enfant soit quelqu'un…

« Quelqu'un que j'aurais pu aimer, dans une autre vie. »

Elle se figea, le couteau à la main, frappée par une révélation soudaine. Matt n'était pas un homme dont elle aurait pu tomber amoureuse.

Elle l'aimait beaucoup, naturellement. Mais pas de cette manière. Ce n'était pas le genre d'homme susceptible de l'attirer, même avant ce qui lui était arrivé. Est-ce que dans le fond ce n'était pas ça, le problème ?

— J'étais loin d'imaginer que tu envisageais quelque chose comme ça.

— Il y a seulement quelques mois que j'y pense.

— Et pourquoi Matt ?

C'était bien la dernière question qu'elle s'attendait à l'entendre poser. Elle hésita un peu.

— Eh bien… c'est un ami. Il est super. Très gentil. En bonne santé. Sa grand-mère a vécu jusqu'à quatre-vingt-dix ans !

— Et que pense sa femme de ce projet ?

— Elle a accepté…

— Ce n'est pas ce que je te demande.

Laurel sentit sa gorge se nouer. Caleb ne la lâchait pas des yeux. Une ride s'était creusée entre ses sourcils.

— Je ne sais pas, avoua-t-elle.

Sheila avait accepté, oui, mais l'idée ne semblait pas lui plaire. Elle avait dit oui à contrecœur, sans doute poussée par un sentiment de pitié.

Laurel avait beaucoup de mal à admettre cela.

Ses joues s'enflammèrent et elle se détourna, de peur de déceler de la pitié dans les yeux de Caleb aussi.

Il y eut un long silence.

— Tu as envisagé de demander à d'autres amis ? s'enquit Caleb d'une voix calme.

— J'avais fait une liste…

— J'en faisais partie ?

Elle eut la sensation de manquer d'air. Il lui fut impossible d'articuler un mot.

— As-tu pensé à moi, Laurel ?

Elle n'aurait su dire comment elle trouva le courage de chuchoter :

— Que m'aurais-tu répondu, si je t'avais demandé ce service ?

— J'aurais dit oui.

Il marqua une pause et ajouta :

— J'aimerais bien avoir un enfant avec toi…

Chapitre 2

— Tu es sérieux ?

Sa voix n'était qu'un filet à peine intelligible.

— Très sérieux, Laurel…

Elle but machinalement une longue gorgée de vin et le liquide, fort et âpre, la réconforta. Elle était si troublée, qu'elle ne savait pas ce qu'elle ressentait.

En vérité, Caleb ne faisait pas partie de sa liste. Le seul célibataire qu'elle y avait inscrit, c'était George, un ami gay, qui ne représentait à ses yeux aucun danger.

A l'inverse de Caleb. Elle en eut la certitude, quand elle sentit la panique et l'excitation s'emparer d'elle.

— Allons, dit-il doucement, il faut finir de préparer le dîner.

— Le dîner ?

Elle se retourna et posa un regard vide sur la casserole de pâtes, dont l'eau de cuisson s'était presque complètement évaporée.

— Ah, oui, murmura-t-elle, sans pourtant esquisser un mouvement.

Il se glissa derrière elle et éteignit le gaz.

— La passoire ?

— Euh... dans le tiroir du bas.

Il égoutta les pâtes, tandis qu'elle mettait rapidement les brocolis à cuire, puis sortit les assiettes du placard.

— Nous n'avons qu'à manger dans la cuisine, suggéra-t-il.

Elle acquiesça et ils s'installèrent à table.

Alors, elle observa Caleb comme si elle le voyait pour la première fois. Il était devenu l'homme qu'il avait toujours souhaité être. Peu de gens pouvaient en dire autant. Son expression était plus grave qu'autrefois. Ses sourires, bien que toujours aussi éblouissants, étaient devenus plus rares. Il semblait parfois sur ses gardes. Ce qui, autrefois, avait été chez lui idéalisme était devenu sens aigu des responsabilités. Il y avait eu une époque où elle pouvait lire sur son visage ce qu'il ressentait. Mais au cours des dix dernières années, il avait appris à dissimuler ses émotions. Elle ne s'en était jamais rendu compte avant ce soir.

Il la dévisagea d'un air un peu triste.

— Je ne figurais pas sur ta liste, hein ? Tu n'aurais pas cet air abasourdi, si tu avais pensé à moi.

Elle fit un effort pour se ressaisir. Elle lui devait une réponse sincère.

— J'avais exclu d'emblée les célibataires. Je pensais…

Elle parvint à esquisser un petit rire et reprit :

— Je pensais qu'ils prendraient tous leurs jambes à leur cou.

— Tu vois, ce n'est pas le cas. Je ne m'enfuis pas.

— Je vois…

— Tu ne me dis pas ce que tu en penses ?

Elle poussa un petit soupir et fut secouée d'un léger tremblement.

— Mais je n'en sais rien ! Je pensais que tu allais essayer de me faire changer d'avis. Je n'en ai même pas parlé à mon père, ni à Megan. Je suis sûre qu'ils me diraient : « Tu n'as que vingt-huit ans. Tu as le temps. Il te faut une vraie famille, ne prends pas la responsabilité d'élever un enfant toute seule. »

Caleb fit la moue.

— Je suppose que tu as déjà passé en revue tous ces arguments…

— Oui, et j'ai bien réfléchi. Je suis vraiment décidée.

Elle leva le menton et le regarda droit dans les yeux pour bien lui montrer que rien ni personne ne la ferait revenir sur sa décision.

Il haussa les épaules.

— Tu as l'âge, Laurel. J'y ai pensé, moi aussi. Je ne sais pas ce qui me retient. J'aime les enfants et tu es ma meilleure amie. Alors pourquoi ne pas en avoir ensemble ?

« En avoir ? » Il parlait comme s'il voulait plusieurs enfants. Quel genre d'avenir imaginait-il ? Les voyait-il vivre ensemble et fonder une grande famille ?

Elle éprouva une drôle de sensation et eut soudain la certitude que c'était cela qu'il fallait faire. Un enfant avec Caleb.

Une petite fille ou un petit garçon qui aurait ses yeux bleus, ses cheveux noirs et bouclés, son allure athlétique. Et qui ne serait pas empoté comme elle. Un enfant qui rêverait, qui se passionnerait dès l'âge de quatre ou cinq ans pour les momies égyptiennes ou les dinosaures, qui exaspérerait ses professeurs par sa vivacité, tout en les séduisant, qui la ferait rire, elle.

Jusqu'à maintenant, elle avait voulu un bébé. Mais ce bébé était demeuré une idée abstraite. Soudain, elle le voyait et se projetait dans l'avenir avec lui.

— Mais… Si tu te maries un jour ?

Il balaya l'argument d'un haussement d'épaules.

— J'ai vingt-neuf ans et je n'y pense pas. Mes affaires se développent ; je passe de plus en plus de temps en avion. Qui pourrais-je épouser ? Une hôtesse de l'air ? Je suis trop souvent par monts et par vaux, pour proposer un foyer agréable à une femme. Cependant, j'aime bien l'idée d'avoir la photo d'un enfant dans mon portefeuille. Et de me dire que lorsque je reviendrai en ville, je pourrai lui consacrer du temps.

Il fronça les sourcils, traversé par une éventualité qu'il n'avait pas encore envisagée.

— Mais tu n'envisageais peut-être pas de garder le contact avec le père de l'enfant ?

— Si c'était le cas, j'aurais choisi un donneur anonyme. En fait, j'espérais que Matt… que le donneur, corrigea-t-elle, aurait sa place dans la vie de mon enfant, comme ami.

— Le dîner est en train de refroidir…

— Et j'ai oublié les brocolis ! s'écria-t-elle en se levant d'un bond.

Elle mangea sans appétit.

Caleb, en revanche, était affamé.

— Ils ne m'ont donné qu'une poignée de cacahuètes à midi ! Quant au petit déjeuner… Je ne me rappelle même plus quand j'ai pris mon petit déjeuner.

Il était parti le matin de Santo Domingo et avait fait escale à Miami. La journée avait été longue, il mourait de faim.

Ils ne parlèrent pas beaucoup pendant le repas, se bornant à échanger quelques nouvelles sur leurs amis communs.

— Au fait, j'ai reçu un e-mail de Nadia. Ça

faisait une éternité que je n'avais plus entendu parler d'elle.

— Pour autant que je me souvienne, c'est toi qui as décidé de ne plus la voir, fit-il remarquer.

C'était vrai. Au début, Laurel s'était tournée vers ses meilleures amies. Mais finalement, un jour, elle s'était regardée dans le miroir et avait vu ce qu'elles voyaient toutes : une femme qui n'avait plus rien de commun avec celle qu'elles avaient connue à l'université. Il y avait un Avant et un Après. Après formait un contraste douloureux avec sa vie d'autrefois. Elle avait finalement trouvé plus confortable d'être avec des gens qui ne l'avaient pas connue avant. Des gens qui ne posaient pas de questions difficiles, qui ne s'étonnaient pas de sa soudaine timidité, qui n'attendaient pas qu'elle redevienne elle-même. Ses anciens amis n'avaient pas voulu comprendre que la Laurel qu'ils connaissaient était morte, cette nuit-là, sur un parking. Aussi, s'était-elle fait de nouveaux amis, comme Matt Baker. Ils connaissaient son drame, ils savaient qu'elle avait abandonné ses études de droit, mais ils ne voyaient pas le contraste entre ce qu'elle avait été et ce qu'elle était devenue. Elle se sentait à l'aise avec eux, comme elle ne le serait plus jamais avec des gens comme Nadia, ou même Caleb.

— J'ai tout de même été contente d'avoir de ses nouvelles, dit-elle doucement.

Il la dévisagea, sans qu'elle pût deviner ce qu'il pensait.

— Que t'a-t-elle dit ?

— C'est drôle, elle vient juste de tomber enceinte. Ils n'avaient pas l'intention d'avoir un enfant tout de suite, mais maintenant que c'est arrivé, ils sont tout excités.

— Elle vit toujours à Bainbridge ?

Laurel hocha la tête.

— J'ai envie de lui rendre visite.

— Vous étiez de bonnes amies.

C'était même mieux que cela. Le hasard leur avait fait partager une chambre, lors de leur première année de faculté. A première vue, elles n'avaient aucun point commun ; cependant elles avaient continué d'habiter ensemble pendant quatre ans. Les parents de Nadia étaient des immigrés russes et la jeune fille avait été élevée dans un esprit de soumission à l'autorité masculine, ce qui mettait Laurel hors d'elle. Toutefois, elles aimaient toutes les deux dormir avec la fenêtre ouverte, elles riaient des mêmes choses et savaient se soutenir mutuellement. Au contact l'une de l'autre, Nadia avait appris à affirmer sa propre volonté et Laurel à avoir une vue plus nuancée de la vie.

Tout à coup, elle se rendit compte que Nadia lui manquait. C'était la seule personne qu'elle pouvait appeler pour lui annoncer :

— Je suis enceinte ! Devine qui est le père ?

Caleb repoussa son assiette. Laurel l'imita.

— Alors ? demanda-t-il. Qui est-ce que tu choisis ?

— Toi. A moins que tu ne préfères réfléchir encore quelques jours…

— C'est inutile, dit-il en lui tendant la main. Je suis prêt, si tu l'es aussi.

Elle sentit sa poitrine se gonfler, comme si ses poumons s'étaient subitement remplis d'hélium. Elle tendit la main à son tour et la posa sur celle de Caleb. Il referma les doigts sur les siens et le contact de sa paume rugueuse la fit frissonner.

Une lueur de surprise passa dans ses yeux bleus, mais lorsqu'il parla, ce fut d'un ton doux et apaisant.

— Nous sommes amis depuis longtemps, Laurel. Tu verras, ça va marcher…

— Je crois que oui, dit-elle avec un petit mouvement nerveux de la tête.

— Il ne nous reste plus qu'à décider quand et comment.

La procédure clinique lui parut encore plus sordide et humiliante quand elle dut l'exposer à Caleb.

— Les frais sont couverts par ton assurance médicale ?

— Il me restera un complément à payer, mais pas beaucoup, dit-elle, en espérant qu'il n'allait pas lui proposer de l'argent.

— Je vois… Dans ce cas, pourquoi ne le faisons-nous pas nous-mêmes ?

Elle eut un haut-le-corps et dégagea vivement sa

main. Son cœur se mit à battre follement et elle le dévisagea, horrifiée.

Il comprit la méprise.

— Laurel ! Qu'est-ce que tu as compris, grands dieux !

Un muscle tressauta sur sa joue et il ferma les yeux un instant.

— Je voulais suggérer que nous pourrions éviter l'étape médicale.

Il fit la moue, un peu embarrassé, et ajouta :

— Ce ne doit pas être si difficile, après tout.

Dominant son trouble, Laurel se mit à réfléchir. Caleb avait raison, ce n'était sans doute pas difficile. Et puis ce serait tellement mieux pour elle que les choses se passent à la maison, plutôt que dans le cabinet d'un médecin, sur une table d'examen.

— Excuse-moi, fit-il en secouant la tête, comme elle restait silencieuse. J'aurais mieux fait de me taire…

— Non. Non… Je… Ton idée me plaît. A condition que tu ne te sentes pas gêné par… la manipulation. Nous pouvons essayer et si ça ne marche pas, nous irons à la clinique le mois prochain.

Un large sourire s'épanouit sur le visage de Caleb.

— Tu es sûre ?

Ils échangèrent un long regard.

— C'est une sacrée aventure…

— Oui, une sacrée aventure, murmura-t-elle.

Ce soir-là, après le départ de Caleb, elle téléphona à Matt.

— Bonsoir, Matt. Ecoute, j'ai quelque chose d'un peu délicat à te dire… J'ai parlé avec Caleb et il m'a proposé d'être le père du bébé.

Il y eut un long silence. Elle attendit, pleine d'appréhension à l'idée de l'avoir blessé. Elle lui avait demandé de lui rendre ce service inestimable et une fois qu'il avait accepté, elle lui annonçait qu'en fin de compte elle n'avait plus besoin de lui.

— Je t'avoue que c'est un soulagement, dit-il enfin. Depuis que nous en avons parlé tous les trois, Sheila ne cesse de suggérer d'autres solutions. Au fond, l'idée ne lui plaisait pas.

— Oui, c'est l'impression que j'ai eue. Dis-lui… ou plutôt non, je lui dirai moi-même. Vous avez été incroyablement généreux d'accepter. Vous êtes de vrais amis.

— Dans le fond, un célibataire, c'est peut-être mieux… Ça veut dire que tu persistes dans ton idée ?

Les doigts de Laurel se crispèrent sur le téléphone.

— Ce n'est pas un caprice, tu sais.

Il marmonna quelques paroles d'excuse et elle lui assura que sa question ne l'avait pas offensée. Matt était réellement un ami. Un très bon ami.

Mais maintenant qu'elle y pensait, ce n'était pas lui qu'elle voulait, pour être le père de son enfant.

Caleb ne fut pas étonné, quand Laurel insista pour qu'ils mettent noir sur blanc leurs droits et leurs responsabilités de parents. Ils établirent donc un contrat qu'ils signèrent en présence d'un voisin qui servit de témoin. Caleb, pour sa part, fit rajouter une clause précisant qu'il verserait une pension pour l'enfant. L'idée de ce contrat était typique de Laurel. Elle aimait prévoir tous les détails et que tout soit clair comme du cristal.

Dès leur première rencontre, il avait su qu'elle avait une vocation de juriste.

Il était désolé qu'elle n'ait pas suivi cette voie.

Mais ce qui le désolait plus encore, c'était la raison pour laquelle elle avait renoncé à cette profession.

Ses résultats étaient si brillants qu'elle avait été admise immédiatement à l'école de droit de Washington, une des écoles les plus sélectives du pays. Elle lui avait envoyé de nombreux e-mails au cours des premiers mois. Elle était pleine d'énergie, stimulée par l'environnement et par la compétition entre étudiants.

Puis, vers le début du mois d'avril, il avait été étonné, puis alarmé par son silence. « Tu révises tes examens ? » avait-il envoyé. Pas de réponse. Il avait alors contacté Nadia. Et il avait su.

Laurel avait été agressée sur le parking du campus, un soir, alors qu'elle était restée plus tard pour travailler à la bibliothèque universitaire. Battue et violée, elle avait été laissée pour morte. Ce ne fut que le lendemain matin que quelqu'un l'avait découverte et avait alerté la police. Elle était restée dans le coma pendant une semaine. Son visage était méconnaissable, elle avait plusieurs côtes cassées et l'une d'elles lui avait transpercé le poumon…

Sa première réaction avait été de sauter dans un avion pour aller la voir. Mais quand il avait appelé, son père lui avait dit qu'elle ne voulait voir personne. Elle était encore sous le choc et ne se rappelait pas ce qui lui était arrivé. Quelques jours plus tard, après un second coup de fil, il avait annoncé à Caleb qu'elle ne voulait pas qu'il vienne.

— Vous ne pouvez rien faire pour le moment, Caleb. Elle aura besoin de ses amis plus tard.

Quand elle lui avait enfin envoyé un courrier, à la fin du mois de mai, elle lui avait dit que la police n'avait encore arrêté personne. Elle avait manqué trop de cours pour passer ses examens de fin d'année. Elle pensait reprendre à l'automne. En conclusion, elle écrivait : « Merci pour les fleurs et pour tes vœux de rétablissement, Caleb. Mais il vaut mieux que nous ne parlions jamais de ce qui m'est arrivé. »

L'année suivante, leurs conversations par e-mails avaient été surréalistes. Elle voulait connaître tous les détails sur son village, depuis la chèvre qui amusait les enfants, jusqu'à l'organisation de l'école. En ce qui concernait sa propre vie, elle demeurait évasive et ne lui communiquait que les détails les plus superficiels. Il savait qu'elle avait quitté son appartement et qu'elle vivait chez son père, à Shoreline, au nord de Seattle. Et elle avait décidé de ne pas retourner à l'école de droit.

« Je ressens encore quelques séquelles physiques », avait-elle écrit.

Il devinait qu'elle ne lui laissait entrevoir qu'une partie infime de la réalité.

Elle parlait du temps, des lilas qui fleurissaient, des ouragans, de politique, mais jamais d'elle-même. Il était de plus en plus rare qu'elle fasse allusion à l'un de leurs amis communs. En fait, il la soupçonnait de ne plus voir personne, en dehors de son père et de sa sœur. Elle avait perdu sa mère d'un cancer quand elle était encore petite fille.

Elle continuait de répondre à ses courriers électroniques, mais il arrivait qu'elle laisse passer deux semaines avant de le faire. Quand la date de son retour aux Etats-Unis approcha, elle lui écrivit : « Reviendras-tu dans la région de Seattle ? Si c'est le cas, nous nous verrons un de ces jours. »

Un de ces jours ? C'était si vague…

Le jour de son arrivée, quelques amis étaient venus l'accueillir à l'aéroport, ainsi que ses parents. Mais Laurel n'était pas là. Lorsqu'il l'appela pour l'inviter à dîner, ou à déjeuner, elle trouva un prétexte pour décliner son offre. Caleb appela alors Nadia et apprit que celle-ci n'avait pas revu Laurel depuis six mois. Elle avait fini par renoncer à l'appeler.

En désespoir de cause, il se rendit chez son père.

La revoir fut un choc épouvantable. Tout d'abord, il y avait les cicatrices. Il s'y attendait pourtant. L'une d'elles partait de la joue et filait jusque sur la tempe. Son visage n'était plus aussi parfaitement sculpté qu'autrefois. Mais ce n'était pas le plus grave.

Ce qu'il trouva insupportable, ce fut de la voir amaigrie, le visage blême, le regard vide. Elle semblait vidée de ses forces. Ses bras étaient frileusement croisés sur sa poitrine, son sourire n'atteignait pas ses yeux.

Il la prit dans ses bras, en feignant de ne pas remarquer qu'elle se raidissait. Il parla de son voyage, de son travail, et parvint à la persuader d'aller se promener avec lui dans un petit parc, près de chez ses parents.

Elle ne parla plus de reprendre ses études. Cependant, elle guérit suffisamment pour trouver un emploi dans une firme juridique du centre-ville. Avec l'aide de son père, elle acheta une maison et recommença à vivre seule. La plupart de ses amis l'avaient perdue de vue, ayant tous fini par se décourager de ses silences. Lui seul persista. Parfois, il se demandait pourquoi…

Il lui était arrivé, durant leurs premières années de fac, d'imaginer qu'il y aurait quelque chose entre eux, un jour. Qu'ils deviendraient amants, même qu'ils tomberaient amoureux et feraient des promenades dans le soleil couchant. Cela n'était pas arrivé. Lorsqu'ils s'étaient rencontrés, il avait déjà une petite amie. Quand il avait rompu, Laurel sortait avec quelqu'un d'autre. Les choses avaient continué ainsi jusqu'à leur dernière année. Pendant quelques mois, ils s'étaient trouvés libres tous les deux. Caleb avait alors envisagé de sortir avec elle. Il en mourait d'envie ! Et puis, il avait réfléchi. Il s'apprêtait à partir au moins deux ans à l'étranger. Ce n'était pas le moment d'essayer de construire quelque chose. Mieux valait poursuivre sur le mode de l'amitié. « Du moins pour l'instant, avait-il conclu. »

Il était parti passer l'été en Europe, persuadé que Laurel était la femme de sa vie. Et le drame était arrivé...

La salle de bains de Laurel avait quelque chose de virginal dans son aspect. Des placards blancs, du papier peint blanc rayé de rose. Des petits vases de verre coloré qui garnissaient le lavabo. Autrefois, il trouvait amusant ce côté fleur bleue, chez elle, alors qu'elle affichait par ailleurs des convictions féministes.

Mais à ce moment précis, ça ne l'amusait plus du tout. Il était dans cette pièce pour honorer la promesse qu'il lui avait faite. Mais les choses ne s'avéraient pas aussi faciles qu'il l'avait cru. D'abord parce que ce qu'elle voulait, ce n'était pas lui. C'était un géniteur. Et ce qu'il allait devoir faire pour cela était si dénué de romantisme et de sensualité qu'il redoutait de ne pas y parvenir.

« Allez, pense à la beauté qui a flirté avec toi à Santo Domingo. »

Mais l'idée d'être là, à quelques mètres de Laurel, et d'imaginer la superbe créature exotique qui avait voulu l'entraîner chez elle dans un quartier sombre de la cité coloniale lui parut insupportable. Malsaine.

Il fallait qu'il pense à Laurel. Comment pouvait-il lui donner un bébé, s'il ne pensait même pas à elle ? Il fallait qu'il ferme les yeux et qu'il s'imagine en train de faire l'amour avec elle. Après tout, dans la conception d'un enfant, les émotions sont aussi importantes que l'acte physique.

Ce fut la Laurel d'autrefois qui s'imposa à son esprit. Celle qui riait, qui lui lançait des défis, et même, qui flirtait avec lui. Elle avait un corps très mince, des hanches arrondies qui la contrariaient mais qu'il trouvait fort à son goût, des seins généreux… Ce fut cette Laurel sensuelle qu'il imagina quand il ferma les yeux et non cette femme frêle et apeurée qui évitait tout contact.

Ce ne fut pas aussi difficile qu'il l'avait cru.

En fait, il n'eut aucun problème.

* * *

Jamais elle ne s'était senti les joues aussi brûlantes. Elle prit la seringue que lui tendait Caleb sans le regarder et lança d'un ton dégagé :

— J'espère que ça n'a pas été trop dur.

De fait, ses joues s'empourprèrent plus encore.

— C'est à toi, maintenant.

Elle remarqua du coin de l'œil qu'il était aussi rouge qu'elle. Pauvre Caleb ! C'était le genre de situation qu'il ne devait pas rencontrer tous les jours, lui non plus.

— Tu veux que je reste ?

Elle secoua vivement la tête.

— Non. Je préfère être seule.

— Bon, dans ce cas, je vais y aller. Je t'appellerai, bredouilla-t-il en franchissant la porte.

Caleb parti, elle s'allongea sur son lit, évitant de regarder la seringue, accomplit les gestes nécessaires et prit un livre en sachant parfaitement qu'elle ne retiendrait pas un mot de sa lecture. Finalement, elle s'endormit, bien que la soirée ne fût pas très avancée.

Elle s'éveilla en sursaut, l'esprit confus, en essayant de se rappeler pourquoi elle était couchée. Etait-ce 8 heures du matin ou du soir ?

C'était le soir. Oh, mon Dieu ! Et elle était enceinte. Enfin, peut-être. Elle l'espérait…

Elle plaqua les mains sur son ventre et esquissa un petit sourire.

Elle eut encore une fois cette drôle de sensation,

comme si sa poitrine contenait un ballon gonflé à l'hélium. Quand avait-elle été heureuse pour la dernière fois ? Vraiment heureuse ? Elle ne se rappelait pas. Il y avait très, très longtemps. Et le fait de se sentir heureuse lui fit peur. Elle se sentait plus en sécurité quand elle était prudente, réservée. Le bonheur vous faisait perdre toute méfiance.

Mais si elle devenait mère, il faudrait qu'elle s'ouvre de nouveau à la joie. Il ne fallait pas que son enfant sache à quel point elle se sentait vulnérable. On ne pouvait pas bien grandir en sentant que sa maman avait peur de la vie.

Peut-être pourrait-elle redécouvrir avec lui des petits bonheurs furtifs… Un enfant pouvait vous aider à ouvrir les yeux, à éprouver des sensations oubliées.

Elle, qui ne s'émerveillait plus de grand-chose, était toute prête à accepter de nouveau les merveilles du monde.

Chapitre 3

Deux semaines plus tard, Laurel eut la certitude qu'elle était enceinte. Elle ne pouvait encore le vérifier par un test et s'abstint donc d'appeler Caleb pour lui annoncer la nouvelle.

Mais elle était réglée comme une horloge et le mercredi matin, à la date prévue, ses règles n'apparurent pas. Le jeudi non plus. Ni les jours suivants.

Un matin, elle se sentit si nauséeuse, qu'elle ne put même pas avaler son petit déjeuner.

Caleb était reparti en Amérique du Sud. Il lui avait promis qu'il ne serait pas absent plus d'une quinzaine de jours.

Elle ne l'avait pas revu depuis le jour où ils avaient procédé à l'insémination.

Cependant, il lui avait téléphoné deux ou trois fois. Leurs conversations avaient été très empruntées.

Au bout d'une semaine, Laurel annonça à son groupe de psychothérapie qu'elle pensait être enceinte. Les neuf autres femmes la dévisagèrent avec surprise, attendant qu'elle leur donne plus de détails.

Elle avait eu l'intention de ne faire qu'une annonce très brève. « Je voulais fonder une famille et j'ai procédé à une insémination artificielle… » Mais une fois lancée, elle fut poussée, comme malgré elle, à tout expliquer. Son premier choix, qui s'était porté sur un ami proche. Puis la décision de prendre pour donneur un autre ami, en dépit du fait qu'il était célibataire. La seule chose qu'elle passa sous silence, ce fut l'attirance qu'ils avaient éprouvée l'un pour l'autre, autrefois. Cela n'avait plus d'importance à présent.

— Pourquoi n'en as-tu pas parlé avant ? lui demanda Marie, une jeune femme qui intervenait d'ordinaire avec beaucoup de réticence.

— Avant d'être enceinte ?

Plusieurs d'entre elles hochèrent la tête.

— Eh bien, parce que…

Elle ne trouvait pas d'explication.

— Tu pensais que nous voudrions te dissuader de le faire ?

— Oui, sans doute… C'est aussi pour cette raison que je n'ai rien dit à mon père, je pense. Vous l'auriez fait, si je vous en avais parlé avant ?

Elle jeta un regard circulaire sur l'assistance. La moitié au moins des autres femmes lui firent un signe affirmatif.

— Mais pourquoi ?

— Tu es la seule d'entre nous qui n'a pas eu de relation avec un homme depuis son viol.

Il y avait plusieurs années qu'elles se réunissaient. Cherie, la dernière arrivée, avait intégré le groupe un peu plus de deux ans auparavant.

— Beaucoup d'entre vous sont mariées, avança Laurel. C'est différent.

— Je ne suis pas mariée, dit Jennifer, une jolie blonde à l'allure réservée.

Trois autres femmes lui rappelèrent qu'elles étaient également célibataires.

— Et je ne l'étais pas quand j'ai été violée, reprit Cherie. J'ai rencontré Greg plus tard.

Laurel leva le menton.

— Où voulez-vous en venir ?

— La sexualité et les relations avec les hommes sont devenues plus difficiles pour nous, reprit Marie. Mais ce n'est pas impossible. C'est merveilleux d'avoir un enfant et je trouve dommage que tu renonces aux hommes à cause d'un seul.

Pourquoi ne s'était-elle encore jamais rendu compte qu'elle était la seule femme du groupe à avoir décidé de rester célibataire ?

Elle acquiesça, bien qu'elle n'ait pas changé d'avis.

— Quand le bébé doit-il naître ? demanda quelqu'un.

Une conversation animée s'ensuivit, dans laquelle il ne fut plus question que de biberons, d'allaitement au sein, de vêtements et d'anecdotes. Laurel en oublia presque leurs mises en garde.

Presque.

En dépit de sa certitude, elle était si nerveuse quand elle alla chez le médecin pour le test de grossesse qu'elle ne put rester assise en attendant les résultats. Elle essaya bien de s'intéresser à un article de magazine sur les rangements de placards, en pure perte. Elle alla donc faire le tour du pâté de maisons. Il lui était plus facile de contrôler son impatience dans la rue, que dans une salle d'attente pleine de monde.

« Tu crois que tu es enceinte, mais tu te fais peut-être des idées. Si c'était une grossesse nerveuse ? »

Plus elle y pensait, plus elle se trouvait le profil idéal pour ça.

Elle fit résolument demi-tour et regagna le cabinet médical. La secrétaire ne lui laissa même pas le temps de s'asseoir.

— Le Dr Schapiro veut vous voir tout de suite, mademoiselle Woodall.

Elle l'escorta jusqu'au bureau.

Le médecin était une femme d'une cinquantaine d'années, avec des cheveux noirs coupés au carré, de fines rides d'expression autour des yeux et un sourire chaleureux. Elle se leva et se pencha par-dessus son bureau pour lui serrer la main.

— J'ai une bonne nouvelle… Votre grossesse est confirmée.

Laurel ferma un bref instant les yeux, submergée par la joie et le soulagement.

— J'espère que c'est une bonne nouvelle ?

— Oui, je… oui.

Le Dr Schapiro la dévisagea d'un air curieux, mais elle ne lui demanda pas pour quelle raison elle n'était pas revenue pour l'insémination artificielle.

— Nous allons prendre rendez-vous pour le premier examen et je vous ai déjà préparé une prescription de vitamines. Comment vous sentez-vous ?

Laurel fit la moue.

— Nauséeuse. Pratiquement tout le temps. On parle toujours de nausées matinales. Je devrais être en forme l'après-midi, non ?

Le Dr Schapiro se mit à rire.

— La plupart du temps, les femmes ont des nausées le matin. Mais certaines se sentent très bien le matin et n'arrivent pas à manger le soir, d'autres ont des nausées toute la journée. Vous faites partie de la dernière catégorie.

— J'essaye de manger normalement ; je sais que c'est important. Mais c'est difficile. Quelquefois j'ai très faim, mais si je mange, je suis malade.

— La bonne nouvelle, c'est que les nausées se prolongent rarement au-delà du troisième mois. Mais il est très important de se nourrir convenablement.

Elles parlèrent un moment des repas, des aliments les plus importants pour le bon développement du fœtus.

Munie d'une pile de brochures et d'un prochain rendez-vous, Laurel quitta le centre médical dans une sorte de brouillard. Elle était enceinte. Elle l'avait su dès le premier jour. Alors, d'où venait cette impression d'irréalité ?

Un frisson glacé lui parcourut le dos et elle craignit un instant de refaire une crise d'angoisse. Elle avait franchi un pas immense et maintenant, il fallait qu'elle en assume les conséquences. Pour commencer, en annonçant la nouvelle à son père et à sa sœur. Puis elle aurait à subir les questions et la curiosité de ses collègues de travail. Et elle n'était même pas sûre de l'approbation des autres femmes de son groupe de psychothérapie.

« Mais c'est ma décision », se répéta-t-elle. Une décision qu'elle avait prise absolument seule. Et en y réfléchissant, c'était bien cela qui lui faisait si peur.

L'aspect financier était un premier souci. Elle gagnait correctement sa vie chez Vallone, Penn & Cooper, mais il faudrait qu'elle prenne un congé de maternité, puis qu'elle trouve un mode de garde. Caleb avait insisté pour contribuer aux dépenses et elle savait qu'il le ferait avec générosité. Mais que se passerait-il, lorsqu'il se marierait et aurait d'autres enfants ? Quels seraient les sentiments de sa femme vis-à-vis de cet enfant, qui n'était même pas le fruit d'une relation amoureuse ? Elle décida, dans un premier temps, de subvenir seule à ses propres besoins. L'argent que lui donnerait Caleb irait sur un compte d'épargne pour les études de l'enfant.

Dès qu'elle fut rentrée chez elle, elle appela son père et sa sœur pour les inviter à dîner le samedi soir suivant.

— J'ai une nouvelle importante à vous annoncer, dit-elle à Megan.

— Tu vas reprendre tes études de droit ! s'exclama sa sœur.

Laurel éprouva un choc douloureux. Elle aurait dû se douter que c'était à cela que Meg penserait tout d'abord. Mais pourquoi cela lui faisait-il tant de peine ? Parce que sa propre sœur ne la connaissait pas assez bien pour comprendre qu'elle ne reprendrait jamais les études ? Ou bien parce qu'elle-même n'avait pas complètement renoncé à son rêve ?

— Non, ce n'est pas ça, articula-t-elle d'une voix sourde.

— Oh, ça ne fait rien. Il me tarde de savoir ce que c'est. Papa sera là aussi ?

Le vendredi suivant, alors qu'elle quittait le bureau, Caleb surgit derrière elle.

— Cette fois, c'est moi qui t'invite à dîner !

Elle tressaillit et se retourna si vite qu'elle se tordit la cheville. Elle serait tombée s'il ne lui avait solidement agrippé le bras.

— Tu m'as fait peur ! Tu viens d'arriver ?

— Mon avion a atterri à midi. Le temps de passer

chez moi prendre une douche et me changer et me voilà !

Les voitures roulaient pare-chocs contre pare-chocs et une foule dense se pressait sur les trottoirs. Caleb lui passa un bras autour des épaules.

— Je suis garé juste un peu plus loin.

— Ça ne m'étonne pas.

Il était difficile de parler dans un tel brouhaha. Des bruits de Klaxon, des crissements de pneus, des ronflements de moteurs. Ils n'échangèrent pas un mot jusqu'à ce qu'ils soient installés dans la voiture, à l'abri du vacarme. Caleb mit la clé dans le contact, mais ne démarra pas tout de suite.

— Alors ? dit-il en la regardant au fond des yeux.

— Je suis enceinte.

Son sourire s'épanouit.

— C'est vrai ? Tu as passé un test ?

— Oui. Et j'ai envie de vomir les trois quarts du temps ! Mon corps semble vouloir rejeter tout ce que j'absorbe.

— Ma mère prétend qu'elle n'a pas voulu d'un deuxième enfant à cause de ces maudites nausées. Il a fallu l'emmener à l'hôpital car elle s'était complètement déshydratée.

Super ! Exactement ce qu'elle avait besoin d'entendre.

— La plupart des femmes s'en sortent sans trop

de mal, tu sais. Les nausées cessent généralement au bout de trois mois.

— Et pour l'instant, tu es enceinte de…

Il calcula rapidement.

— Cinq semaines ?

— Six.

— Tu en as parlé à quelqu'un ?

Laurel inspira profondément.

— C'est demain le grand jour. J'ai invité Meg et mon père à dîner. J'ai prévenu Meg que j'avais une grande nouvelle à leur annoncer.

— Elle a deviné ce que c'était ?

— Non. Elle a cru que je voulais reprendre mes études.

— Ah…

Il l'observa en silence.

— Qu'est-ce qu'il y a ?

— Rien. Je n'ai rien dit, répondit-il en haussant les sourcils.

— Mais tu l'as pensé !

— Je réfléchissais, c'est tout. Mon Dieu… nous allons avoir un bébé…

Tout à coup, les yeux de Laurel s'embuèrent. Elle se mordit la lèvre.

Caleb lui prit la main.

— Tu te doutais, quand nous étions à l'université, que ça nous arriverait ?

— Non.

Pas de cette manière, en tout cas. Il lui était

parfois arrivé de rêver qu'un jour ils se regarderaient autrement et que l'amitié se transformerait en amour. Mais penser qu'elle le choisirait, la tête froide, pour être le père de son enfant… Non, cela elle ne l'aurait jamais cru.

— Moi non plus. J'avoue que j'aurais été étonné, si on m'avait prédit une chose pareille, dit-il en souriant. Tu veux que je sois là aussi, demain soir ?

Il mit le moteur en route et elle se tourna vers lui.

— Tu ferais ça ? demanda-t-elle, la voix un peu tremblante.

— Ça me ferait plaisir…

Il jeta un coup d'œil par-dessus son épaule pour s'engager dans la circulation.

— Je craignais que…

— Quoi ?

— Que tu ne veuilles pas révéler que j'étais le père, avoua-t-il avec un léger haussement d'épaules.

En réalité, elle n'avait pas encore considéré cet aspect des choses. Si Matt avait été le père, elle n'en aurait parlé qu'à très peu de gens. Sans doute même uniquement à son père et à sa sœur. Il leur était arrivé de rencontrer Matt et ils savaient que c'était un de ses amis. En parler à plus de monde se serait révélé gênant. Soit il aurait fallu expliquer que Matt avait donné son sperme, soit les gens se seraient imaginé qu'ils avaient une liaison. Situation bien peu confortable pour Sheila !

Tandis qu'avec Caleb… Si leur entourage croyait qu'ils avaient une liaison, cela n'avait aucune importance. Du moins, pour elle.

Elle lui coula un regard de biais.

Au même instant, il tourna la tête vers elle et elle fut confrontée à son regard bleu.

— Tu parais perplexe ?

— Non, je viens de me rendre compte que ça m'était égal. A moins que tu ne préfères que je garde le silence. Mais ça m'est égal que tout le monde sache que tu es le père.

— Je te l'ai dit, je tiens à être présent pour cet enfant.

S'il n'avait pas signé un contrat et si ce n'était pas Caleb, elle aurait pu avoir peur. Si Matt s'était mis à parler comme cela, elle aurait été terrifiée. Elle voulait que cet enfant soit le sien. Uniquement le sien.

Pourtant, à cet instant, l'idée qu'il soit le leur ne la dérangea pas du tout.

— Tu en as parlé à tes parents ? lui demanda-t-elle.

Il secoua la tête.

— Non, j'attendais que ça soit sûr.

Elle ne pouvait s'en étonner, puisqu'elle avait fait de même.

— J'ai prévu le dîner pour 6 heures, demain soir.

— Tu peux cuisiner, malgré tes nausées ?

— C'est désagréable, mais je survivrai.

— Je pourrais préparer le repas, si tu veux. Mon porc à la sauce aigre-douce est sublime !

— Pourquoi est-ce que tu n'es pas marié ?

— Pardon ?

— Tu sais que certaines femmes tueraient pour avoir un homme à la maison qui sait préparer le porc à la sauce aigre-douce ?

Il eut un sourire amusé.

— Oui, je sais, je suis unique. Les femmes me demandent souvent en mariage. Mais je me réserve pour…

— Pour quoi ?

— Dieu seul le sait. J'attends d'avoir quatre-vingts ans.

— Pour épouser une petite dame aux cheveux blancs, dans une maison de retraite ?

— Peut-être.

Il marmonna quelques paroles indistinctes et ajouta :

— La circulation devient impossible ou bien je me fais des idées ?

Laurel contempla l'autoroute, qui ressemblait à un parking géant.

— Non. C'est de pire en pire. C'est bien pour ça que je prends l'autobus.

Caleb se rembrunit.

— L'idée de te voir prendre l'autobus quand tu seras vraiment enceinte ne me plaît pas du tout.

— Parce que pour l'instant, je ne suis pas vraiment enceinte ?

Il ignora sa remarque et continua :

— Imagine que tu sois obligée d'attendre longtemps ? Sans compter que les autobus n'ont pas de bons amortisseurs. Et s'il n'y a pas de place assise ? Tu as songé aux bousculades ?

Non et elle n'avait pas envie d'y penser.

— L'autobus est plus reposant, je trouve. Et les gens sont gentils. Il y aura toujours quelqu'un pour me céder sa place, j'en suis sûre.

Il prit la bretelle de la 44e Rue et tourna à gauche, vers l'ouest de la ville.

— Qu'est-ce que tu as envie de manger ?

L'idée même de manger lui souleva le cœur.

— Un morceau de pain sec, suggéra-t-elle.

— En d'autres termes, ce n'est pas la peine que je t'emmène au Gourmand ?

Elle fouilla dans son sac, cherchant sa boîte de pastilles de menthe.

— Non. Vraiment pas.

— Bien. Alors je vais prendre des plats à emporter et nous irons chez toi.

Il s'arrêta devant la boutique d'un traiteur chinois.

Quand ils arrivèrent à la maison, Laurel se recroquevilla dans le canapé, pendant que Caleb dînait seul. L'odeur des plats lui avait tourné l'estomac, dans la voiture. Lorsqu'il eut fini, elle se sentit assez en forme pour accepter une tranche de pain grillé et quelques fraises.

Il ne resta pas très tard et lui promit de revenir le lendemain en avance avec des provisions, pour préparer le repas.

— Tu n'auras rien à faire, lui promit-il avant de la quitter.

Quand il revint l'après-midi suivant, il était si vibrant d'énergie qu'elle prit conscience de son propre état de fatigue. Elle se sentait si lasse, depuis le matin, qu'elle avait dû s'allonger.

Pendant qu'il s'activait dans la cuisine, elle alla prendre une douche et grignota deux ou trois crackers, en attendant ses invités.

Meg et son père arrivèrent séparément. Megan, qui avait quatre ans de moins que sa sœur, était conceptrice de logiciels pour une petite firme de Redmond. Laurel devait admettre, à sa grande honte, qu'elle n'avait qu'une idée très vague de ce en quoi consistait ce travail.

Petites filles, elles avaient toutes deux les cheveux d'un blond très pâle, qui virait au platine chaque été, au soleil. La chevelure de Laurel était encore entre le blond et le châtain clair, alors que celle de Megan était devenue acajou. Laurel avait toujours pensé que sa sœur était une vraie beauté. Elle avait la silhouette frêle de leur mère, alors qu'elle-même avait hérité de la poitrine généreuse de leur grand-mère paternelle et de sa tendance à l'embonpoint.

Vêtue d'un jean taille basse, de chaussures à talons et d'un blazer vert acide, Megan entra d'un pas décidé, déposa son énorme sac à main sur le canapé et serra Caleb dans ses bras, avant de sauter au cou de sa sœur.

— Tu ne m'avais pas dit que Caleb serait là !

— Il s'est invité hier. Et il m'a proposé de préparer le repas.

— Quel homme ! s'exclama Megan, admirative.

— Oui, c'est ce que je lui ai dit aussi, répondit Laurel en riant.

— Tu sais, si tu ne veux pas de lui…

La jeune femme lança à Caleb un regard coquin. Il sourit.

— Je me contenterai d'une seule sœur Woodall, merci.

Malgré ses taquineries, Meg n'avait jamais eu de vues sur lui. Actuellement, elle sortait avec un fou d'informatique, comme elle. Un garçon qui aurait pu être beau, s'il avait pris la peine de se coiffer, ou s'il avait fait attention aux vêtements qu'il enfilait le matin. Apparemment, sa virtuosité dans le domaine des ordinateurs était telle qu'elle compensait largement son manque de style, même pour une fille comme Meg, qui se souciait de son élégance depuis qu'elle avait deux ans.

Leur père arriva de mauvaise humeur à cause de la circulation.

La cinquantaine passée, il avait encore belle allure et avait conservé tous ses cheveux qui commençaient à peine à grisonner sur les tempes, ajoutant à son charme.

Il n'avait jamais envisagé de se remarier, à la suite de son veuvage. Laurel savait qu'il avait de temps à autre des flirts, mais depuis le décès de leur mère, il ne leur avait jamais présenté une femme.

— Ça sent bon, dit-il en serrant la main à Caleb. Nous avons de la chance que vous ayez pris les choses en main !

Laurel lui lança un magazine à la figure, mais elle manqua son but et Georges Woodall éclata de rire.

— Alors, quoi de neuf ? Meggie m'a dit hier soir que tu avais quelque chose à nous annoncer.

Caleb reposa bruyamment le couvercle d'une sauteuse et suggéra :

— Pourquoi ne pas nous asseoir d'abord ?

— Tu es déjà au courant ? lui demanda Megan avec une pointe de jalousie dans la voix.

— Oui, mais je ne dirai rien.

Laurel se leva et enchaîna vivement :

— Qui veut un verre de vin ? Caleb, ce sera prêt dans combien de temps ?

— Cinq minutes. La salade est déjà prête.

Lorsqu'ils furent installés autour de la table, Meg darda sur elle un regard perçant.

— Allons, dis-nous tout. Nous sommes prêts à porter un toast. Je suppose que c'est une bonne nouvelle ?

— C'est une bonne nouvelle, confirma Laurel.

Elle chercha le regard de Caleb, comme pour y puiser du courage. Puis elle se tourna vers son père et annonça :

— Je suis enceinte.

Il y eut un silence. Son père la regarda sans comprendre.

— Enceinte ?

— J'aurais dû t'en parler avant. Mais j'avais peur que tu n'essayes de me dissuader.

— Je ne savais même pas que tu sortais avec…

Il posa sur Caleb un regard éberlué.

— Caleb ?

Laurel décida de ne pas y aller par quatre chemins.

— Caleb est le père du bébé, mais nous ne sortons pas ensemble. Je lui ai demandé de faire un don de sperme.

— Ce n'est pas possible ? s'exclama Megan, ahurie.

— Si. J'ai décidé d'avoir un enfant toute seule. Et au lieu de m'adresser à une banque de sperme, j'ai décidé de demander à un ami.

Caleb jugea bon d'intervenir.

— Comme je l'ai dit à Laurel, je serai heureux d'avoir un enfant avec elle.

— Seigneur, Laurel ! Tu n'as que vingt-huit ans ! Tu as donc renoncé à vivre ?

Laurel se sentit profondément blessée par la remarque de son père. Elle l'aurait été plus encore, si Caleb n'avait pas déclaré d'une voix calme :

— Il me semble, au contraire, qu'elle se lance dans la vie.

— Mais elle renonce à la possibilité de tomber amoureuse et de se marier.

Laurel aurait voulu nier, mais c'était la vérité.

— Tu ne m'as pas crue quand je te l'ai dit. C'est tout simplement inimaginable, papa, dit-elle d'une petite voix tremblante. Je veux une famille. Et je peux l'avoir sans me marier. C'est si terrible que ça ?

Son père se passa une main sur le visage.

— Non. Non, bien sûr. Tu seras une mère merveilleuse, Laurel.

Les larmes aux yeux, Megan se leva pour prendre sa sœur dans ses bras.

— Félicitations, Laurel, murmura-t-elle.

— Merci.

Puis leur père leva son verre.

— A mon premier petit-fils, ou ma petite-fille, dit-il.

Ils trinquèrent, mais Laurel se contenta de tremper

les lèvres dans son verre. Son père conservait un air préoccupé.

— Je n'aime pas l'idée de te savoir seule, Laurel. C'est dur, d'élever un enfant.

— Tu t'es bien débrouillé seul, toi, après la mort de maman.

— Oui, mais vous aviez déjà onze ans et sept ans. Et tu as donc oublié comme c'était dur, la première année ? Meggie a dû arrêter les cours de gymnastique, car je n'avais pas le temps de l'emmener. Vous partiez tous les matins à l'école habillées n'importe comment et même pas coiffées.

— Malgré ça, tu as été un père formidable.

— Vous n'étiez plus des bébés, Laurel. Toi, même si tu es éreintée, tu n'auras personne pour se lever à ta place au milieu de la nuit, pour donner un biberon, ou pour aller chercher l'enfant à la crèche, si tu es retenue au bureau…

Il s'interrompit et secoua la tête.

— Je ferai tout pour t'aider, bien sûr, mais je suis encore loin de la retraite. Et Meggie travaille douze heures par jour.

— Tu exagères un peu, papa, dit Megan. Quoique… Honnêtement, je ne suis pas sûre d'avoir déjà tenu un bébé dans mes bras. Je n'ai jamais fait de babysitting.

Megan n'avait jamais été attirée par les nourrissons. Laurel ne s'attendait pas qu'elle se propose pour faire du baby-sitting. Du moins, pas tant que son enfant ne serait pas en âge de naviguer sur Internet.

— Je ne vous demande pas de m'aider, dit Laurel en prenant le plat que lui tendait sa sœur. Papa, sers-toi.

Georges regarda le saladier sans réagir, puis finit par faire glisser quelques feuilles de laitue dans son assiette.

Laurel tenta de les rassurer, en leur parlant des renseignements qu'elle avait eus sur le congé de maternité, les haltes-garderies, les crèches familiales, leur démontrant que son travail était tout à fait compatible avec la responsabilité d'un jeune enfant.

Caleb finit par l'interrompre, excédé.

— Et moi, dans ce beau programme ?

— Tu voyages beaucoup, fit-elle remarquer.

— Je peux écourter mes déplacements, si tu as besoin de moi. Les personnes avec qui je travaille prendront le relais.

— Je ne t'ai jamais demandé de changer ton mode de vie, Caleb.

Il se rembrunit.

— Je croyais pourtant avoir été clair. Je ne me contenterai pas d'être un père biologique !

— Tu te vois en train de changer les couches du bébé ?

— Pourquoi pas ? Tous les pères le font, non ?

rétorqua-t-il, en quémandant du regard le soutien de Georges.

— Je l'ai fait, confirma ce dernier.

— Je serai présent, Laurel. Je te l'ai dit…

Elle sentit ses yeux s'embuer de larmes. Pinçant les lèvres, elle hocha la tête et s'essuya avec une serviette en lin.

Mais en dépit de son émotion, elle ne put réprimer un certain agacement en voyant son père se détendre, rassuré par l'intervention de Caleb. Il les avait pourtant élevées, Megan et elle, pour qu'elles deviennent des femmes fortes et indépendantes, capables de surmonter toutes les situations de la vie. Apparemment, le fait d'être parent unique était pour lui une situation à part.

Elle lui chercha des excuses. Il appartenait à une génération qui croyait encore à la structure familiale traditionnelle. Mais le monde avait changé. Des couples d'homosexuels, hommes ou femmes, décidaient d'avoir des enfants, l'adoption était devenue un phénomène courant et les mères célibataires se regroupaient pour partager les tâches.

Toutefois, elle ne pouvait s'empêcher de penser que si Meg avait fait la même démarche qu'elle, son père n'aurait pas été aussi inquiet. Il ne doutait pas de la capacité des femmes en général à élever un enfant seules. Il doutait de sa capacité à elle. Certes, il la soutiendrait, mais en fin de compte, il était comme toutes les autres personnes de son entourage. Il ne comprenait pas pourquoi elle ne pouvait pas redevenir elle-même. La Laurel qui ignorait sa propre faiblesse, qui n'avait pas été confrontée à la mort, qui n'avait pas encore passé des semaines à l'hôpital, les côtes brisées, le visage déformé par les hématomes. Et comme elle ne pouvait pas redevenir comme autrefois, il pensait qu'elle était faible et qu'elle échouerait dans son rôle de mère isolée.

Cette pensée lui fut douloureuse.

Mais son père était son père et avant la fin du dîner, il réussit à désamorcer la situation et à dissiper le malaise qu'elle ressentait.

— Laurel, il faut que tu saches que je ne mets pas en doute tes capacités, dit-il avec un sourire dans lequel apparaissaient le regret et le souvenir de souffrances anciennes. Simplement, j'aurais préféré que tu ne sois pas obligée de le vivre ainsi.

— Oh, papa !

Ravalant avec peine un nouveau flot de larmes, elle se leva et alla l'embrasser. Quand il refermait les bras autour d'elle, elle se sentait parfaitement en sécurité.

Elle eut autant de mal à s'écarter de lui qu'elle en avait eu à quitter sa maison pour la deuxième fois. Mais elle ne pouvait rester toujours la petite fille de son père.

— Merci, murmura-t-elle en allant se rasseoir.

⁂

Quand Megan et lui repartirent, une heure plus tard, Caleb l'accompagna sur le perron pour leur dire au revoir.

— C'était bien que tu sois là ce soir, lui dit-elle, croyant qu'il était sur le point de partir.

— Mmm ? Oh, c'est normal.

— Tu ne t'en vas pas tout de suite ?

— J'avais envie de rester encore un moment.

— Comme tu voudras.

— Tu n'as plus mal au cœur ? s'inquiéta-t-il lorsqu'ils furent rentrés.

Elle avait à peine grignoté.

— En fait, je me sens très bien, dit-elle, surprise elle-même.

— Tant mieux. Tu ne veux pas t'asseoir ? Je vais préparer une infusion.

La proposition était tentante. Elle se dirigea vers le canapé, contente de pouvoir se détendre.

Mais l'impression agréable se dissipa, quand Caleb ajouta d'un ton plus dur :

— Ensuite, il faudra que nous ayons une petite discussion, tous les deux…

Chapitre 4

Laurel haussa le ton.

— Je te tiens à l'écart ? Moi ? Qu'est-ce que tu veux dire ?

— Ça me paraît pourtant clair !

Caleb tournait comme un lion en cage, dans son minuscule salon. Trois pas dans un sens, trois pas dans l'autre. Il s'estimait plutôt facile à vivre, mais ce soir, Laurel l'avait mis hors de lui. Presque autant que lorsqu'elle avait demandé à un autre type d'être le père de son bébé.

— Tu viens de passer deux heures à essayer de convaincre ton père que tu étais parfaitement compétente pour élever seule notre enfant !

— Je voulais simplement lui faire comprendre pourquoi j'avais pris cette décision !

Assise dans le canapé, elle lui lança un regard furibond.

— Je pensais que nous avions pris cette décision ensemble ?

— C'est faux. J'avais décidé d'avoir un enfant bien avant que…

— Que je vienne y mettre mon grain de sel ?

— Je n'ai pas dit ça !

— Mais tu le penses…

Elle fit une moue et il reconnut une expression familière, pour l'avoir vue des dizaines de fois au cours de leurs discussions, à l'université.

— Peut-être, admit-elle.

Caleb eut une brusque envie de s'arracher les cheveux. Mais soudain, une pensée lui traversa l'esprit. Il n'avait pas vu la jeune femme d'humeur aussi combative, il ne l'avait pas vue aussi vivante, depuis le jour où elle était venue lui dire au revoir à l'aéroport, avant son départ pour l'Equateur.

Elle, qui s'était sentie si faible, si vulnérable, depuis son agression, se battait pour reprendre le contrôle de sa vie. Et tout ça, parce qu'elle avait trouvé quelque chose qui comptait plus que tout.

Au regard de cette nouveauté, il se dit que sa propre susceptibilité n'avait aucune espèce d'importance.

Il s'arrêta au milieu de la pièce et secoua la tête.

— Ça faisait des années que nous ne nous étions plus chamaillés comme ça.

Elle eut un petit reniflement hautain.

— Nous ne nous sommes jamais chamaillés.

Nous débattions de sujets sérieux, dont je sortais généralement gagnante.

— Un autre sujet dont nous pourrions discuter !

Elle se mordit la lèvre pour dissimuler un sourire. Il s'en aperçut et ne put s'empêcher de rire.

— D'accord, d'accord. Cette fois-ci, tu gagnes. Je comprends parfaitement que tu aies voulu convaincre ton père que tu avais des capacités surhumaines.

Elle inclina la tête avec une condescendance royale.

— Merci.

Sa colère évanouie, il s'installa confortablement dans l'unique fauteuil du salon.

— Mais sérieusement, Laurel, n'oublie pas que je suis là. Tu sais que tu pourras toujours compter sur moi.

Des larmes surgirent brusquement sous ses paupières et elle les essuya avec impatience.

— Bon sang, Caleb ! J'essaye désespérément d'être en colère contre toi ! Tu me rends la tâche difficile.

— Ah oui ?

— Dis-toi bien que je suis assez forte pour élever cet enfant moi-même. J'enrage d'avoir vu mon père se détendre dès l'instant où tu es intervenu. « Ah, elle a un homme avec elle, finalement. Je n'ai pas besoin de m'inquiéter », bougonna-t-elle, en imitant la voix grave de son père.

Il la trouva adorable, avec son petit air fâché, ses cils encore humides, son élégant chignon à moitié défait.

Il sourit malgré lui.

— Tu as vraiment un homme avec toi. Tu n'as pas besoin de t'inquiéter.

— Ah, non ! s'écria-t-elle en bondissant sur ses pieds.

— Allons, du calme ! Tu vas perturber le bébé.

Elle saisit une pile de magazines sur la table et les lança dans sa direction. Ils tombèrent tout autour de lui et se répandirent sur le sol.

— Mauvais caractère, dit-il en riant.

Elle tapa du pied, excédée.

— Tu as le don de me mettre hors de moi !

— Les amis sont faits pour ça, non ?

— Non ! On doit pouvoir s'appuyer sur eux !

Le rire de Caleb s'effaça et il dit, d'un ton grave :

— C'est bien mon avis. Mais comment veux-tu que je te soutienne, si tu refuses même de t'approcher de moi ?

Laurel changea brusquement d'expression. Ils se dévisagèrent un moment, puis elle marmonna :

— Je savais bien que je n'aurais pas dû manger.

Elle se précipita dans la salle de bains et repoussa la porte du pied.

Caleb attendit patiemment dans le couloir.

— C'est dégoûtant ! gémit-elle en ressortant.

— Ce n'est pas la première fois que je te vois vomir, je te signale.

Elle n'avait jamais bien tenu l'alcool. Ils se connaissaient à peine depuis un mois, quand il l'avait vue boire pour la première fois, au cours d'une soirée. Il se rappelait encore la chaleur qui s'attardait au cœur de la nuit, les lumières de la cité universitaire et Laurel en train de vomir, à genoux sous un massif de rhododendrons. Il l'avait ramenée dans sa chambre et l'avait aidée à se coucher.

— Ne m'en parle pas, grommela-t-elle, furieuse.

— D'accord, mais réfléchis. Cette fois-là, tu étais malade parce que tu avais fait quelque chose de stupide. Aujourd'hui, c'est parce que tu as envie de faire quelque chose de bien.

Il y eut un instant de silence, puis elle dit :

— J'ai bien aimé ce que tu as dit à papa. Tu sais, que je me lançais dans la vie.

— C'est exactement ce que tu fais, non ?

Un nouveau silence.

— Je l'espère…

Un profond soupir lui souleva la poitrine.

— Merci, Caleb, dit-elle. Attends-moi deux minutes. Je vais me brosser les dents.

Il lui lâcha la main à contrecœur et la laissa s'enfermer dans la salle de bains.

Et là, debout dans le hall minuscule de la maison, il comprit qu'elle allait souvent lui claquer la porte au nez. Au propre, comme au figuré. Et il fallait qu'il l'accepte. Sinon, elle croirait qu'il ne lui faisait pas confiance, qu'il ne l'estimait pas capable d'atteindre le but qu'elle s'était fixé.

D'un autre côté, il n'allait pas attendre non plus qu'elle l'invite à participer. Sans quoi, il ne verrait pas souvent son enfant. Car s'il y avait une chose que Laurel avait appris à faire, c'était de tenir les autres à l'écart.

Il demanda, derrière la porte :

— Tu appelles Nadia, de temps en temps ?

Silence.

Il y eut un bruit d'eau dans le lavabo et Laurel finit par sortir.

— Non, mais je le ferai, dit-elle en évitant son regard. Tu veux encore une tasse de café ?

— L'odeur ne te dérangera pas ?

— Non. Maintenant que j'ai l'estomac vide, je meurs de faim.

Il lui tapota l'épaule.

— Encore six ou sept semaines. Tu ne les verras pas passer.

Laurel lui décocha un regard peu amène.

— Facile à dire, pour toi. Tu seras à l'étranger pendant tout ce temps.

— Pas forcément. Je peux déléguer.

— Je ne suis pas de très bonne compagnie ces temps-ci, dit-elle d'un ton irrité. Ce sera aussi bien que tu voyages maintenant, si tu veux passer plus de temps ici après la naissance du bébé.

S'il voulait passer plus de temps ici ? Excédé, il compta jusqu'à dix pour se calmer.

— J'ai bien l'intention de passer du temps ici. Mais pour ce soir, je crois que je vais me passer de café et rentrer chez moi.

— Oh ? fit-elle avec indifférence. Je te raccompagne à ta voiture.

— Non, ce n'est pas la peine.

Il y avait eu une époque où il l'aurait prise dans ses bras, aurait déposé un baiser sur sa joue. Il se contenta de désigner le réfrigérateur d'un signe de tête.

— Mange quelque chose, avant de te coucher. Et appelle-moi en cas de besoin. N'hésite pas.

— Je sais que je peux compter sur toi, dit-elle d'un ton qui lui sembla radouci. Merci d'être venu ce soir.

— Je serai toujours là, fit-il avant de sortir et de se dire qu'il était temps qu'il avertisse lui aussi ses parents.

Son père reposa son verre si brusquement que de l'eau se répandit sur la table.

— Tu es fou ?

Caleb s'était préparé à affronter leurs questions et

leurs inquiétudes, mais il ne s'attendait pas que ses parents soient aussi choqués par la nouvelle.

— Tu sais pourtant que Laurel est mon amie depuis très longtemps.

— On ne fait pas d'enfant à une « amie » !

— Clay..., dit sa femme en secouant la tête d'un air d'avertissement.

— Quoi ? Tu voudrais que je sourie gentiment et que j'approuve ? Ça te plaît, à toi, qu'une femme qui n'est même pas mariée avec notre fils élève notre petit-fils sans lui et sans nous ?

Caleb prit la mouche.

— Une femme ? répéta-t-il, excédé. Laurel n'est pas n'importe quelle femme ! Et tu as toujours dit qu'elle te plaisait.

— En effet, elle nous a toujours plu, dit sa mère, conciliante.

Mais son mari ne la laissa pas continuer.

— La belle affaire, si elle n'est pas notre belle-fille ! Tu ne comprends pas qu'elle peut décider que nous ne pourrons pas voir le bébé, si l'envie lui en prend !

— Nous avons conclu un accord qui...

— J'espère que tu as eu la bonne idée de faire figurer tes droits parentaux dans ce contrat ?

Caleb n'eut pas besoin de répondre. Son père devina à son expression qu'il n'en avait rien fait.

— La réponse est non ? Elle a subi une rude épreuve il y a cinq ans et tu as tellement de peine pour elle que tu lui as accordé tout ce qu'elle demandait. Un bébé et un chèque mensuel pour l'élever !

Caleb se leva.

— Elle ne voulait pas de pension. Il a fallu que j'insiste pour lui faire accepter.

— Et à aucun moment tu n'as eu l'impression de te faire rouler dans la farine ?

Les deux hommes se mirent alors à crier. Finalement, la mère de Caleb se leva à son tour et hurla plus fort qu'eux :

— Asseyez-vous !

Ils furent si surpris qu'ils obéirent.

— Et maintenant, est-ce que je peux parler ?

Ils hochèrent la tête.

— Caleb, ce que ton père essaye de te faire comprendre…

Elle gratifia son mari d'un regard sévère et reprit :

— C'est que nous sommes inquiets pour toi. Nous aimons bien Laurel, tu le sais. Et nous sommes désolés de ce qui lui est arrivé. Mais une fois que tu connaîtras ton bébé, tu ne voudras plus en être séparé. Tu ne sais pas encore à quoi tu as accepté de renoncer.

Il voulut parler, mais elle l'arrêta d'un geste et poursuivit :

— Imagine qu'elle épouse quelqu'un d'autre ? Qu'elle refuse de te laisser passer du temps avec ton enfant ? Que feras-tu ? Tu la traîneras devant les tribunaux ? Tu renonceras ?

— Nous n'en arriverons jamais à une telle…

— Comment le sais-tu ?

Comment il le savait ? Laurel avait déjà essayé une fois de l'éloigner d'elle, mais il avait tenu bon. Avait-il été stupide, de lui accorder un pouvoir aussi grand sur lui ?

Non. Ils étaient des amis très proches. La dernière fois, elle avait voulu l'écarter de sa vie parce qu'elle souffrait. Ce n'était pas une décision prise de sang-froid. A présent, ils allaient avoir un bébé ensemble. C'était très différent…

— J'espérais que vous seriez contents. Mais je vois que ce n'est pas le cas. La balle est dans votre camp.

Il sortit du salon, prit son manteau accroché dans le hall et referma doucement la porte d'entrée derrière lui.

A peine trois jours plus tard, Caleb laissa un message à Laurel pour l'informer qu'il était obligé de partir pour le Costa Rica.

— Ce ne sera qu'un court déplacement, promit-il. Je consulterai ma messagerie deux fois par jour.

Dans un sens, elle n'était pas étonnée qu'il quitte le pays. Il lui avait sèchement annoncé quelques jours plus tôt que ses parents ne voyaient pas la situation d'un bon œil. Elle avait deviné qu'ils avaient eu une scène peu agréable et elle se sentait responsable. Caleb avait besoin de se changer les idées et c'était normal.

Le « court déplacement » se prolongea d'une semaine. Il revint dix jours chez lui, puis repartit deux semaines pour le Paraguay et l'Uruguay.

De toute façon, Laurel n'avait pas assez d'énergie pour affronter sa présence. Elle était exténuée. Le matin, elle se levait avec difficulté et arrivait tout juste à grignoter un cracker pour le petit déjeuner. Elle parvenait tant bien que mal à aller travailler, faisait une petite sieste pendant sa pause de midi et reprenait comme un automate l'autobus qui la ramenait chez elle le soir. Il lui arrivait d'aller se coucher sans dîner et elle dormait d'une traite jusqu'au lendemain matin. Elle était soit affamée soit vaguement écœurée et quelquefois encore prise de nausées irrépressibles. Manger n'était plus un plaisir. Elle choisissait soigneusement des aliments que son estomac pouvait tolérer et qui présentaient des qualités nutritives adaptées pour la santé du bébé.

Elle évitait de se regarder dans les miroirs : elle n'était plus que l'ombre d'elle-même. Quand elle revit le médecin, elle avait perdu du poids au lieu d'en prendre.

Toutefois, le Dr Schapiro trouva son régime

alimentaire convenable et l'exhorta à prendre patience un mois de plus.

Laurel eut plusieurs occasions de parler avec Caleb pendant les dix jours qu'il passa chez lui entre ses voyages. Il vint la voir un samedi et lui proposa de l'aider pour ses travaux de jardinage.

Ce qu'elle trouva très gentil. Mais elle aurait apprécié qu'il garde pour lui ses réflexions sur son aspect physique.

Elle avait toujours trouvé que les femmes enceintes étaient resplendissantes ! Pourquoi n'était-ce pas son cas ? Pourquoi son corps acceptait-il si mal l'intrusion de cette petite vie ?

Quand elle revit Caleb, un peu plus tard, ce fut de nouveau dans le hall de la Tour, alors qu'elle quittait son travail.

Elle n'avait même plus assez d'énergie pour manifester de la surprise, quand il lui emboîta le pas.

— Caleb ? Bonjour.

Il s'arrêta brusquement et la fit pivoter vers lui.

— Seigneur, Laurel ! On a l'impression que tu vas t'effondrer au moindre souffle de vent.

— Je suis fatiguée.

Les lèvres serrées, les sourcils froncés, il lui fit franchir les portes vitrées et l'entraîna vers sa voiture. Elle se laissa tomber avec soulagement sur le siège du passager.

Caleb mit le contact.

— Nous sommes vendredi. Tu n'iras pas travailler la semaine prochaine.

— Il n'est pas question que je prenne un congé !

Détournant les yeux du rétroviseur, il lui lança un regard perçant.

— Tu n'as pas seulement l'air fatigué. Tu as une mine épouvantable. Si tu ne prends pas soin de toi, je t'obligerai à le faire.

Il avait un air sévère qu'elle ne lui avait encore jamais vu. Rien à voir avec le Caleb décontracté qu'elle avait toujours connu.

— Il suffira que je rattrape mon retard de sommeil ce week-end, dit-elle.

— Tu as toujours des nausées ?

Le seul mot suffit à lui contracter l'estomac et elle plaqua une main devant sa bouche.

Par chance, elle n'avait rien mangé à l'heure du déjeuner, et elle parvint à réprimer son haut-le-cœur.

— Que dit le médecin ?

— Elle pense que je mange suffisamment, mais elle aimerait que je grossisse un peu.

— Elle ne peut rien faire pour ces nausées ?

— Il existe des médicaments, mais je préfère ne pas les prendre, si je peux l'éviter.

Il s'assombrit un peu plus et garda le silence quelques minutes.

— Quand est-ce que tu la revois ?

— Dans trois semaines.

Cette déclaration fut accueillie par un regard d'incrédulité.

— Tu lui as dit que tu te sentais aussi mal ?

— Euh...

— J'en étais sûr !

Il se renfrogna et ne dit plus rien. Quand ils atteignirent la bretelle d'autoroute, il accéléra brusquement.

— Prends quelques jours de vacances. Je veux que tu viennes t'installer chez moi, la semaine prochaine.

Laurel baissa les yeux. L'offre était tentante. Neuf jours sans se lever de bonne heure, pouvoir dormir tout son soûl, se faire chouchouter...

Elle secoua la tête, repoussant cet instant de faiblesse.

— Je veux garder tous mes jours de congé pour la naissance du bébé.

— Tu prendras un congé sans solde, quand il sera là. Je participerai bien au-delà de cette ridicule pension que tu as acceptée à contrecœur. J'ai ce qu'il faut. Crois-moi, tu peux te permettre de rester quelque temps sans travailler. C'est maintenant qu'il faut te reposer.

Elle aurait dû s'offenser de ses manières autoritaires, mais à dire vrai elle était soulagée. Le premier trimestre était presque terminé. Dans une semaine, elle serait peut-être débarrassée des nausées et de la fatigue.

— Mon jardin…

— Ton jardin survivra sans toi. Si tu t'ennuies, tu pourras toujours arracher les mauvaises herbes dans mes massifs de fleurs.

— Tu as des massifs de fleurs ?

— Je t'ai dit que j'avais planté des bulbes de tulipes. Tu as oublié ?

— Oh, c'est vrai.

— Elles ne vont pas tarder à fleurir. Et j'ai plus de cinquante pieds de rhododendrons, à présent. Mon jardin va être superbe, cette année.

Il y avait une éternité qu'elle n'était pas allée chez lui. Elle se rappelait la vue superbe sur le détroit entre Bremerton et Port Orchard. Sa maison, toute de bois et de verre, s'intégrait parfaitement à la forêt de cèdres et de sapins qui recouvrait sa propriété. La dernière fois qu'elle s'y était rendue, la moitié des chambres étaient encore vides. Et elle était sûre que s'agissant du jardin, celui-ci n'était encore parsemé que de quelques arbustes décharnés.

— Je n'y suis plus allée depuis…

Elle fit une pause, fouillant dans ses souvenirs.

— Depuis des années ? Je sais. Tu ne t'es jamais intéressée à cette maison.

— J'ai… j'ai du mal à changer mes habitudes.

— Je sais, répéta-t-il. Ça ne fait rien. Je ne vois pas d'inconvénient à aller chez toi.

La vérité, c'était qu'il avait fait tous les efforts pour maintenir leurs liens d'amitié. Quand il apparaissait, Laurel était contente de le voir. Mais ce n'était jamais elle qui lui faisait signe, quand il rentrait de voyage.

Elle avait un peu honte de penser à tout ce qu'il lui avait donné, à tout ce qu'elle avait pris. Et maintenant, il voulait faire encore plus pour elle.

Pas seulement pour elle, en fait. Pour le bébé aussi. Pour leur bébé.

Elle eut une bouffée d'anxiété à l'idée de partir de chez elle. Même si Caleb habitait à moins d'une heure de Seattle. Depuis sa sortie de l'hôpital, elle n'avait jamais dormi ailleurs que chez elle, ou chez son père. « Ça fait cinq ans, songea-t-elle, avec un brin d'étonnement. » Le plus curieux, c'était qu'elle n'eut pas peur à l'idée de passer la nuit ailleurs, cette fois-ci.

Sans prendre le temps de réfléchir davantage, elle déclara :

— C'est d'accord. J'enverrai un e-mail à mon patron pour l'avertir que je prends une semaine de repos. Honnêtement, je ne pense pas que ça l'ennuie. Je n'ai encore dit à personne que j'étais enceinte et ils pensent tous que je couve la grippe. Personne n'ose s'approcher de moi de peur de l'attraper.

— Tu penses que tu iras mieux bientôt ?

— C'est ce que disent tous les livres, répondit-elle avec un soupir. Mais la plupart des femmes ne sont pas aussi malades que moi pendant les trois premiers mois. Alors, comment savoir ?

— C'est peut-être mon sperme qui est toxique ?

Elle leva les yeux au ciel.

— Oh, quelle pensée réconfortante ! Je suppose qu'il y a une pollution abominable, dans les pays que tu visites ?

— Ce que je préfère, c'est lorsque les avions déversent des substances chimiques sur les champs de marijuana. Et sur tout ce qui passe par là.

— Tu as assisté à ce genre de scènes ?

— C'est inévitable. Les récoltes sont aspergées.

— Ton ADN a peut-être muté.

Il fit une horrible grimace et lança :

— Le bébé risque de me ressembler !

Elle rit malgré elle et rétorqua :

— Non. *Elle* aura probablement des cheveux filasse et des yeux d'une couleur indéterminée, comme moi !

Il lui prit la main.

— *Elle* sera très belle, comme sa maman. Avec des cheveux blonds comme le miel et des yeux qui changent de couleur selon le temps.

Les yeux de Laurel s'embuèrent.

— C'est le plus joli compliment qu'on m'ait jamais fait.

— Rappelle-moi de ne plus jamais te faire de

compliment, si c'est tout l'effet que ça te fait ! s'exclama Caleb avec un rire joyeux.

Elle s'essuya les yeux, un peu embarrassée.

— Je suis désolée. Je pleure pour un oui ou un non, en ce moment.

— D'après ce que j'ai entendu dire, c'est normal.

— Comment tu sais ça ?

— Tu te souviens de Stewart ?

Laurel hocha la tête. Stewart Deaver, l'ami qui avait aidé Caleb à installer son site Web.

— Sa femme vient juste d'avoir un deuxième enfant. Il prétend qu'il a peur d'elle, quand elle est enceinte. Lorsqu'elle ne pleure pas, elle est folle de colère. Sara a toujours voulu trois enfants, mais Stewart refuse absolument de renouveler l'expérience.

Laurel savait déjà qu'il lui faudrait beaucoup de courage pour être enceinte une deuxième fois. Mais alors trois fois ? Jamais. A moins qu'elle ne change d'avis après la naissance du bébé.

Caleb demanda soudain, avec douceur :

— Combien de fois pas jour poses-tu les mains sur ton ventre ?

Elle baissa les yeux, étonnée, et s'aperçut que sa main était plaquée sur son abdomen. Ses doigts se crispèrent et elle les retira.

— Mon Dieu ! Mes collègues de travail ont peut-être deviné.

— Tu voulais garder le secret ?

— Non, dit-elle en faisant la moue. Mais je devrais les avertir, pour éviter les commérages.

— Fais-le, dès que tu retourneras au bureau. Ta grossesse ne va pas tarder à se voir.

C'était certain. Bien qu'elle ait perdu du poids, ses pantalons et ses jupes la serraient à la taille. Si elle recommençait à manger normalement, elle allait vite s'arrondir.

La voix de Caleb la sortit de ses réflexions.

— Nous sommes arrivés. Combien de temps te faut-il pour préparer tes affaires ?

— Pas longtemps, assura-t-elle. Mange quelque chose, pendant que je fais mon sac. Je vais aussi prendre un carton dans le garage, pour y mettre le contenu du réfrigérateur.

Il lui lança un regard amusé par-dessus le toit de la voiture.

— Si je n'ai pas tout mangé avant de partir !

Il ne lui fallut que dix minutes pour faire sa valise. Elle ne prit que des jeans, des T-shirts, des pulls et deux paires de tennis en toile. Neuf jours entiers sans avoir besoin d'enfiler un collant ! Pas de talons hauts, ni de tailleurs guindés. Et peut-être même pas de maquillage.

Elle ajouta quelques objets de toilette et une demi-douzaine de livres pour passer le temps. Quand elle revint dans le salon avec sa valise, Caleb avait déjà préparé le carton avec les aliments à emporter.

Il entassa le tout dans le coffre de la voiture, pendant qu'elle envoyait un e-mail à son patron et éteignait son ordinateur. Puis elle ferma la porte à clé et laissa un mot chez ses voisins pour les prévenir qu'elle s'absentait une semaine. Ils s'éloignèrent et elle ne jeta pas un regard derrière elle, malgré l'angoisse qui lui nouait la gorge.

« Je vais pouvoir me reposer. J'aurai quelqu'un pour s'occuper de moi, se répéta-t-elle plusieurs fois. Je vais dormir. Me promener. Parler et rire avec Caleb. »

Peu à peu, elle se détendit. Quand ils abordèrent le ferry, elle était aussi excitée qu'une petite fille.

Son enthousiasme retomba d'un cran quand elle vit que la mer était très agitée.

— La traversée est si courte que je ne monte jamais sur le pont, dit Caleb, quand elle lui demanda d'aller prendre l'air. Mais si tu veux y aller, pourquoi pas ?

Il sortit avec elle et ils s'accoudèrent au bastingage pour contempler le paysage. La sirène du ferry résonnait, les mouettes tournoyaient au-dessus de l'écume blanche. L'air froid et salé leur fouettait le visage. Le mouvement des vagues sembla apaiser ses nausées au lieu de les augmenter. Les doigts crispés sur la balustrade de fer, elle inspira à pleins poumons, en riant.

Caleb la regarda et sourit. Les cheveux ébouriffés

par le vent, le visage éclairé par le soleil, il semblait parfaitement dans son élément.

— Il y a longtemps que tu n'as plus pris un ferry ?

— Une éternité, avoua-t-elle en regardant dans la direction de Vashon.

Elle s'était refermée sur elle-même. Elle vivait dans une ville entourée par la mer et la montagne, mais il y avait des années qu'elle n'allait plus se promener, qu'elle n'avait plus accepté une invitation pour une promenade en bateau, ou une marche sur la plage. L'été prochain, elle sortirait davantage. Au lieu de rentrer chez elle en autobus, elle irait au bord de la mer et ferait un aller-retour jusqu'à Bainbridge en ferry, juste pour le plaisir. A son retour de chez Caleb, elle pourrait aussi se rendre à Paradise en voiture, au pied du mont Rainier, et se promener à l'époque où les perce-neige sont en fleur. Du moins, autant qu'une femme enceinte peut se promener dans la neige.

Sa dernière promenade à Rainier lui revint à l'esprit. Elle était avec Caleb, naturellement. C'était à la fin de leur première année de faculté.

Elle avait l'impression que presque tout ce qu'elle avait fait, pensé, ou ressenti, était d'une manière ou d'une autre rattaché à Caleb.

Comme par un enchaînement logique de pensées, elle lui demanda, tout à coup :

— Tu as parlé à tes parents, depuis que tu es revenu ?

Ses relations avec eux avaient changé. C'était sa faute, elle le savait et s'en voulait terriblement. Encore une chose à laquelle elle n'avait pas pensé, quand elle avait demandé à Matt, puis à Caleb, d'être le père de son enfant.

Il haussa les épaules, sans la regarder.

— J'ai vu ma mère.

— Ils n'ont toujours pas changé d'avis ?

— Ils ne savent pas à quel point nous sommes proches. Ma mère a demandé de tes nouvelles. Elle finira par comprendre.

Laurel hocha la tête, incapable de prononcer un mot. Connaissant l'amour que les parents de Caleb portaient à leur fils, elle ne doutait pas qu'ils se laisseraient fléchir. Mais ils regretteraient toujours que cet enfant ne soit pas né dans des circonstances normales, qu'il ne grandisse pas dans la maison de Caleb.

Quand ils approchèrent du quai, Caleb ramena Laurel dans la voiture, puis ils suivirent la longue file de véhicules qui sortaient pour se diriger vers le centre-ville.

Vashon était une île superbe. Les forêts s'étendaient d'une extrémité à l'autre, entrecoupées par de vastes prairies. La plupart des maisons étaient construites sur des domaines de plusieurs hectares, comme celui de Caleb. Sa maison se trouvait tout au bout d'une longue allée de gravier. Les sapins et les cèdres qui s'élevaient de part et d'autre se rejoignaient au-dessus pour former une voûte.

Quand ils émergèrent de la forêt et que la maison apparut devant eux, avec ses massifs de rhododendrons et de tulipes, ses pelouses d'un vert tendre, Laurel ne put retenir un cri.

— C'est spectaculaire ! Caleb ! Tu m'as laissée me vanter de mon minuscule jardin et le tien ressemble à… à…

Les mots lui manquèrent pour exprimer son admiration.

— Tu remarqueras que je n'ai planté que des fleurs qui ne demandent pratiquement aucun soin.

Il eut un petit geste désinvolte, mais elle comprit au ton de sa voix qu'il était flatté par sa réaction.

— Je n'ai jamais vu autant de variétés de rhododendrons.

La voiture s'immobilisa devant la porte d'entrée et elle descendit.

Le terrain avait été déboisé intelligemment, au moment de la construction de la maison, laissant des bosquets ici et là. Les rhododendrons poussaient à l'ombre des cèdres et d'autres buissons plus épais s'épanouissaient au soleil. Laurel découvrit une étonnante diversité de feuillages, d'où surgissaient d'immenses bouquets de fleurs rose pâle, jaunes, lavande et fuchsia. D'autres arbustes alternaient avec des érables japonais aux feuilles d'un rouge profond, des cerisiers et des pruniers dont la floraison était déjà terminée. Enfin, dans les endroits plus à l'ombre, s'étalaient les fougères qui poussaient naturellement dans la forêt du Nord-Ouest.

A en juger par la taille des rhododendrons, Caleb avait dû les planter dès qu'il avait acheté la maison.

Un délicieux parfum l'enveloppa et elle entendit le bourdonnement des abeilles dans les massifs fleuris.

Il avait contourné la voiture pour la rejoindre.

— Tu ne m'avais pas dit, fit-elle remarquer.

— Si, je te l'avais dit.

— Tu parlais de plantations, mais je croyais qu'il ne s'agissait que d'un massif ou deux. J'ignorais que tu étais aussi ambitieux.

Il eut un geste des épaules, comme s'il était un peu gêné.

— Ce n'est pas de l'ambition. J'ai commencé parce que… parce que j'étais propriétaire d'une maison. Et quand on possède une maison, on doit entretenir son jardin. D'accord ? Mais de fil en aiguille, je me suis aperçu que c'était une excellente thérapie.

Elle approuva d'un signe de tête. Pour elle aussi, le jardinage était devenu une thérapie. Le fait d'utiliser ses muscles, de transpirer, d'être en plein air, au soleil ou dans le brouillard, d'enrichir la terre, de regarder les feuilles se déployer, les plantes grimper, les fleurs s'ouvrir…

— Donc, poursuivit-il en désignant un massif, j'ai terminé la première plate-bande. Et j'ai trouvé que c'était bizarre de la laisser toute seule au milieu du terrain. Alors, j'ai acheté un livre sur les rhododendrons et je me suis amusé à chercher toutes sortes de variétés. Et puis je me suis pris au jeu, dit-il encore, comme s'il était lui-même surpris par l'étendue considérable de son travail.

— Plus le temps passe, plus je me rends compte que je ne sais rien de toi, s'entendit-elle murmurer.

— Tu me connais pourtant mieux que personne.

Elle eut un geste de dénégation.

— Autrefois, peut-être, quand tu avais vingt-deux ans. Mais plus maintenant.

Leurs regards se croisèrent. L'expression de Caleb était indéchiffrable.

— J'ai toujours été là, Laurel.

Elle acquiesça d'un signe de tête, incapable de prononcer un mot.

— Tu n'es plus la même, toi non plus, dit-il.

Il la fixa de son regard d'un bleu intense.

— Non, avoua-t-elle avec tristesse. Je ne suis plus la même.

— Mais ça n'a pas d'importance, déclara-t-il en lui prenant la main. Qu'est-ce que j'avais dit, déjà ?

Laurel essaya de sourire, mais ses lèvres tremblaient.

— Amis pour toujours.

— Ça n'a pas changé.

— Uniquement grâce à toi…

Elle eut le cœur lourd en songeant à tout ce qu'elle avait perdu. Son amitié avec Caleb avait bien failli redescendre au rang de lointain souvenir, comme tout ce qu'elle avait connu à l'université.

— Maintenant, nous sommes liés l'un à l'autre une fois pour toutes.

Il posa délibérément les yeux sur le ventre de Laurel, puis laissa son regard remonter lentement vers son visage.

— Désormais, nos gènes sont mêlés.

Laurel éprouva de nouveau cette sensation bizarre au fond d'elle-même. Un trouble qui trahissait une attirance sexuelle, elle en était bien consciente. Elle l'ignora. Son corps ne pouvait comprendre que son bébé était le résultat d'une amitié, non d'un désir amoureux.

— C'est bizarre, tu ne trouves pas ? dit-elle.

— Non. C'est bien.

Elle n'eut aucun mal à sourire cette fois.

— Oui. C'est bien, répéta-t-elle.

Il l'enveloppa d'un regard si intense qu'elle sentit son trouble resurgir.

— Tu as repris des couleurs, fit-il remarquer.

Elle posa les mains sur ses joues et s'aperçut qu'elles étaient chaudes.

— Je me sens bien. Vraiment bien, dit-elle, surprise.

Caleb sourit et sa fossette se creusa. L'espace d'un instant, il redevint le jeune homme qu'elle avait connu.

— *Mi casa es su casa.*

Il lui offrait l'hospitalité et elle répondit par le seul mot d'espagnol qu'elle savait utiliser :

— *Gracias.*

— Rentrons tes bagages, ajouta-t-il en allant ouvrir le coffre de la voiture.

Chapitre 5

De la fenêtre de son bureau, au deuxième étage de la maison, Caleb regarda Laurel aller et venir dans le jardin. Chaque matin, après le petit déjeuner, elle enfilait des gants de jardinage et partait, munie d'un vieux seau en fer, arracher les mauvaises herbes dans les massifs.

Les premiers jours, il avait voulu l'en empêcher, essayant tous les arguments : elle ne devait pas se sentir obligée de travailler, elle pouvait rester allongée, c'était peut-être dangereux pour le bébé, etc. En vain. Il avait fini par comprendre qu'elle était heureuse de s'activer dans le jardin et qu'elle n'aimait pas plus rester sans rien faire qu'autrefois.

Agenouillée dans un rayon de soleil, entre deux rangées de tulipes, elle jeta une poignée d'herbes dans le seau. Puis elle marqua une pause, le visage tourné vers la lumière, les yeux clos, et une expression de plaisir tranquille s'inscrivit sur son visage baigné de soleil.

Il n'aimait pas du tout l'idée de devoir la

raccompagner chez elle le lendemain. Le jour suivant, elle reprendrait le travail et devrait passer quarante-cinq minutes dans l'autobus pour gagner son bureau. Elle avait l'air tellement mieux que la semaine précédente ! Il voulait qu'elle reste ici, avec lui.

Mais il avait assez de bon sens pour ne pas le lui dire. Il compta une bonne douzaine de raisons pour se taire, dont trois principales.

La première, c'était qu'elle avait fait des efforts surhumains pour préserver son indépendance et sa dignité et qu'il la respectait infiniment pour cela.

La deuxième, c'était que la jeune femme n'appréciait pas qu'on lui dicte ce qu'elle devait faire. S'il s'avisait d'essayer, il ne doutait pas qu'elle le prie vertement de se mêler de ses affaires.

Enfin, le simple fait de lui suggérer de rester contenait des implications qui le mettaient vaguement mal à l'aise. Rester… mais pour combien de temps ? Il n'en savait rien. Le seul fait d'évoquer cette idée faisait surgir en lui des images qu'il repoussait aussitôt.

Ils étaient amis et il n'avait jamais été question d'autre chose entre eux. Pourquoi Laurel resterait-elle chez lui alors ?

Il avait toujours eu envie de la protéger. Mais depuis son agression, il ne pouvait s'empêcher d'être en permanence inquiet pour elle. Le fait de savoir qu'elle allait vivre seule avec le bébé lui déplaisait profondément. D'autant qu'elle ne voulait pas accepter une pension assez importante pour lui permettre d'arrêter de travailler. Ce qui signifiait qu'environ six semaines après la naissance, elle laisserait le bébé à la crèche pendant dix ou onze heures chaque jour. Puis elle rentrerait chez elle et devrait assumer seule son rôle de maman, jour après jour, quels que soient sa fatigue ou son moral.

Non, décidément, cette idée ne lui convenait pas du tout. Mais il ne voyait pas ce qu'il pouvait faire pour l'empêcher. Il avait accepté le principe d'un engagement limité dans la vie de l'enfant. C'était ce que Laurel voulait. Mais lui se rendait bien compte à présent que cette perspective ne lui convenait pas. Il s'était lancé dans l'aventure, sans prendre le temps de réfléchir, sans penser qu'il pourrait éprouver un sentiment de frustration.

Les paroles de sa mère lui revinrent à l'esprit : « Tu ne sais pas encore à quoi tu as renoncé. »

Il commençait seulement à l'entrevoir…

Les sourcils froncés, il regarda Laurel pencher la tête et se remettre à sa tâche. Le seul fait de l'imaginer enceinte de Matt Baker lui faisait dresser les cheveux sur la tête.

Non, à y bien réfléchir, ce qui le mettait vraiment hors de lui, c'était de savoir qu'elle avait projeté d'avoir cet enfant avec n'importe quel homme. Matt s'était juste trouvé là.

Et s'il ne l'avait pas revue avant qu'elle soit enceinte,

si elle lui avait joyeusement annoncé sa grossesse, il en aurait été malade.

Il préférait ne pas se demander pourquoi.

Marmonnant un juron, il se détourna de la fenêtre à contrecœur et s'assit à son bureau. Il avait beaucoup de travail et des décisions à prendre.

Les ventes n'étaient pas aussi bonnes qu'il l'avait espéré dans le magasin de Tacoma et il lui fallait comprendre pourquoi. La boutique était-elle mal située ? La publicité insuffisante ? L'agencement du magasin était différent des autres. Etait-il moins attrayant ? Moins commode pour les clients ? Etait-ce le directeur qui était en cause ? Ou bien le personnel ?

On était à moins d'un mois de l'inauguration du magasin de San Francisco, et il aurait dû se rendre sur place dès maintenant. Pour les autres magasins, il avait été très présent au cours des premiers mois. Mais pour celui-ci, il devait envisager une autre façon de procéder. Il ne pouvait continuer de développer son réseau de boutiques, s'il devait les suivre pas à pas. Il y avait des limites à la multiplication de ses activités. La question était de déterminer ce à quoi il devait renoncer. A la sélection de la marchandise ? A l'approvisionnement des coopératives, ou encore à ses rencontres avec les artistes ? Difficile de lâcher l'un ou l'autre de ces aspects.

Par ailleurs, ce qui se passait avec Laurel le mettait dans la plus grande difficulté pour gérer son emploi du temps. Il lui avait promis d'être là quand elle aurait besoin de lui. Et il voulait être plus présent encore une fois que le bébé serait né.

La seule solution, c'était d'embaucher des gens compétents, de surveiller à distance et de les laisser faire leur travail. Plus facile à dire qu'à faire, pour quelqu'un qui avait du mal à déléguer...

D'un autre côté... Il était content de ne pas être obligé de se trouver à San Francisco cette semaine. Son parti pris de distance lui laissait tout loisir de se concentrer sur les ventes décevantes du magasin de Tacoma. Et surtout, de rester ici avec Laurel.

Elle s'était bien occupée et semblait contente de son séjour chez lui. Il était parti un jour pour Tacoma, un autre pour Bellevue. En dehors de cela, il avait passé quelques heures chaque jour enfermé dans son bureau, à examiner les chiffres, passer des coups de fil, recevoir des fax. Puis ils s'étaient promenés, avaient pique-niqué sur la plage, visité les boutiques d'antiquaires de l'île, préparé ensemble les repas. Ils étaient aussi allés déjeuner au restaurant.

Caleb avait remarqué que les nausées de la jeune femme avaient diminué dès l'instant où elle était arrivée dans l'île. En revanche, elle était toujours fatiguée et dormait au moins une heure tous les après-midi, quelquefois davantage. Mais lorsqu'elle se levait, elle semblait reposée. Mieux que cela, elle avait l'air satisfait. Elle s'aventurait alors dans son bureau en s'étirant avec une sensualité de félin et parfois son T-shirt se soulevait et laissait entrevoir sa peau blanche et satinée.

Chaque fois qu'il apercevait son ventre nu, il éprouvait une vive émotion. « Elle porte mon enfant. » Il était étonné par les sentiments puissants, primitifs, que cette idée faisait surgir en lui.

Elle avait un sourire paresseux, une expression secrète, puis elle déclarait avec un ton de ravissement :

— Cette sieste a été délicieuse !

Après quoi, elle penchait la tête en avant et agrippait ses longs cheveux à pleines mains pour en faire un chignon.

Depuis qu'elle était là, elle avait toujours faim, mais il n'était pas sûr qu'elle s'en soit rendu compte. Il aurait juré que ses joues s'étaient arrondies en l'espace d'une semaine. Son teint était éclatant. Elle passait tant de temps à l'extérieur, qu'à une ou deux reprises, il avait été tenté de lui suggérer d'utiliser une lotion solaire. Mais il y avait renoncé. Elle était trop jolie, avec ses joues rosies par le soleil et ses bras qui commençaient à prendre une belle nuance dorée.

L'heure du déjeuner approchait. Il descendit au moment même où Laurel entrait par la porte de derrière.

Son visage s'éclaira quand elle le vit.

— Caleb ! Ça te dit de sortir, pour déjeuner ? J'ai envie d'un sandwich aux crudités.

— Pourquoi pas ? répondit-il nonchalamment.

Il sentait son cœur bondir chaque fois qu'elle souriait comme ça, rien que pour lui. Par chance, elle ne pouvait s'en apercevoir.

— Donne-moi juste une minute pour me préparer.

Elle passa à côté de lui sans même l'effleurer, comme d'habitude. Il avait remarqué qu'elle évitait les contacts, quand elle le pouvait.

— Prends ton temps, dit-il.

Il demeura sur place et la regarda monter l'escalier.

— Bon sang ! songea-t-il, en proie à un soudain désarroi.

Il était bel et bien mordu !

Quelques jours après avoir ramené Laurel chez elle, Caleb s'envola pour le Salvador, où il venait de lancer une nouvelle coopérative.

Les nausées avaient disparu pratiquement du jour au lendemain et Laurel avait retrouvé son excitation initiale à l'idée d'être enceinte. Elle pensait à sa grossesse avec enchantement. Encore six mois…

Un samedi matin du mois de juillet, Meg l'appela pour lui proposer de passer la journée ensemble. Elles iraient peut-être à Kirkland, où se tenait un marché d'artisanat. Ou bien visiter l'aquarium, ce que Laurel n'avait plus fait depuis des années. Puis elles iraient déjeuner chez Ivar.

Quand Megan arriva, avec son allant habituel, elle trouva sa sœur en pyjama et robe de chambre.

— Tu es bien enceinte, déclara-t-elle, en l'enveloppant d'un regard entendu.

— Tu crois ?

— Va t'habiller ! Tu as assez traîné comme ça. Nous perdons du temps.

— D'accord, d'accord !

Laurel alla dans sa chambre et sortit un jean d'un tiroir. C'était le plus large de tous ceux qu'elle possédait. Elle avait déjà renoncé à porter ses préférés depuis quelques semaines. Elle parvint à le remonter jusqu'à la taille, essaya de le fermer et s'interrompit, sous le choc, en constatant que la fermeture Eclair restait coincée en bas. Comment ce pantalon avait-il pu devenir si petit en une semaine seulement ?

Elle poussa un gémissement de contrariété. Il y avait plusieurs jours qu'elle ne fermait plus ses pantalons à la taille et qu'elle ne boutonnait plus entièrement ses chemises. Mais à ce point, c'était ridicule !

Meg apparut sur le pas de la porte et l'observa.

— Comment ça va ?

Son regard s'arrêta sur la fermeture du pantalon.

— Tu es enceinte de cinq mois et tu essayes encore de rentrer dans tes vieux jeans ? Mon Dieu,

Laurel ! Tu n'as pas de vêtements plus adéquats ? A moins que tu ne veuilles imiter Kate Hudson et te promener le ventre à l'air ?

Laurel leva les yeux au ciel.

— Comme c'est drôle ! Tu trouves que je ressemble à Kate Hudson ?

Megan se dirigea vers l'armoire.

— Où sont tes vêtements de maternité ?

— Je n'en ai pas.

Sa sœur parut réellement abasourdie.

— Pourquoi ?

— Tu sais que je n'aime pas aller dans les boutiques. En plus, grommela Laurel en faisant la moue, je suis toujours fatiguée.

Mais comment pouvait-elle sortir de chez elle, si elle n'avait pas de vêtements ?

— Dans ce cas, changement de programme ! annonça Meg en hochant la tête. Que ça te plaise ou non !

Elle fouilla dans la penderie et finit par en sortir une large tunique de coton blanc, avec des broderies au col et aux poignets. Elle la passa à Laurel.

— Enfile ça. Ça cachera le pantalon qui bâille…

Laurel fit une vague tentative pour se dérober à la corvée qui s'annonçait.

— Nous n'allons quand même pas manquer la foire des artisans ?

Meg eut l'air exaspéré.

— Comme si nous avions besoin d'un bibelot de plus à poser sur nos étagères ! Alors que tu as un besoin urgent de nouveaux vêtements. Et de mes précieux conseils pour les choisir !

Laurel renonça à protester et s'habilla docilement. Pendant qu'elle finissait de se préparer, sa sœur consulta les Pages Jaunes.

Elles commencèrent par une boutique de University Village, qui vendait aussi des vêtements de bébés et des jouets. Laurel s'amusa à regarder des hochets et de minuscules chaussons, jusqu'à ce que sa sœur la traîne au rayon de vêtements pour femmes enceintes. Elle lui fit essayer tous les modèles, à l'exception de quelques-uns qu'elle rejeta d'emblée, les jugeant trop niais.

— Il est hors de question que tu portes un T-shirt avec l'inscription « Bébé à bord » !

— Oh, mais si ! J'en veux un, absolument !

Elle dépensa une somme astronomique dans le magasin, entassa ses achats dans le coffre de la petite voiture de sport de Megan et suggéra d'aller visiter l'aquarium.

— Surement pas ! Nous venons à peine de commencer !

La boutique suivante s'appelait Le Petit Pois.

— Tu ne trouves pas ce nom un peu bête ? demanda Laurel, pleine d'espoir.

— Non, c'est plutôt mignon…

Après avoir dépensé encore une petite fortune, Laurel estima qu'elle était équipée.

— Tu pourras acheter des basiques chez Macy, déclara Meg, alors qu'elles regagnaient la voiture. Des jeans, des soutiens-gorge et je ne sais quoi encore. Avoue que si je t'avais laissée faire, tu serais allée au supermarché et tu aurais acheté le strict nécessaire. Et tout aurait été terne. Pourquoi ne pas avoir un peu de style ?

— Tu ne me trouves pas élégante ?

Meg lui tapota l'épaule.

— Tu le serais, si tu suivais plus souvent mes conseils.

— Est-ce qu'on peut aller déjeuner, maintenant ?

Elles longèrent la large avenue et se garèrent sous le viaduc. Laurel était très tentée par les clams et les frites de chez Ivar.

Elles achetèrent des barquettes à emporter, qu'elles allèrent déguster sur le port. La brise du large rendait la chaleur supportable et elles s'assirent sur des bancs pour regarder le va-et-vient des bateaux.

Elles mangèrent en silence, en observant les gens qui passaient à pied ou en skate et les voiles qui filaient sous le vent.

— Où est Caleb en ce moment ? demanda tout à coup Meg, en mordant dans une frite.

— Euh…

Laurel dut réfléchir avant de répondre.

— En Equateur, je crois. Non… il doit être arrivé en Bolivie, à présent.

Et elle n'avait pas envie d'avouer à quel point il lui manquait.

— Pourquoi n'est-il pas ici, avec toi ?

— Ce n'est pas ce dont nous avions convenu…

— Mais il représente quelque chose pour toi, non ?

Laurel ne chercha pas à protester. Caleb était… Caleb. Son meilleur ami. Et bientôt, il serait le père de son enfant.

— Les voyages font partie de son métier, dit-elle simplement. C'est la raison pour laquelle il a accepté d'être le père du bébé. Il ne s'imagine pas marié et embarqué dans une vie de famille traditionnelle, avec tous ses déplacements. Pourtant, il a envie d'avoir un enfant.

Sa sœur lui lança un regard peu convaincu.

— Il y a beaucoup d'hommes qui voyagent pour leurs affaires et qui se marient tout de même.

— Ils ont une vie de famille heureuse ?

Megan réfléchit à la question.

— C'est sans doute plus difficile.

— Pour le moment, Caleb n'envisage pas de s'engager. C'est tout ce que je sais.

— Mmm…

— Ça veut dire quoi « mmm… » ?

— Rien.

Elle eut un regard qui démentait. De toute évidence, elle avait son idée sur la question.

— Pour en revenir à Caleb, quelles sont ses intentions ? Il compte passer te voir de temps à autre ?

— Il compte être là quand j'aurai besoin de lui. Pour l'instant, ce n'est pas le cas.

Ils avaient abordé le sujet à deux ou trois reprises. Il avait hésité à entreprendre ce déplacement, mais pour le moment, elle se sentait bien. Il lui arrivait parfois de s'endormir encore sur son bureau, mais la plupart du temps elle était en forme.

— Quand j'aurai grossi, avait-elle dit, tu pourras aller faire les courses d'alimentation et porter les paquets.

La question s'était posée de savoir si Caleb assisterait à l'accouchement. Sur ce plan, les sentiments de Laurel étaient partagés. Dans un sens, elle avait envie qu'il soit présent pour lui tenir la main et l'encourager. Mais d'un autre côté, elle n'aimait pas l'idée qu'il la voie aussi vulnérable. Toutefois, Caleb était têtu et il avait décidé qu'il serait là, un point c'est tout.

En outre… elle devait bien s'avouer qu'elle préférait qu'il soit là.

— Je suppose qu'il est logique qu'il se débarrasse de ses affaires urgentes au début de ta grossesse, au moment où c'est le plus facile, concéda Meg. J'avoue que je commençais à lui en vouloir un peu.

— Tu aurais tort. Il m'a sauvé la vie, en me poussant à prendre cette semaine de congé !

Il y avait longtemps qu'elle n'avait pas été aussi heureuse que pendant cette semaine. Son dernier souvenir de vrai bonheur remontait à la remise des diplômes universitaires.

— Tu ne fais jamais rien de drôle, dit Meg.

— Non, mais j'essaye de m'améliorer.

Et c'était vrai. Durant le dernier week-end, elle avait participé à une excursion dans les jardins de Seattle. Ce qui lui avait offert l'occasion d'admirer de superbes jardinets et de prendre des millions d'idées. Deux semaines avant, elle avait passé plusieurs heures à déambuler dans Pike Place Market. Un autre jour, elle avait pris le ferry jusqu'à Bremerton, comme elle s'était promis de le faire. Le soleil et l'air marin lui avaient fait du bien, mais Caleb lui avait manqué.

— Tu as des nouvelles de ton ancienne colocataire ? demanda Meg, comme si elle avait deviné que les pensées de Laurel la ramenaient à sa solitude.

Car elle avait fait toutes ces promenades en solitaire.

— J'ai reçu un e-mail, il n'y a pas très longtemps, répondit-elle d'un ton vague.

En fait, cela remontait très précisément à cinq mois. Elle avait eu l'intention de rappeler Nadia, ou de lui envoyer aussi un message. « Devine quoi ? Je suis enceinte, moi aussi. » Mais elle ne l'avait pas fait, parce que… Oh, elle ne savait pas très bien pourquoi. Sans doute parce qu'elle n'avait pas envie d'expliquer pourquoi elle n'avait pas répondu à ses courriers, les années précédentes.

Elle avait bâti toute une vie autour de sa lâcheté. La psychothérapeute qu'elle avait consultée pendant plusieurs années l'avait encouragée à reprendre une vie normale peu à peu, par étapes, plutôt que de se replonger d'un seul coup dans un tourbillon. Elle n'avait certainement pas voulu dire que cela impliquait de tenir ses amis à distance. Le mot « temporairement » revenait souvent dans ses conseils. Comme si elle avait la certitude que Laurel renouerait un jour avec sa vie d'autrefois.

Ce soir-là, une fois que Meg fut repartie, Laurel se prépara une salade pour le dîner, tout en pensant à Nadia. Le jour où elle avait pris le ferry, juste pour passer le temps, elle aurait pu monter dans celui qui se rendait à Bainbridge Island. Elle avait choisi celui de Bremerton, parce que la traversée était plus longue, s'était-elle dit. A présent, elle se rendait compte qu'elle avait fait ce choix inconsciemment, pour éviter de se rapprocher de Nadia, qui vivait à Bainbridge. Elle aurait été obligée de penser à elle, en voyant l'île se profiler à l'horizon. Et comme il aurait été facile d'aller frapper à sa porte ! « J'ai eu envie de passer te voir. Tu viens déjeuner avec moi ? »

Qu'aurait dit Nadia ? Et maintenant, que dirait-elle,

si elle l'appelait ? Si elle l'appelait ce soir, dès qu'elle aurait fini de dîner ?

Un sentiment d'angoisse, désormais familier, lui noua la gorge. Naturellement, elle pouvait se contenter d'envoyer un e-mail. Il était beaucoup plus facile de s'expliquer par écrit. Elle pourrait se relire, réfléchir avant d'envoyer le message. Alors que par téléphone, une fois les mots prononcés, il n'était pas possible de revenir dessus. Oui, c'était le bon sens même…

Dans la soirée, elle irait voir si elle avait reçu un e-mail de Caleb et elle en profiterait pour en envoyer un à Nadia. Ou peut-être demain matin.

Sa tension se dissipa.

Elle le ferait bientôt, de toute façon.

Détendue, elle se leva pour aller débarrasser la table. Mais elle ne put s'empêcher de repenser à sa façon de faire. Combien de fois s'était-elle tranquillisée de cette façon ? Ses expressions préférées semblaient être « bientôt, un jour, demain, peut-être, l'année prochaine… ».

Des mots de lâcheté. Des expressions qu'elle aurait méprisées à vingt-deux ans, quand elle était décidée à affronter le monde.

En fait, c'étaient des mots qui l'arrangeaient. Elle pouvait se redire tous les ans « l'année prochaine ». « Bientôt » était une notion vague, qui pouvait aussi bien signifier « jamais ».

De quoi avait-elle peur ? Que Nadia soit en

colère ? Qu'elle ait perdu tout intérêt pour leur relation ?

Ou, au contraire, qu'elle ait envie de renouer des liens d'amitié avec elle ?

Elle n'en savait franchement rien, mais elle avait du mal à définir ce qu'elle ressentait. Une espèce de raideur, peut-être. La volonté d'ignorer son anxiété, au lieu de s'y soumettre.

Ce serait agréable, de bavarder de nouveau avec Nadia. Les heures qu'elle avait passées récemment avec Caleb lui avaient remis à la mémoire les bons moments partagés avec elle. Les après-midi sur la pelouse ou sur leurs lits de la cité universitaire, à discuter, à rêver, à faire des projets. Nadia et elle étaient devenues aussi proches que deux sœurs.

Nadia était venue presque tous les jours, pendant son séjour à l'hôpital. Puis Laurel lui avait fait comprendre qu'elle avait besoin d'être seule. La présence de ses anciens amis la mettait mal à l'aise.

Elle n'avait pas noué de nouveaux liens d'amitié depuis, à l'exception de Matt. Les camarades qu'elle avait rencontrés au cours de sa première année d'études à Washington étaient venus vers elle, après l'agression. Mais elle n'avait jamais répondu à leurs coups de téléphone, ni à leurs messages. Peu à peu, elle les avait perdus de vue. Leur vie avait évolué, tandis que la sienne était restée au même point.

Elle décida brusquement d'appeler Nadia plutôt que de lui envoyer un e-mail. Assez de lâcheté !

Le cœur battant, elle décrocha le téléphone. Elle n'avait jamais appelé la jeune femme dans la maison de Bainbridge où elle vivait avec son mari et elle dut chercher le numéro dans son carnet.

Elle appuya sur les touches et la sonnerie résonna. Une fois, deux fois, trois fois… On décrocha et une voix d'homme dit :

— Allô ?

Laurel avait complètement oublié l'existence du mari. Déconcertée, elle bredouilla :

— Euh… bonjour… pourrais-je… parler à Nadia ?

— Je crois qu'elle est couchée, mais je vais voir. C'est de la part de qui ?

Laurel fut submergée par une vague de panique. Couchée ? Voyons…

Cinq mois auparavant, Nadia lui avait dit qu'elle était enceinte. Cela signifiait qu'elle en était au moins à son huitième mois de grossesse.

— Laurel, finit-elle par articuler. Laurel Woodall.

— Oh, vraiment ?

Il y eut une longue pause, puis l'homme reprit :

— Bonjour, Laurel. Pour vous, je suis sûr qu'elle se lèvera.

Nadia lui avait donc parlé d'elle ? Etait-ce un bon ou un mauvais signe ? Elle attendit, rigide, les doigts crispés sur l'appareil.

Une longue minute s'écoula, avant que la voix de Nadia ne résonne au bout du fil. Une voix contenue.

— Laurel, c'est toi ? C'est vraiment toi ?

— Oui, c'est moi. Je suis désolée.

— Désolée ? Mais pourquoi ?

— Parce que je ne t'ai pas appelée pendant des années.

— Mais tu m'appelles, maintenant ! répondit Nadia. C'est le principal.

— Comment se passe ta grossesse ?

— Bien. Je dois accoucher dans moins de deux semaines. C'est incroyable… Si tu me voyais, tu ne me reconnaîtrais pas. Je ressemble à un hippopotame. J'étais sûre que le médecin allait m'annoncer des jumeaux, mais non. Apparemment, mon bébé va entrer dans le livre des records. Je vois les titres d'ici : « Un nouveau-né entre directement à la maternelle ! »

Laurel rit de bon cœur.

— Tu sais si c'est une fille ou un garçon ?

— Non, c'est le mystère.

Nadia lui expliqua ensuite qu'elle allait se rendre bientôt à Seattle pour accoucher.

— Je viendrai te voir…

— Tu devrais venir tout de suite. Je meurs d'ennui. Il n'y a que le ferry à prendre, c'est facile.

Laurel annonça alors de but en blanc :

— Moi aussi, je suis enceinte.

— Ce n'est pas possible ? s'exclama Nadia, stupéfaite. Oh, mon Dieu… Non, ce n'est pas ce que je voulais dire ! Mais tu avais juré de ne jamais…

— Ne t'inquiète pas, je comprends. En fait… j'ai choisi la voie médicale. Enfin, pas vraiment médicale, puisque…

Elle s'interrompit, un peu embarrassée, et reprit d'une voix précipitée :

— Caleb a fait don de son sperme.

Il y eut un long silence. Puis Nadia répondit, incrédule :

— Caleb ?

— Nous sommes restés amis.

— Caleb et toi ?

C'était comme si elle avait dit, à voix haute : « Tu es restée amie avec lui, mais pas avec moi ? »

— Il a refusé de couper les ponts.

— Tu veux dire qu'il n'a pas baissé les bras, comme je l'ai fait ?

Les choses étaient plus difficiles qu'elle ne l'avait prévu.

— Il a continué de venir me voir, même quand je le recevais mal.

Il y eut un nouveau silence.

— Je suis désolée d'avoir baissé les bras, Laurel. Notre amitié aurait dû être plus solide que ça.

— Caleb a toujours été particulièrement entêté, tu sais.

— Tu l'aimes.

Laurel fit mine de ne pas comprendre.

— Je t'aime aussi.

— Non, je veux dire… Tu vas avoir un enfant de lui. Bon sang, je regrette de ne pas avoir lancé des paris à l'époque ! Je serais riche comme Crésus !

— Tu te doutais que j'aurais un enfant avec Caleb ?

— Je savais que tu vivrais avec lui.

— Mais je ne vis pas avec lui. Nous sommes simplement amis.

— Le résultat est le même, non ?

Laurel posa les yeux sur son ventre arrondi.

— Eh bien… oui.

— Tu es enceinte de combien de semaines ?

Elles passèrent ensuite dix minutes à comparer leurs différents symptômes et à se plaindre des petites misères de la grossesse.

— Tu as perdu du poids ? s'exclama Nadia, sidérée. Mon Dieu ! Moi je n'ai fait qu'en prendre. Je refuse de compter les calories. Tout ce que je veux, c'est manger !

— Moi aussi. Maintenant que je n'ai plus de nausées je rattrape le temps perdu.

— C'est incroyable ! Nous sommes enceintes en même temps !

Finalement, elles ne s'étaient peut-être pas autant éloignées l'une de l'autre qu'elles le croyaient.

— Tu peux venir me voir ? demanda Nadia. Je suis en congé de maternité. Honnêtement, je ne pense pas reprendre tout de suite après la naissance du bébé. Et toi ?

— Je n'ai pas les moyens d'arrêter de travailler.

— Je croyais que Caleb gagnait très bien sa vie ? J'ai lu un grand nombre d'articles sur ses boutiques.

Une fois de plus, Laurel lui répéta que Caleb n'était pas son mari, ni même son amant, et qu'il n'était pas censé l'entretenir.

— C'est ainsi qu'il voit les choses ?

— En tout cas, c'est ainsi que je les vois, moi.

— Tu as toujours eu du mal à accepter qu'on te rende service. Même les compliments te gênaient. Alors, j'imagine que c'est encore pire quand il s'agit d'argent.

En effet, elle préférait se débrouiller seule. Et alors ? Etait-ce une faiblesse ? Quant aux compliments, elle avait du mal à accepter ceux qui concernaient son apparence. Elle savait qu'elle n'avait rien de spécial et elle n'appréciait pas le manque de sincérité.

— J'aimerais vraiment te voir, poursuivit Nadia.

— Moi aussi.

— Rapidement.

— Demain ? suggéra Laurel.

Une fois de plus, Nadia eut la gorge serrée, comme si elle allait pleurer.

— J'ai tellement envie de parler avec toi !

Elles discutèrent des heures de traversée du ferry

et le mari de Nadia proposa d'aller la chercher sur le port.

Laurel raccrocha, un peu abasourdie. Elle se laissa tomber dans son fauteuil et s'aperçut brusquement que son anxiété s'était dissipée. Elle avait appelé Nadia. Tout allait bien.

Elle était contente.

Il fallait qu'elle le dise à Caleb.

Quelques minutes plus tard, elle tapa sur son ordinateur :

— J'ai appelé Nadia. Et tu sais quoi ? Demain, je prends le ferry pour aller la voir à Bainbridge.

Chapitre 6

Debout sur le pas de la porte, Laurel jeta discrètement un coup d'œil dans la chambre de la maternité. Nadia était assise dans son lit, son bébé au sein. L'espace d'une seconde, elle oublia que Caleb l'attendait en bas, dans le hall.

Le dimanche précédent, elle avait pris le ferry pour Bainbridge Island. Là, elle avait fait la connaissance de Darren, le mari de Nadia, un chirurgien orthopédiste. Puis elle avait retrouvé la meilleure amie qu'elle possédait au monde, en dehors de Caleb.

Leur grossesse avait instantanément recréé le lien qui s'était distendu au fil des années. En quelques secondes, elles s'étaient remises à rire et à parler comme si elles n'avaient jamais été séparées.

Le jeudi, Darren l'avait appelée au bureau, dans la matinée.

— Nadia est rentrée à la clinique hier soir et le bébé vient de naître. C'est un garçon, il pèse quatre kilos huit cent cinquante grammes !

— Quatre kilos huit cent cinquante ? Eh bien !

Elle ne plaisantait pas, quand elle disait que le bébé était gros !

— Il paraît que j'étais moi-même un gros bébé.

Un gros bébé devenu depuis très grand. Darren mesurait presque un mètre quatre-vingt-dix et à côté de lui, sa femme paraissait toute petite. Laurel l'avait tout de suite trouvé sympathique.

— Combien de temps est-ce qu'elle va rester à la maternité ?

— Cette nuit encore, probablement. Alex est né avec une petite jaunisse et les médecins préfèrent le garder un peu.

— Est-ce que tu penses que je peux passer la voir ?

— Bien sûr ! Ta visite lui fera même extrêmement plaisir.

Laurel était donc venue en sortant du bureau. Elle regardait la tête brune de son amie, penchée sur l'enfant qui essayait de téter. La jeune femme avait une expression si tendre, que Laurel sentit des larmes lui brûler les paupières.

— Coucou ! dit-elle doucement.

Nadia leva les yeux et eut un sourire radieux.

— Tu es là ! Viens t'asseoir près de moi. Dis-moi, as-tu déjà vu un aussi beau bébé ?

Elle ne distinguait pas très bien son visage, mais il ne lui semblait pas exceptionnel. A vrai dire, elle n'avait pas eu l'occasion de voir des nouveau-nés de près jusqu'ici. Elle serait probablement tout aussi partiale que son amie, quand elle aurait le sien. De fait, la tête du petit Alex était légèrement déformée, ses cheveux noirs collés sur son front, sa peau rouge. Et il semblait minuscule !

— C'est vraiment un gros bébé ? demanda-t-elle en regardant la menotte qui émergeait de la couverture.

— Très, très gros, dit Nadia en riant. C'est stupéfiant, non ? Quand je pense que dans quelques mois, il marchera !

— Et qu'un peu plus tard, il voudra passer son permis de conduire !

— On a beau savoir que ça se passera ainsi…

— Ça ne paraît pas possible, enchaîna Laurel, en hochant la tête.

Elle se laissa tomber sur une chaise près du lit et murmura :

— Je n'en reviens pas. Tout à coup, ce bébé est devenu une réalité.

— Je n'y croyais pas trop, moi non plus, avoua Nadia.

Ses cheveux bruns étaient tout emmêlés. Elle ne portait pas de maquillage. Darren avait dit à Laurel qu'elle avait passé de longues heures dans la salle d'accouchement et malgré cela elle était radieuse. Ses yeux bruns étaient brillants, son sourire parfaitement serein.

— Mais maintenant j'y crois. Et si tu savais ce

que je ressens, dit-elle en caressant son enfant du regard. On a beau lire tous les livres qu'on veut, on n'est pas préparée à un tel sentiment.

— Darren n'est pas jaloux ? lui demanda Laurel sur le ton de la plaisanterie.

Nadia eut un rire doux.

— Il est trop émerveillé par son fils. Il n'arrête pas de lui enlever sa grenouillère pour mieux l'admirer. Je suis sûre qu'il a recompté dix fois ses orteils. Mmm… Il s'est endormi, dit-elle.

L'enfant s'était détaché de son sein et ses traits étaient crispés, comme s'il était en proie à des milliers de soucis. Mais il fallait avouer qu'il avait mené une rude bataille, lui aussi. Que devaient éprouver les bébés, quand ils quittaient le ventre maternel pour être projetés dans le bruit, la lumière et l'air glacé du monde extérieur ?

— Caleb m'a accompagnée. Il est dans le hall…

— Vraiment ? Va donc le chercher !

— Tu es sûre ? Je pensais que tu n'aimerais pas avoir trop de monde à la fois.

— Tu plaisantes ? J'ai très envie de le voir !

Quand Laurel redescendit dans le hall, Caleb se leva pour aller à sa rencontre.

— Tu n'es pas restée longtemps.

— Nadia ne veut pas que tu repartes sans avoir admiré son bébé !

Il se mit à rire et la suivit le long des corridors

de la maternité. Ils entrèrent dans la chambre et il alla tout droit vers Nadia pour l'embrasser sur la joue. Puis il se redressa et examina le visage rouge et plissé du bébé.

— Il te ressemble. Je retrouve tout à fait ton expression pendant les semaines des examens…

Elle lui donna un coup de poing dans les côtes et ils rirent ensemble.

— Non, sérieusement, il te ressemble. Il a tes yeux, ton nez et même ta bouche.

Laurel examina l'enfant plus attentivement et s'aperçut que Caleb avait raison.

— Le menton est différent. La fossette de son papa ?

— Je pense, dit Nadia en contemplant son fils d'un air rêveur. J'espère qu'il sera grand comme lui.

— Ce qui veut dire qu'à onze ou douze ans, il devra baisser la tête pour te parler !

— Est-ce que ça ennuyait ta mère, quand tu étais adolescent ?

— Non. Elle savait qui détenait l'autorité.

Il tira une chaise à lui et ils bavardèrent quelques minutes. Mais bien vite, Nadia donna des signes de fatigue, marquant une pause avant de répondre à leurs questions, comme si elle avait du mal à suivre la conversation.

Une infirmière entra et emmena Alex. Laurel en profita pour se lever.

— On va te laisser. Tu as besoin de te reposer.

— Vous n'êtes pas obligés de partir…

— Ça vaut mieux. Tu n'auras pas souvent l'occasion de faire une nuit complète, au cours des prochaines semaines !

Les deux jeunes femmes s'embrassèrent puis ils quittèrent la chambre. Ils s'arrêtèrent un instant derrière la vitre de la nursery, pour regarder la demi-douzaine de bébés endormis.

— Tu imagines ? murmura Caleb.

C'était ce qu'elle faisait depuis cinq mois. Imaginer. Au tout début, elle se sentait si mal qu'il lui avait été impossible de se projeter avec le bébé. Mais maintenant qu'elle commençait à sentir ses mouvements dans son ventre, elle passait son temps à rêver.

Sans aucune raison logique, elle pensait qu'elle attendait une fille. Elle se demandait comment elle serait. Aurait-elle l'idéalisme de son père, ou bien le pragmatisme de sa maman ? Serait-elle créative, un peu fofolle, ou bien sérieuse ? Attirée par la vie sociale, ou introvertie ? Econome, ou dépensière ?

Que deviendrait-elle ? Trouverait-elle quelque chose qu'elle voudrait faire avec passion ? Se marierait-elle, aurait-elle des enfants, serait-elle une mère épanouie ?

— Allons manger. Ensuite, nous irons au cinéma, proposa Caleb.

— Je vais avoir beaucoup de travail demain…

Il l'enveloppa d'un regard enjôleur.

— Nous ne rentrerons pas tard.

— Qu'est-ce que tu as envie de voir ?

Il éclata de rire, la serra dans ses bras et la relâcha avant qu'elle ait pu éprouver la moindre appréhension.

— C'est bien ma Laurel ! Toujours méfiante !

Combien de fois lui avait-il déjà fait cette remarque ? Et combien de fois avait-elle répondu la même chose ?

— Je ne suis pas méfiante. Mais j'aime savoir où je vais.

Elle avait été une petite fille prudente, réservée, qui aimait bien mettre les points sur les i, comme disait son père. Elle avait fini par se persuader qu'elle pouvait prendre des risques. Puis, en une heure, une heure épouvantable, elle avait appris que le fait d'étudier tard le soir, de regagner sa voiture seule, représentait une trop grande audace.

Aussi, maintenant, ne prenait-elle plus le moindre risque, si minuscule fût-il. Elle n'essayait pas de se rendre dans un nouveau magasin d'alimentation, ne se mettait jamais en retard quand elle allait prendre le bus le matin, suivait une routine précise pour fermer la maison le soir, une autre pour se préparer le matin.

— A quoi penses-tu ? lui demanda Caleb.

— J'avais oublié que j'avais toujours été froussarde.

— Tu n'étais pas froussarde. Mais tu n'aimais pas les surprises, c'est tout.

— Les surprises sont parfois agréables.

Il l'observa en plissant le front, inquiet.

— Oui, c'est vrai.

— Alors, surprends-moi, dit-elle. Choisis un film, n'importe lequel.

Il eut un sourire qui lui réchauffa le cœur.

En sortant de la maternité, il prit un journal qu'il ouvrit dans la voiture. Dans un bruissement de papier, il chercha les horaires des cinémas et les parcourut en silence.

— *Serafina,* ça te dit ?

— *Mellanzane alla Serafina ?* J'ai toujours adoré.

Caleb replia le journal et fit remarquer :

— Ce ne sont jamais que des aubergines.

— J'adore les aubergines, dit-elle en bouclant sa ceinture. Et il y a une éternité que je ne suis pas allée au cinéma.

— Moi aussi.

Caleb trouva une place pour se garer à une centaine de mètres du restaurant italien de Eastlake qu'ils connaissaient bien. Le dîner fut aussi bon qu'elle s'y attendait. Caleb lui raconta son dernier voyage et elle lui rapporta ses retrouvailles avec Nadia, après presque cinq ans de séparation. En dessert, ils prirent de savoureuses profiteroles accompagnées de glace au caramel et de sauce au chocolat.

— Hmm, murmura-t-elle en se léchant les lèvres.

Je n'ai jamais raffolé du chocolat, mais depuis quelque temps j'en ai constamment envie.

Il lui sembla un instant que le regard de Caleb s'assombrissait et s'attardait sur ses lèvres.

— Je vois, dit-il d'une voix rauque.

Laurel éprouva un petit frisson, comme si elle découvrait tout à coup qu'elle possédait un pouvoir qu'elle avait jusque-là ignoré.

L'impression s'évanouit presque aussitôt. Caleb sourit, et remercia le serveur qui apportait l'addition.

Elle se préparait à voir un film original. Caleb aimait le cinéma d'art et d'essai. Mais il l'emmena tout simplement voir un film danois sentimental, dont elle avait lu la critique dernièrement.

Quand ils furent installés dans leurs fauteuils, Caleb posa la main sur l'accoudoir, entre eux.

— Tu te rappelles, nos sorties ?

Une vague de bonheur la submergea. Ils avaient gardé l'habitude de sortir ensemble, même quand l'un d'entre eux sortait avec quelqu'un d'autre.

A l'époque, ils étaient étudiants et devaient se contenter d'une pizza, ou d'un hamburger. Après quoi, ils allaient au cinéma du quartier. Ils se tenaient toujours la main pendant le film. Caleb y tenait absolument, car c'était leur rendez-vous.

C'était une façon d'affirmer leur amitié, sans arrière-pensée.

Elle lui donna sa main en riant et sentit ses doigts

se refermer sur les siens. Elle n'avait pas tenu la main de quelqu'un depuis des années. Sans doute pas depuis la dernière fois qu'ils étaient allés au cinéma ensemble, au cours de leur dernière année à l'université. Après cela, Caleb était parti à l'étranger.

Les lumières s'éteignirent. Caleb ne lui lâcha pas un instant la main. Son épaule touchait la sienne, mais elle ne se sentait pas mal à l'aise. Le contact était plutôt rassurant, au contraire. Elle avait l'impression de retrouver le bon vieux temps.

Le film était aussi bon que l'annonçaient les critiques. Ce que Laurel aimait, dans les films étrangers, c'était qu'ils ne mettaient pas en scène de superbes acteurs. Les personnages avaient l'allure de gens normaux, leurs problèmes étaient réels. Les deux personnages principaux se rencontraient et s'aimaient, bien qu'ils ne parlent pas la même langue. Les obstacles à leur bonheur pouvaient sembler un peu absurdes, mais on croyait malgré tout à leur histoire. Quand la lumière se ralluma, Laurel souriait.

Elle se tourna vers Caleb.

— Bon choix pour moi ! Mais tu as dû trouver que c'était une histoire à l'eau de rose, toi, non ?

— Non, ça m'a plu.

Il lui pressa la main, la relâcha et s'étira.

— Il est temps de rentrer, non ?

Il la raccompagna jusqu'à sa porte, comme pour un vrai rendez-vous. Laurel était contente d'être escortée, car elle n'aimait pas rentrer seule le soir. Quand elle eut ouvert et allumé la lampe de l'entrée, il sourit et lui dit :

— J'ai passé une bonne soirée.

Puis il l'embrassa sur la joue, comme il l'avait fait un peu plus tôt avec Nadia. Elle tressaillit, surprise de sentir son souffle chaud, le contact de ses lèvres.

Il fit mine de ne pas s'en apercevoir et lança simplement :

— Bonsoir.

Puis il s'éloigna.

Laurel ferma la porte à clé et se rendit directement dans la salle de bains.

Pourquoi avait-il fait cela ? Craignait-il de la blesser en se montrant plus affectueux avec Nadia qu'avec elle ? Elle avait trouvé ce geste parfaitement naturel quand il avait salué Nadia.

Ils ne s'étaient jamais embrassés autrefois, pas même lorsqu'ils sortaient ainsi, tous les deux. Parfois, il lui était arrivé de souhaiter qu'il se penche vers elle, qu'il prenne ses lèvres. Et elle avait vu dans ses yeux qu'il en avait envie, lui aussi. Mais ils savaient l'un comme l'autre qu'ils n'oseraient pas aller au-delà d'un certain point. S'ils voulaient rester amis, ils ne pouvaient franchir une certaine limite.

Ce soir, cependant, il était allé au-delà de ce qu'ils s'autorisaient d'habitude. Peut-être y attachait-elle trop d'importance ? Après tout, ce n'était pas un baiser romantique, loin de là. Caleb avait probablement pris des habitudes nouvelles en Amérique latine et ce genre de baiser ne signifiait rien de plus pour lui qu'une poignée de main.

Oui, mais si c'était le cas, il l'aurait déjà embrassée sur la joue sans y penser, au cours des cinq dernières années. Alors, pourquoi commençait-il maintenant ?

Laurel mit l'alarme du réveil et éteignit sa lampe de chevet. Une fois plongée dans l'obscurité, elle admit qu'elle avait été agréablement surprise par ce baiser. Elle évitait les contacts physiques, cependant ce genre de gestes affectueux lui manquait.

Son père était un homme merveilleux, mais il n'était pas démonstratif. Lorsqu'elle était arrivée à l'université, elle s'était rendu compte que les autres, même quand ils étaient simplement amis, n'hésitaient pas à s'embrasser sur la joue, à se tenir par l'épaule, à s'enduire mutuellement de lotion solaire, à se masser le cou, ou à se promener enlacés.

Peut-être… *peut-être* pouvait-elle apprendre à avoir de nouveau ce genre de contact. C'était probablement tout ce que Caleb voulait lui faire comprendre.

Les yeux fixés au plafond, elle réfléchissait. Et s'il n'était pas avec elle seulement par amitié ? Ni même pour le bébé ? Qu'éprouverait-elle si, la prochaine fois, il l'embrassait pour de bon ?

Caleb n'avait pas envie de quitter la ville, maintenant que Laurel commençait à lui faire confiance. Mais s'il voulait accomplir tous ses voyages de l'année pendant les quelques mois précédant la naissance du bébé, il fallait qu'il s'en aille.

— Tu te débrouilleras sans moi ? s'enquit-il au téléphone, quand il l'appela pour l'avertir de son départ.

— Naturellement !

— Tu pourrais me laisser mes illusions ! Je pensais que je t'étais devenu indispensable.

Le ton était léger, mais il grimaça. Il n'aurait pas dû dire ça. C'était trop proche d'une déclaration.

Cependant, la voix de Laurel s'adoucit.

— Ce n'est pas parce que nous sommes amis que tu dois passer me voir trois fois par semaine. Tes affaires t'obligent à voyager, c'est normal.

Oui, et il n'avait pas envie de tout laisser tomber. Cependant, son intérêt pour ces voyages avait changé. Il ne s'en était pas rendu compte immédiatement. Mais à présent, il s'apercevait que son enthousiasme avait fini par s'émousser. L'excitation et la passion du début s'étaient transformées en tranquille satisfaction.

Il dut faire un effort considérable pour se rendre à l'aéroport.

Il lui arrivait aussi de perdre patience dans la gestion des différentes coopératives. Les livraisons qui n'arrivaient pas, l'intervention des bureaucrates, tout cela l'exaspérait.

Cette fois-ci, il perdit une journée entière à parlementer avec un fonctionnaire équatorien, qui essayait d'obtenir un pot-de-vin pour ne pas fouiller trop méticuleusement la cargaison d'un bateau, au risque de briser de précieuses céramiques. Caleb prit alors conscience du changement qui s'était opéré en lui. Cachant sa colère sous les poignées de main et les sourires doucereux, il se demanda où voulait en venir cet imbécile. Voulait-il que les villageois meurent parce qu'ils ne pouvaient se payer des médicaments, ou acheter quelques alpagas dont ils pourraient revendre la laine ?

En fait, l'homme en question ne voulait sans doute rien de tout ça. Il était tout simplement trop occupé à assurer son minuscule pouvoir sur plus pauvres que lui pour se soucier du bien de tous.

Quelques années auparavant, Caleb s'était imaginé pouvoir convaincre ce genre de bureaucrates, leur communiquer ses enthousiasmes et ses espoirs. Aujourd'hui, il se contenta de glisser une liasse de billets, avant de quitter les bureaux du gouvernement. Son chauffeur l'attendait devant la porte. Quito oscillait encore entre l'ancien temps et la modernité. A quelques kilomètres seulement du centre-ville, ils se retrouvèrent sur une piste de terre battue. La jeep avançait le long de la route défoncée, en soulevant des nuages de poussière. A la prochaine pluie, la piste se transformerait en marécage.

Les pieds bien à plat sur le fond rouillé de la voiture, Caleb était en proie à un tel mélange de colère et de frustration qu'il se rendit à peine compte qu'ils ralentissaient à l'entrée d'un village. Des femmes aux vêtements colorés se dirigeaient vers le puits, une cruche en équilibre sur la tête, des enfants nus riaient et couraient au milieu de la route. Des champs s'étendaient à perte de vue, en direction des Andes.

Cette nuit-là, allongé sur un tapis à même le sol, il se dit que son affaire s'était trop développée. La joie et l'enthousiasme des premiers temps avaient disparu. Les challenges qui se présentaient ne lui donnaient plus d'élan, il les considérait simplement comme des obstacles irritants. Il ne venait plus en Equateur pour y passer trois semaines de détente. Non, au lieu de cela, il devait accomplir, dans le même laps de temps, un itinéraire précis à travers quatre pays. Et une journée perdue comme celle-ci chamboulait tout son programme.

Autrefois, il se serait ouvert de ses soucis à son père, qui était aussi un homme d'affaires. Mais il avait du mal à lui pardonner la façon dont il avait accueilli la nouvelle de la grossesse de Laurel. Sa colère était si profonde, qu'il avait du mal à parler de quoi que ce soit avec son père.

La prochaine étape de son voyage était Cuzco,

cette très ancienne ville du Pérou qu'il avait appris à aimer, au fil de ses visites. C'était en partie grâce au tourisme que la vieille cité avait pu garder tout son charme.

Encore une fois, il fut confronté à des retards et à toutes sortes de frustrations. Il n'eut pas le temps de flâner dans les étroites rues pavées, ni de déambuler sur les marchés en plein air, dans l'espoir d'y dénicher de nouveaux artisans. Non, il dut repartir au bout de quatre jours, en n'ayant pu s'occuper que des affaires en cours.

Il aimait cette ville. Toutefois, c'était encore toute une histoire pour s'y rendre et en repartir. Acheter un billet dans l'une des petites compagnies aériennes sud-américaines revenait un peu à négocier avec Dieu lui-même.

Ce jour-là, après avoir pris place dans l'avion, il regarda ahuri l'hôtesse de l'air fermer la porte et la coincer à l'aide d'une corde de chanvre. Il déboucla sa ceinture et se leva, puis se rassit, indécis. Bon sang ! S'il redescendait à terre, Dieu seul savait quand il pourrait avoir un autre vol. Il se dit que cela faisait sans doute des mois qu'ils utilisaient cette corde pour tenir la porte fermée. Combien de chances y avait-il pour qu'un accident se produise cette fois-ci ? Un pourcentage élevé…

Malgré tout il boucla de nouveau sa ceinture, serra les dents et ferma les yeux, en proie à une sourde appréhension. Cet aéroport était répertorié parmi les plus dangereux, car les avions devaient décoller très vite, afin de passer au-dessus de la chaîne de montagnes qui entourait la ville.

L'atterrissage vous donnait l'impression d'une plongée en enfer. L'avion s'approchait tellement de la montagne, que l'on voyait distinctement les feuilles des arbres. Vous pouviez refaire ce voyage des dizaines de fois, dès la descente amorcée, la crainte que le pilote ne parvienne pas à redresser le nez de l'avion s'emparait de vous.

Cette angoisse particulière faisait partie des changements qui s'étaient produits chez lui ces derniers temps : maintenant, il avait peur de mourir.

Il n'arrivait plus à envisager avec le même fatalisme la possibilité qu'un jour, un de ces vieux coucous tombe du ciel. Ou bien que son corps sans vie soit retrouvé dans une jeep sur le bas-côté de la route, dans un des pays où les forces du gouvernement et les rebelles guérilleros se menaient une guerre incessante.

Les paysans qui s'enrichissaient grâce à lui étaient peu susceptibles de soutenir les rebelles, ce qui le rendait impopulaire parmi ces derniers. Au Pérou, en Colombie, et dans une demi-douzaine d'autres pays d'Amérique centrale et d'Amérique du Sud, des bandes armées terrorisaient les villageois et engageaient des escarmouches contre l'armée. A Haïti, c'étaient les forces du gouvernement que Caleb redoutait, car elles représentaient un danger pour les paysans dont il tentait, lui, d'améliorer le niveau de vie.

Il s'était déjà souvent trouvé dans des situations où sa vie ne tenait qu'à un fil. Au Guatemala, un petit groupe de rebelles l'avait tenu en joue et pour s'en sortir, il avait dû leur faire croire que le but de sa présence dans le pays était de déstabiliser le gouvernement. Il avait reçu des menaces de mort, il avait plus d'une fois fui dans la jungle, échappant d'un cheveu aux guérilleros.

Quand il était jeune et écervelé, la sensation d'échapper à la mort de justesse lui donnait un sentiment d'exaltation. Mais à présent, il allait devenir père et il voulait être là, non seulement pour la naissance de son enfant, mais aussi pour le voir grandir. Il voulait jouer au football avec lui, aller aux réunions de parents d'élèves, à la remise des diplômes.

Et puis il y avait Laurel. Toujours Laurel.

Elle croyait peut-être ne pas avoir besoin de lui, mais elle se trompait.

Il avait fait un testament juste avant son départ en voyage, dans lequel il lui léguait tout ce qu'il possédait. Elle n'aurait sans doute pas été d'accord, s'il l'avait mise au courant. Au moins, si ce maudit avion s'écrasait dans une gerbe de flammes, elle serait à l'abri du besoin.

Mais bon sang, il n'avait pas envie de mourir ! Car un jour ou l'autre, elle voudrait un deuxième enfant. Et alors, il sortirait de sa tombe, plutôt que de laisser Matt Baker être le donneur !

L'avion s'élevait, quasiment à la verticale, et la carlingue tremblait. Les passagers, en majorité des hommes d'affaires qui prenaient pourtant ce coucou régulièrement, crispaient les doigts sur les accoudoirs. Quand l'appareil survola enfin la chaîne montagneuse qui entourait Cuzco, il y eut des soupirs de soulagement.

Caleb avait l'œil sur la corde qui maintenait la porte fermée, mais celle-ci tint bon jusqu'à l'atterrissage, à Bogota. Il devait y passer une semaine, avant de se rendre au Honduras. Après cela, il pourrait enfin rentrer chez lui.

Ce soir-là, il sortit de son hôtel et alla se promener dans les rues, profitant de l'agréable température qui régnait toute l'année à Bogota. Il mangea dans un petit café, où on lui servit un plat traditionnel accompagné de câpres et d'avocats. Quand il rentra, dans l'air frais et plaisant de la nuit, il songea avec angoisse à la journée du lendemain. Il devait se rendre dans une région de la côte, réputée pour sa chaleur accablante et ses pluies abondantes.

Il y avait un décalage horaire de plusieurs heures avec Seattle et il s'obligea à rester debout assez tard, afin d'appeler Laurel une fois qu'elle serait rentrée du bureau. Il composa le numéro et attendit pendant un temps qui lui parut interminable que la sonnerie résonne à l'autre bout de la ligne.

— Bonsoir ! lança-t-il quand elle décrocha.

— Caleb ! Ta voix est très lointaine.

— C'est normal. Je suis à Bogota.

— Tu me surveilles ?

La surveiller ? Peut-être… Il n'était pas sûr de pouvoir avoir de nouveau l'esprit tranquille, à son sujet. Et si lui ressentait cela, il n'y avait rien d'étonnant à ce qu'elle lutte elle-même contre une quantité de peurs.

— Tu me manques, dit-il. La vie de nomade a perdu de son charme à mes yeux.

— Tu as envie de dormir dans ton lit ?

« Non, dans le tien. »

Mais il ne pouvait pas le lui dire…

— Je pensais à la semaine que nous avons passée ensemble, à la maison. Quand je te regardais arracher les mauvaises herbes. Quand nous sortions pour déjeuner. Quand nous faisions la cuisine, que nous lisions, que nous jouions au Scrabble.

— Ça a été une semaine très agréable…

Allongé sur le matelas bosselé du petit hôtel dans lequel il descendait toujours, Caleb se concentra sur la voix de Laurel. Elle semblait mélancolique.

— Comment vas-tu ?

— Bien, dit-elle. Vraiment bien. J'ai vu le médecin mardi dernier et le bébé va bien aussi. Elle remue tellement, qu'elle me réveille la nuit.

— Elle ? Tu as passé une échographie ?

Laurel se mit à rire.

— Non, mais c'est bizarre de dire tout le temps : « il ou elle ». Et puis…

— Tu penses que c'est une fille.

— J'ai l'impression.

— Tu ne vas pas te sentir idiote, quand tu verras un petit costaud arriver ?

Il suivit des yeux un cafard qui traversa tranquillement la chambre pour entrer dans la salle de bains.

— Je ne lui dirai jamais que je m'attendais à avoir une fille. Et toi non plus. Jure-le sur ta tête.

— Considère que c'est fait.

Il n'était pas prêt à risquer sa tête, surtout après ses tristes pensées de la journée.

Ils bavardèrent encore quelques minutes. Elle avait dîné la veille avec Matt et Sheila. Il y avait une vague de chaleur à Seattle, ce qui était dur à supporter pour une femme au sixième mois de grossesse.

Et puis sa sœur avait rompu avec son petit ami qui s'habillait si mal, mais qui était génial en informatique. Elle sortait à présent avec un journaliste.

— Je pense que leur relation n'a pas beaucoup d'avenir, précisa-t-elle. L'autre jour, il l'a accusée d'avoir la tête dans le sable, parce qu'elle ne partage pas sa fascination pour l'information et qu'un détail dans la course au Capitole lui avait échappé.

— Apparemment, il manque singulièrement de tact.

Laurel éclata de rire.

— C'est vrai, mais il faut être honnête. Meg n'en a pas beaucoup non plus. Elle dit ce qu'elle pense sans prendre de gants.

— La première fois qu'elle m'a vu, tu sais ce qu'elle a dit ? « Ce que tu es maigre ! »

Un autre rire s'égrena au bout du fil.

— J'avais oublié. J'ai toujours pensé que ses doutes à ton sujet venaient du fait que tu voulais prouver que tu étais un dur en jouant au rugby.

C'était exact et ce souvenir était encore trop embarrassant pour qu'il l'admette de gaieté de cœur.

— Quel âge avait-elle ? Quinze ans ?

Le cafard avait disparu dans un recoin, mais Caleb n'était nullement inquiet. Il dormirait tranquillement sous sa moustiquaire. Il avait pris l'habitude de l'emporter avec lui, de crainte d'attraper la malaria ou la dengue. Celles qui étaient fournies par l'hôtel étaient souvent trouées et avaient une fâcheuse tendance à laisser passer toutes sortes de bestioles.

Il quitta Laurel à regret, alla à la salle de bains en regardant où il mettait les pieds, puis s'enveloppa dans sa moustiquaire pour la nuit.

C'était étrange, songea-t-il, sur le point de s'endormir. Autrefois, il ne souffrait jamais de la solitude.

Chapitre 7

Au grand soulagement de Caleb, sa mère fit des efforts louables pour se rapprocher de lui, après la discussion pénible qu'ils avaient eue, à l'annonce de la grossesse de Laurel. Elle commençait invariablement leurs communications téléphoniques par la même question : « Comment va Laurel ? »

Elle ne dérogea pas à cette règle, lorsqu'il décrocha, cette fois-ci :

— Comment va Laurel ? Je n'arrête pas de penser à elle, depuis qu'il fait si chaud.

— Elle va bien, répondit-il, tout en observant la page qui venait de s'afficher sur l'écran de son ordinateur.

Un silence suivit, gêné.

— J'ai encore du mal à me dire qu'elle porte notre petit-fils ou notre petite-fille…

— Bon ! Vous admettez enfin que vous allez être grands-parents, papa et toi ? C'est nouveau !

Il s'en voulut immédiatement d'avoir dit ça, mais il n'avait toujours pas digéré sa colère.

— Caleb, nous n'avons jamais voulu nier ce fait. Tu as mal interprété ce que nous avons dit.

— Vraiment ? J'ai cru comprendre que vous étiez choqués et déçus que je me sois laissé « rouler dans la farine » par une « femme ».

— Ton père a manqué de tact.

— Peut-être, mais il a dit exactement ce qu'il pensait !

— J'aimerais quand même que tu essaies de comprendre notre point de vue. Tu crois que nous sommes enchantés que notre premier petit-enfant vienne au monde parce que notre fils a fait un don de sperme ?

— Il s'agit de Laurel. Pas de n'importe quelle femme !

— D'accord. Mais nous n'avions pas compris ce qu'elle représentait pour toi. Tu n'es pas très communicatif, reconnais-le. Tu sais depuis combien d'années nous ne l'avons plus vue ?

Caleb fronça les sourcils, oubliant son écran d'ordinateur. Ses parents ignoraient donc ce que Laurel représentait pour lui ? Ils avaient vraiment cru qu'elle n'était qu'une connaissance comme une autre ?

Peut-être. Après tout, lui-même n'était pas sûr d'avoir toujours su quelle place elle tenait dans sa vie. Et depuis qu'il n'était plus adolescent, il ne leur parlait jamais des femmes avec lesquelles il sortait.

— Non, reconnut-il.

— La dernière fois, c'était juste après vos examens. Nous étions tous allés dîner ensemble.

Laurel, son père et sa sœur, ses propres parents et lui…

— Il y a six ans, fit-il pensivement.

— Oui. Six ans. Ton père ne voulait pas dire du mal d'elle, mais il essayait de t'expliquer qu'elle était devenue une étrangère pour nous.

Un nouveau silence. Puis la tonalité se fit entendre. Sa mère avait raccroché. Il fit de même.

C'était donc sa faute si ses parents avaient été horrifiés en apprenant que Laurel attendait un enfant de lui ?

Il se passa une main sur le menton et constata qu'il avait oublié de se raser.

C'était sa faute, admettons. Mais seulement en partie. Car son père n'avait pas été simplement abasourdi. Il avait été en colère. Et alors que sa mère continuait de l'appeler régulièrement, son père n'avait pas fait le moindre effort pour se réconcilier avec lui.

De toute évidence, il considérait qu'il n'avait aucune raison de s'excuser.

Et tant qu'il ne reconnaîtrait pas son erreur, Caleb ne ferait aucun geste vers lui.

***

Au sixième mois de grossesse, Laurel offrait une gracieuse image de femme enceinte. Sa démarche n'était pas alourdie, elle n'avait aucune difficulté à se lever d'une chaise ou à entrer dans une voiture, mais il était devenu évident qu'elle attendait un heureux événement.

Caleb n'avait jamais pensé qu'une femme enceinte pouvait être aussi séduisante.

De retour de voyage et préparant déjà le prochain sans le moindre enthousiasme, il s'efforçait de profiter des quelques jours qu'il avait à passer avec elle. Et pas question de lui montrer que chacun de ses gestes éveillait en lui un désir inattendu !

Ils avaient projeté une sortie pour le week-end. Le samedi, Caleb était passé la chercher en fin de matinée. Déjà douchée et habillée, elle lisait le journal en l'attendant.

— Tu arrives encore à entrer dans ta salle de bains ? demanda-t-il, ahuri.

Laurel posa son journal en riant.

— Oui, elle n'est pas si petite que ça ! Tout le monde ne peut pas avoir une douche aussi grande qu'un salon !

La salle de bains de Caleb était exceptionnelle. Le Jacuzzi, entouré de baies vitrées, donnait l'impression de se trouver au sommet d'un arbre. Une vaste douche carrelée de vert sombre jouxtait la baignoire. Les serviettes de bain étaient immenses, épaisses, luxueuses. Laurel l'avait souvent taquiné au sujet de cette salle de bains, la semaine où elle avait séjourné chez lui.

Caleb se servit une tasse de café en pensant à ce qu'ils allaient faire.

— Tu n'aimerais pas faire un tour à la librairie de l'université ? Il y a longtemps que j'ai envie d'y aller. Nous pourrions déjeuner quelque part dans le quartier et nous promener un peu sur l'avenue.

S'il n'avait pas regardé par hasard dans sa direction, en parlant de la librairie, il ne l'aurait pas vue se crisper. Sa réaction fut si fugitive qu'il crut être victime de son imagination. Il lui avait fallu à peine une seconde pour se ressaisir et prendre un air parfaitement détendu.

Peut-être avait-elle eu une brève contraction ?

— Je ne sais pas, dit-elle. J'avais envie d'aller rendre visite à Nadia. Nous pourrions déjeuner à Bainbridge, leur dire bonjour, faire un câlin au bébé et ensuite aller nous promener ?

Ce programme convenait très bien à Caleb, mais quelque chose le poussa à vérifier s'il avait imaginé ou non sa tension passagère.

— Tu n'y es pas allée le week-end dernier ? Je me sens un peu paresseux. Et je n'ai plus rien à lire.

Elle avala une gorgée d'infusion et suggéra :

— Dans ce cas, nous pourrions aussi aller vers Elliott Bay. Il y a de bons restaurants à Pioneer Square. La Trattoria Mitchelli…

Bien joué ! C'était un des restaurants préférés de Caleb. Mais il ne s'y laissa pas prendre.

— Je préfère la librairie, déclara-t-il avec entêtement.

Une expression de désarroi passa dans le regard de Laurel. Il ne la lâcha pas des yeux, tandis qu'elle luttait pour se ressaisir.

— Tu es têtu, murmura-t-elle.

Il tendit la main et prit le supplément du *Times,* dans lequel se trouvaient les spectacles et les suggestions de sortie pour le week-end. Il trouva rapidement ce qu'il cherchait.

— Tu as vu qu'une troupe de danseurs coréens passe le week-end prochain à Meany Hall ?

L'université de Washington sponsorisait des artistes de toutes nationalités qui se produisaient dans son théâtre.

— Tu y vas quelquefois ? demanda-t-il. Il y a des années que je n'y ai plus mis les pieds.

— Moi non plus.

Elle était crispée et s'efforçait de dissimuler son trouble.

— Et je ne suis pas sûre d'avoir envie de voir ce spectacle, ajouta-t-elle.

Caleb posa sa tasse et lui demanda, de but en blanc :

— Tu ne t'aventures jamais sur le campus ?

Elle garda le silence un moment, tentée de feindre de ne pas comprendre. Mais elle trouva finalement le courage de lever le menton et de croiser son regard.

— Non.

— Jamais ?

— Non.

— Tu n'y es pas allée une seule fois depuis…

— Non.

Ses réponses brèves, son attitude de défi, le déconcertèrent.

— Qu'en pense ton thérapeute ?

— Je ne consulte plus de thérapeute, répondit-elle d'un ton sec.

De toute évidence, elle considérait que cela ne le regardait pas.

— Il y a des années que j'ai cessé. A présent, je suis une thérapie de groupe dans un centre pour les femmes qui ont subi un viol.

— Tu as peur d'approcher du campus ?

Caleb ne savait pas très bien pourquoi il insistait, mais il avait l'impression qu'il touchait à quelque chose d'important.

Laurel se tenait raide sur sa chaise, les mains posées sur les genoux.

— Non, mais ça me met mal à l'aise, dit-elle avec un regard sombre et hostile. C'est un crime ?

— Le crime, c'est ce qu'on t'a fait.

— Ce sont les criminels qui retournent sur le lieu de leur forfait. Pas les victimes.

— Je ne suggérais pas de s'approcher du parking…

Tu sais que tu ne m'as jamais parlé de ton agression ? Pas une seule fois ?

Laurel se tassa sur son siège.

— Je n'aime pas en parler.

— Nous sommes amis, pourtant, dit-il d'une voix douce. Tu peux me parler quand tu veux.

— J'ai mon groupe, pour m'exprimer.

— Des femmes qui ont aussi dû survivre à un viol ?

— Oui.

— Et tu n'en parles à personne d'autre ?

— Non.

— Pourquoi ?

— Parce que personne ne peut comprendre.

— Comment le pourrions-nous, si tu ne nous dis rien ?

Elle secoua vivement la tête, en signe de protestation.

— Tu es un homme !

Il pensa à la patience qu'il avait déployée pendant des années pour maintenir une relation amicale avec elle et il se sentit profondément blessé par sa réaction.

— Et parce que je suis un homme, ça me ramène au rang d'un violeur ?

Elle dut percevoir la colère dans sa voix, car elle lui lança un regard plus doux.

— Ce n'est pas ce que je voulais dire.

— Alors, que voulais-tu dire ?

— Tu n'as aucune idée de ce que peut ressentir une victime. Tu as toujours été grand, fort, sûr de toi…

— Ma jeep a été renversée par des guérilleros, quand j'étais au Pérou. Les *Senderistas*. Tu as entendu parler d'eux ?

Laurel écarquilla les yeux.

— Tu ne me l'avais jamais dit.

— Je ne voulais pas t'inquiéter.

— Que s'est-il passé ?

— Ils hurlaient en insultant les impérialistes américains. C'était affreux.

Son estomac se contracta quand il se rappela le canon du fusil contre sa tête et son chauffeur qui implorait à genoux leurs agresseurs. « Ils vont nous tuer, avait-il songé avec incrédulité. C'est insensé ! Ils ne savent pas que je suis venu pour les aider ? »

Aussi choquée que si l'attaque venait d'avoir lieu, Laurel murmura :

— Ils t'ont laissé repartir ?

— J'ai réussi à les convaincre que j'étais un Américain renégat. Un homme comme eux, contre le gouvernement de mon pays. J'étais si outré de voir dans quelles conditions vivaient les habitants du village que je venais de quitter, que je n'ai pas eu de mal à les persuader que je disais la vérité. Ils ont fini par nous laisser partir.

Il n'ajouta pas que les rebelles lui avaient conseillé de ne plus remettre les pieds dans leur pays. Mais il s'était toujours dit que les chances de tomber une deuxième fois sur le même groupe étaient maigres.

— Tout ça pour te dire que je sais ce que c'est d'avoir peur.

Il se rappelait encore sa transpiration abondante, l'odeur de la peur qui semblait s'accrocher à sa peau. Ce soir-là, en arrivant à l'hôtel, il avait passé de longues minutes à se frotter sous la douche, jusqu'au sang.

Cependant, Laurel secoua la tête.

— Mais tu ne sais pas ce que c'est d'être sans défense. Tu as toujours eu assez de force pour te sortir de toutes les situations…

Que voulait-elle dire ? Qu'elle n'avait pas eu une seule chance de se défendre ?

— Tu t'es battue contre ton agresseur ?

— J'ai dit que je ne voulais pas en parler.

Elle avait l'air si désemparé, qu'il regretta d'avoir abordé le sujet.

— Pourquoi la police n'a-t-elle jamais retrouvé ce salopard ? Ils devaient pourtant avoir son ADN ?

Elle se recroquevilla sur sa chaise, comme si le souvenir de l'agression lui donnait envie de disparaître.

— Non. D'après eux, il devait porter un préservatif.

— Tu as peur qu'il te retrouve ?

Laurel resta silencieuse quelques secondes.

— J'ai eu cette peur pendant longtemps. Mais je ne crois pas qu'il sache qui je suis. Il ne m'a pas volé mon sac. J'ai été poussée sous une voiture. Les journaux n'ont pas donné mon nom. Je ne vois pas comment il pourrait me retrouver.

Elle voulait se convaincre elle-même. Et probablement la partie raisonnable d'elle-même croyait-elle ce qu'elle disait. Mais la victime en elle n'y croyait pas tout à fait.

— Ça fait cinq ans…

Laurel acquiesça d'un signe de tête.

— La police est restée en contact avec toi ?

— Un inspecteur, toujours le même, m'appelle ou passe me voir de temps à autre.

— Mais la police n'a pas d'empreintes, de piste ?

Laurel secoua la tête.

— Ils pensent avoir son ADN, à cause d'un autre viol qui a sans doute aussi été commis par lui. Mais apparemment il n'a jamais été arrêté, car ils n'ont rien trouvé dans leurs fichiers.

Caleb ne demanda pas si une des femmes aurait pu identifier l'homme. Si Laurel pensait pouvoir reconnaître son visage. De toute évidence, elle ne voulait pas se rappeler. Et il avait posé assez de questions pour aujourd'hui.

Il avala une gorgée de son café, qui était presque froid à présent.

— Je ne savais pas. Nous pouvons faire ce que

tu voudras, aujourd'hui. Ce serait bien de rendre visite à Nadia.

La tête penchée, Laurel caressait légèrement son ventre arrondi. Elle releva la tête. Malgré sa pâleur, elle avait l'air déterminé.

— Non. Tu as raison. C'est idiot de ne pas s'approcher de ce…

Elle ne parvint pas à prononcer le mot « parking ».

— C'est comme si j'avais tracé une frontière imaginaire dans ma tête. « Cette rue est inoffensive, mais pas celle-là. » Allons à la librairie et peut-être…

Elle s'interrompit, mais se reprit :

— Peut-être pourrons-nous aller nous promener sur le campus. Il faut que je cesse d'avoir peur. Pour elle, ajouta-t-elle en passant de nouveau une main sur son ventre.

— Tu en es sûre ?

— Certaine.

Caleb lui sourit.

— Tu as du cran, Woodall.

Elle trouva la force de sourire.

— Je sais, Manes.

Elle était bien récompensée de sa témérité, à présent ! L'estomac contracté par l'angoisse, elle était tassée sur le siège de la voiture qui venait de quitter University Village et se dirigeait vers le campus. Elle était si crispée que tout son corps était douloureux. Le bébé, comme pour faire écho à sa détresse, n'arrêtait pas de bouger dans son ventre.

Quand elle conduisait, elle évitait prudemment ce secteur. Mais il lui était arrivé de venir par là, avec Caleb. Elle n'avait pas voulu trahir son angoisse en protestant, bien que la 45e Avenue mène tout droit à l'université de Washington et soit perpendiculaire à l'Avenue de l'Université.

— Tu crois que nous trouverons à nous garer dans la rue ? demanda-t-elle, d'une voix rendue plus aiguë par la panique.

Caleb lui décocha un regard de côté, mais ne dit rien. Visiblement, il savait qu'elle avait été agressée dans le parking de la 15e Rue, celle qui se trouvait juste en face de l'université. C'était également dans cette rue qu'était située la librairie. Depuis le parking de la librairie, elle verrait l'entrée du garage où le viol avait eu lieu. Et elle n'était pas sûre de pouvoir supporter cela.

Il dépassa la 15e Rue et tourna à gauche, suivant une file qui avançait lentement, afin de laisser traverser les piétons. L'avenue n'avait pas beaucoup changé. Des sans-abri s'agglutinaient toujours sur les trottoirs, dans le flot incessant des passants parmi lesquels se trouvaient des étudiants, des professeurs, des flâneurs qui faisaient du lèche-vitrines. Ce qui avait changé en revanche, c'étaient les magasins.

Les bibelots indiens voisinaient à présent avec les boutiques de luxe.

— Les magasins sont plus beaux qu'autrefois ! s'exclama-t-elle, étonnée.

— Oui. J'ai ouvert la voie, dit Caleb avec modestie.

Dans son trouble, elle avait complètement oublié que son principal magasin se trouvait là, sur l'avenue.

— Attends, dit-elle en le fixant d'un air soupçonneux. Tu viens ici tous les jours ! Comment se fait-il que tu n'aies pas encore eu le temps de te rendre à la librairie ?

— Parce que les autres jours, je travaille. Aujourd'hui, je me détends. Toutefois, j'ai mon parking personnel juste derrière le magasin.

Buen Viaje, qui signifiait littéralement « bon voyage », était situé du côté ouest de la rue, à l'opposé de la 15e. Il pénétra dans le petit parking à l'arrière du magasin et se gara. Ils traversèrent la boutique, afin que Caleb puisse saluer son personnel, mais alors qu'il se dirigeait vers la porte d'entrée, Laurel l'arrêta.

— C'est extraordinaire, ici !

— Tu es déjà… Non. Non, bien sûr, tu n'étais jamais venue…

— J'ai vu ton magasin de Bellevue. Mais il est différent.

Caleb haussa les épaules.

— C'est Bellevue qui est différent.

L'Eastside était riche. Laurel avait été étonnée par l'impression de luxe que donnait le magasin. Des sculptures chères, de superbes tapisseries magnifiquement déployées et éclairées. La boutique ressemblait plus à une galerie d'art qu'à un lieu consacré à la culture latino-américaine.

Ce magasin-ci était radicalement différent. Il évoquait irrésistiblement un des bazars de Santo Domingo ou de La Paz, les villes pour lesquelles Caleb éprouvait tant d'attachement depuis des années. Les notes sourdes d'une flûte s'échappaient de haut-parleurs invisibles. Le vendeur avait le visage sombre et rude d'un Maya. Les étagères étaient chargées d'objets hétéroclites. Les poteries du Honduras voisinaient avec des sifflets en forme d'oiseaux et d'animaux et des sacs multicolores.

Fascinée, Laurel pivota sur elle-même pour tout admirer. Des masques et des tissus colorés étaient accrochés aux murs et dans un angle de la pièce se trouvait un coin réservé aux vêtements. Et partout, des pots, des jarres, des bibelots, des sculptures sur bois, des bijoux…

— C'est toi qui as choisi tous ces objets ?

— La plupart d'entre eux, oui. Certains sont très répandus, d'autres sont uniques. Les marchandises les plus précieuses sont à l'arrière, dit-il en désignant une autre pièce de la tête.

Ils passèrent une demi-heure dans le magasin. Caleb soulevait les objets, tout en lui racontant l'histoire de la vieille femme qui tissait dans une hutte éclairée par deux minuscules fenêtres, celle du jeune Haïtien tuberculeux qui sculptait sans relâche afin de laisser un peu d'argent à sa femme et ses enfants s'il devait disparaître, l'histoire de la coopérative du Guatemala réputée pour sa laine exceptionnelle.

Il ne parla pas de la vie des artisans, transformée grâce à ce commerce. Mais elle imaginait tout ce qui avait été fait avec cet argent : les puits qu'on avait creusés, les animaux achetés, les écoles construites, les médicaments pour les malades.

— J'ai honte de ne jamais être venue voir ce magasin.

— Tu étais malade le jour de l'inauguration…

Il s'interrompit et murmura :

— C'était un prétexte, n'est-ce pas ?

— Un prétexte idiot.

— Non. Tu as été agressée à quelques pas d'ici. Je comprends que tu n'aies pas voulu venir. On y va ? ajouta-t-il en faisant un pas vers la porte.

Laurel prit une longue inspiration et hocha la tête.

A peine eurent-ils mis le pied sur le trottoir, qu'un homme aux cheveux grisonnants les aborda.

— Vous avez une petite pièce, pour un vétéran du Viêt-nam ?

Caleb lui donna cinq dollars et ils remontèrent l'avenue encombrée, en direction de la librairie.

Laurel était étourdie par le bruit et les sensations. Les odeurs l'assaillaient comme des notes de musique se succédant à toute allure : la cuisine exotique des restaurants, le pain frais, les gaz d'échappement des voitures.

Les éclats de voix, aussi.

Une blonde en débardeur et pantalon de treillis racontait une anecdote à ses amies de la voix impatiente d'un enfant. Un groupe de jeunes gens discutant avec passion, tandis qu'ils faisaient la queue devant Starbucks.

Et puis les gens qui passaient à côté d'elle, lui effleurant le bras sans s'en rendre compte. Les sourires quand les regards se posaient sur son ventre, les visages en feu d'un groupe d'ouvriers. Toutes ces sensations, tous ces bruits, ces spectacles variés, formaient une sorte de symphonie dans sa tête.

Elle reconnut Bulldog News, une de ses pizzérias préférées. Elle y était souvent venue boire un café tout en lisant ses magazines. Des lieux devant lesquels elle passait chaque jour sans s'arrêter, d'autres qu'elle fréquentait assidûment. Elle n'était allée à l'école de droit que quelques mois, mais cet environnement lui demeurait familier.

C'était elle qui était différente, à présent. Elle n'avait plus rien à voir avec l'étudiante en droit qui se lançait dans des débats passionnés, tout en buvant une tasse de café avant d'aller en cours. Maintenant, elle se sentait plus proche des personnes d'âge mûr qui flânaient devant les vitrines. Et ce sentiment d'être devenue une étrangère lui déplaisait.

Caleb lui prit la main quand ils traversèrent la rue pour se rendre dans la librairie. Ce vaste sanctuaire, fréquenté essentiellement par des étudiants, occupait trois étages.

Ils commencèrent à regarder ensemble les tables sur lesquelles étaient habilement disposés les titres les plus récents. Absorbée par sa découverte de nouveaux romans, Laurel ne prêta plus attention à Caleb. Elle connaissait ses goûts et savait où le retrouver.

Elle choisit deux romans, puis flâna dans le rayon du droit et de la sociologie. Elle avait une pile importante d'ouvrages sous le bras, quand Caleb réapparut, les bras chargés également.

— Et je ne suis même pas encore allée au premier étage ! fit-elle.

— J'ai faim.

— Tu as toujours faim.

— J'ai envie de feuilles de vigne, de salades grecques, de brochettes…

— Soit, dit-elle.

Caleb mit leurs achats dans le coffre de la voiture et ils se dirigèrent à pied vers le restaurant grec de la 45e Avenue.

Au moment où ils entrèrent, ils croisèrent un groupe qui partait. Laurel eut à peine le temps de se rendre compte qu'un des visages était familier, qu'une jeune femme brune se tourna vers elle.

— Laurel ? C'est toi ? s'exclama-t-elle. Mon Dieu, oui, c'est bien toi ! Et tu es enceinte !

Laurel avait rencontré Sela Sweeney à l'école de droit. C'était l'une des premières personnes avec qui elle avait sympathisé. Mais avec qui elle avait aussi assez vite coupé les ponts, quand elle avait compris qu'elle ne reprendrait pas ses études.

— Sela !

Les deux femmes s'embrassèrent, puis reculèrent un peu pour se regarder, tandis que les compagnons de Sela s'éloignaient dans la rue.

Sela, qui avait été une grande fille maigre, avec une masse de cheveux sombres impossibles à discipliner, était à présent mince et élégante, avec sa coiffure courte et stylée.

Mais son grand sourire et ses yeux bruns, intelligents, n'avaient pas changé.

— Comment vas-tu ? demanda-t-elle.

— Très bien, répondit spontanément Laurel. Et toi ? Que deviens-tu ?

— Je suis le meilleur district attorney de tout l'Etat ! C'est pour quand, ton bébé ?

— Novembre. Oh, je te présente Caleb Manes. Caleb, voici Sela Sweeney.

— Il me semble avoir entendu parler de vous. Vous n'êtes pas le propriétaire de *Buen Viaje* ?

Ils parlèrent quelques minutes à bâtons rompus.

Puis, comme de nouveaux clients se pressaient dans le restaurant, Sela glissa sa carte dans la main de Laurel.

— Appelle-moi. Nous pourrions déjeuner ensemble un de ces jours…

Caleb attendit qu'ils soient confortablement installés à leur table, pour demander à Laurel :

— Tu l'appelleras ?

Elle fit oui de la tête.

— Je suis contente de l'avoir revue. C'est drôle, il y a des années que je ne pensais plus à elle. La dernière fois, c'est quand son nom a été cité dans le *Times,* au sujet de l'affaire Wattenberg. Tu t'en souviens ?

— Elle s'est occupée de ce dossier ?

— Oui. J'ai failli passer à côté d'elle sans la reconnaître. Je l'imaginais toujours comme autrefois.

— Une perpétuelle étudiante ?

— Quand tu perds les gens de vue, leur souvenir reste figé dans ta mémoire.

— Oui. C'est toujours un choc de s'apercevoir qu'ils continuent de vivre et de vieillir, en dehors de notre monde intérieur.

— Exactement.

Voyant le serveur approcher, elle se concentra sur la carte pour faire son choix.

Pendant le repas, elle parla d'autres amis qu'elle

avait rencontrés à l'école de droit. Elle était si détendue, qu'elle ne vit pas venir le piège.

— C'est pour ça que tu n'as pas repris tes études ? lui demanda Caleb, avec un signe de tête en direction du campus. Parce que tu avais peur de garer ta voiture ici et d'aller jusqu'à la salle de cours ?

Elle se raidit.

— Non. J'aurais pu changer d'université, aller à Willamette, par exemple.

— Pourquoi ne l'as-tu pas fait ?

— C'est un interrogatoire ? lança-t-elle, soudain hostile.

— Non, mais je te connais sans te connaître.

Il plissa le front, l'air soucieux, et l'espace d'un instant elle eut l'impression de voir quelqu'un d'étranger.

— Je suis en train de me rendre compte qu'il y a tout un pan de ta personnalité que j'ignore, ajouta-t-il.

— J'ai changé. Je te l'ai déjà dit.

— Non, ce n'est pas vrai. Tu as essayé de me faire croire que tu n'avais pas changé du tout, que tout allait bien. Et je t'ai laissée faire.

Le bébé remua dans son ventre. Les battements de son cœur s'accélérèrent.

— Et tout à coup, tu veux que ça change ?

— Oh, je ne vais pas partir et te laisser comme ça, dit-il en souriant, redevenant soudain le Caleb malicieux qu'elle connaissait depuis toujours. Mais je ne te promets pas de ne plus poser de questions.

— Bien, dit-elle, soulagée malgré tout.

On leur apporta leur commande et la conversation dériva vers des sujets plus légers. Puis Caleb revint sur le dossier dont Sela était chargée, lorsqu'on avait parlé d'elle dans le *Times*.

Laurel se rappelait parfaitement les détails de l'affaire. A l'époque, elle avait lu les comptes rendus dans la presse avec un mélange de fascination, d'envie, de frustration et d'une foule d'autres émotions indéfinissables.

« J'aurais pu me trouver dans cette salle d'audience, en tant que district attorney, s'était-elle dit alors. J'aurais dû m'y trouver. »

La conversation s'orienta sur la politique, puis sur les livres, mais Laurel gardait devant les yeux l'image de Sela, débordant d'une énergie et d'une intelligence à présent maîtrisées, mûries.

« Et moi, songea-t-elle avec tristesse, je ne suis qu'une parfaite secrétaire de juriste. »

C'était le choix qu'elle avait fait.

Pourquoi ?

Caleb ne venait-il pas de lui poser exactement la même question, mais en des termes différents ?

Ce qu'elle savait avec certitude, c'était que pour être juriste, la confiance en soi était une qualité indispensable. Or, elle n'était plus la jeune femme que Sela avait connue et qui partageait avec elle ces caractéristiques. Elle avait perdu toute son assurance.

— Tu as toujours envie de te promener sur le campus ? lui demanda Caleb quand ils eurent quitté le restaurant.

Elle avait eu l'intention de le faire. Réellement. Mais soudain, elle prit conscience de sa propre fatigue.

— J'aimerais mieux une autre fois. Je ne peux plus faire un pas.

Caleb s'inquiéta aussitôt et lui proposa de l'attendre pendant qu'il irait chercher la voiture. Mais elle insista pour l'accompagner tout de même.

— Caleb, je suis enceinte, je ne suis pas malade !

Cependant, son enthousiasme du matin avait disparu. Elle attendait beaucoup de cette journée. Elle pensait savourer un sentiment de triomphe, car elle avait réussi à surmonter une partie de sa peur. Mais au lieu de cela, alors qu'ils regagnaient la voiture, elle avait l'impression de voir la Laurel d'autrefois, la vraie Laurel Woodall, en couleurs vives. Elle n'était plus désormais que l'ombre d'elle-même.

Caleb se trompait quand il disait qu'elle avait du cran. Du cran, elle en avait eu autrefois. Mais c'était fini.

Elle n'aurait pas dû venir. Ici, la frontière entre

Avant et Après était devenue transparente. C'était sans doute dû au fait d'avoir revu Sela.

Et Caleb, revoyait-il aussi l'ancienne Laurel en Technicolor ?

Un doux mouvement se produisit en elle, comme pour la ramener au présent.

Elle vit une bosse se former à la surface de son ventre et elle sourit malgré sa tristesse. Ce bébé, au moins, ne faisait pas partie de ses regrets.

La main solide de Caleb se posa sur ses reins et il l'attira vers lui pour la protéger de deux garçons qui déboulaient en skate-board.

Laurel eut envie tout à coup de se tourner vers lui, d'enfouir la tête au creux de son cou, de sentir ses bras musclés se refermer sur elle.

Ils avaient fait ce bébé ensemble. Cela créait entre eux un lien encore plus fort que l'amitié. Il ne l'abandonnerait plus jamais, désormais.

Même si elle le décevait autant qu'elle se décevait elle-même.

Chapitre 8

Georges Woodall avait absolument tenu à accompagner sa fille au supermarché. En poussant le chariot dans l'allée des céréales, Laurel lui raconta sa visite à la librairie de l'université et le déjeuner au restaurant grec, deux semaines plus tôt.

Son père haussa les sourcils.

— Tu as fait ça.

Ce n'était pas une question, mais une simple constatation.

— Et j'ai rencontré quelqu'un qui était avec moi à l'école de droit. Sela Sweeney. J'ai dû te parler d'elle ?

— Je l'ai vue une ou deux fois chez toi, il me semble. Dommage que tu aies perdu le contact…

Il avait toujours eu beaucoup de tact. La seule fois où elle l'avait vu perdre son calme, c'était lorsqu'elle lui avait annoncé sa grossesse. L'expression « perdre le contact » laissait sous-entendre que c'était une regrettable conséquence de la vie moderne. Que des circonstances indépendantes de sa volonté, et non pas intentionnelles, avaient fait sortir Sela de sa vie.

— Nous allons sans doute déjeuner ensemble, un de ces jours. Et rattraper le temps perdu.

— D'abord Nadia, maintenant Sela. Je suis content, Laurel.

Il avait une expression si douce, qu'elle sentit ses yeux s'embuer de larmes.

— Tu n'es même pas tenté d'émettre une critique ?

Son père lui posa une main sur l'épaule. Un des seuls gestes de tendresse qu'il se permettait avec ses filles.

— Tu es adorable, Laurel. Je remercie Dieu tous les jours de t'avoir encore avec moi.

Elle pressa brièvement la joue contre sa main large et solide.

— Je t'aime, papa.

— Je t'aime aussi. Prends encore une boîte de céréales, sinon tu seras à court dans la semaine.

Laurel ajouta docilement une boîte dans son chariot.

— C'est toi qui as eu l'idée d'aller te promener dans le quartier de l'université ? lui demanda-t-il d'un ton dégagé.

— Non, c'est Caleb. Il a tendance à me pousser un peu.

— Quand on te pousse, on obtient généralement le contraire de ce qu'on recherche…

Ils arrivèrent dans le rayon des légumes et elle choisit un cœur de laitue.

— C'est drôle, il n'avait encore jamais fait ça. C'est probablement parce que nous passons plus de temps ensemble qu'auparavant.

Son père posa délicatement une barquette de framboises dans le chariot.

— Plus de temps ensemble ? Chaque fois que je te demande de ses nouvelles, tu me réponds qu'il est en Bolivie et Dieu sait où encore !

— Je te l'ai dit : il voyage beaucoup en ce moment, afin d'être là quand le bébé sera né.

— Il va vraiment rester pour t'aider ?

— Oui, papa, répondit-elle en l'embrassant sur la joue. Tu le connais, non ?

Caleb avait déjà prouvé sa fidélité. A plusieurs reprises.

De fait, il s'était un peu mis en retrait depuis leur promenade dans University District. Laurel s'était attendue qu'il triomphe et suggère qu'elle se rende directement à l'école de droit la prochaine fois, ou encore qu'elle traverse le parking en voiture, pour constater qu'il n'y avait là rien d'autre que du ciment et des places délimitées à la peinture.

Il n'avait rien fait de tout cela. Il s'était montré lointain. Elle se rembrunit en y songeant. Il l'appelait pourtant un jour sur deux et il l'avait accompagnée chez le médecin, lors de son dernier rendez-vous. Ils avaient pris l'habitude aussi de faire de petites choses ensemble. Et le samedi était devenu « leur » jour. La semaine précédente, il l'avait aidée à nettoyer un massif de plantes vivaces. Elle avait fait ensuite une courte sieste, puis ils étaient allés au restaurant et au cinéma. Le samedi suivant, ils avaient prévu de rendre visite à Nadia.

Mais ils n'avaient pas beaucoup parlé. Du moins, pas avec autant de facilité qu'auparavant. Pas de choses très intimes.

Il fallait avouer qu'elle s'était sentie… contrainte. Elle se demandait s'il la trouvait lâche, ou bien s'il cherchait une façon de lui faire surmonter ses peurs.

Mais elle savait aussi qu'elle lui avait laissé entrevoir la colère qui l'habitait. Un sentiment qu'elle avait réussi à cacher à tous, jusqu'à présent. Peut-être paraissait-elle irrationnelle ? Peu importe, elle s'en moquait. Rien ne l'obligeait à parler de ce qui s'était passé, si elle ne le souhaitait pas. Caleb ne savait pas, il ne pouvait pas savoir ce que c'était, d'être blessée et humiliée comme elle l'avait été. D'être battue, soumise, violée. De manquer d'air, de ne plus pouvoir respirer, de sombrer dans les ténèbres, tandis que votre corps était traîné, ballotté, jeté comme un sac d'ordures… Non. Rien ne l'obligeait à raconter tout ça.

Ce soir-là, quand son père fut reparti et alors qu'elle se préparait pour aller se coucher, elle repensa à Caleb. Elle revit l'étincelle de colère dans ses yeux, quand elle avait refusé de lui dire ce qu'il voulait entendre.

Elle avait rapporté tout ce qu'elle se rappelait de l'agression aux officiers de police, car elle pensait alors qu'elle allait mourir. Elle voulait à tout prix qu'ils arrêtent le violeur. Mais ce n'était pas arrivé. Pourtant, elle avait souffert atrocement pour prononcer chaque mot, avec son visage et ses lèvres enflés. Un des policiers avait tracé un portrait-robot suivant ses explications et le dessin était d'une ressemblance terrifiante. Après cela… après… elle n'avait plus jamais voulu en parler.

Même pas aux femmes de son groupe. Quelques-unes racontaient leur viol, inlassablement. Laurel ne comprenait pas pourquoi. Elles semblaient ne pas pouvoir s'en empêcher. Au moindre prétexte, l'affreuse histoire ressortait. On ne les interrompait jamais. Tout le monde hochait la tête en murmurant des paroles de sympathie. Et quand la femme avait fini de parler, les yeux battus, le visage strié de larmes, on la réconfortait en la prenant dans ses bras, en lui tapotant l'épaule.

D'autres, comme Laurel, n'éprouvaient pas le même besoin de ressasser leur agression.

— J'ai été agressée dans un parking, on m'a laissée pour morte.

Elle ne disait rien de plus. Il y avait des hochements de tête compréhensifs, on respectait sa réserve.

La plupart du temps, le traumatisme que ces

femmes avaient subi n'était pas visible. En dehors du centre où elles se retrouvaient, elles étaient des femmes comme les autres. Elles faisaient leurs courses, allaient chercher les enfants à l'école, travaillaient. Seules quelques-unes portaient des cicatrices, des stigmates qui ne disparaîtraient jamais.

Ce que Laurel avait fini par comprendre, c'était que celles qui décrivaient leur violeur avec indulgence, ou qui avaient été violées par un homme qu'elles connaissaient, n'étaient pas forcément moins démolies moralement que celles qui avaient été gravement blessées, physiquement.

Combien de fois avait-elle entendu certaines déclarer : « J'ai dû flirter avec lui sans m'en rendre compte. » Ou encore : « J'aurais dû lutter davantage. » J'aurais dû crier, appeler au secours. J'aurais dû penser à laisser de la lumière sous le porche. Je n'aurais pas dû oublier de fermer la fenêtre, même par une chaude nuit d'été.

Comme si ce qui leur était arrivé était leur faute…

Laurel prit sa brosse à dents, mais n'ouvrit pas tout de suite le robinet. Elle examina son visage dans le miroir, tourna la tête et souleva ses cheveux d'une main, afin de voir la mince et pâle cicatrice qui partait de sa mâchoire et se perdait dans sa chevelure, au-dessus de sa tempe.

Le chirurgien plastique avait fait du bon travail. Son visage n'était plus tout à fait le même qu'avant, mais le résultat était satisfaisant. Meilleur qu'elle s'y était attendue. Néanmoins, depuis cette reconstruction, ses traits présentaient une légère asymétrie et la cicatrice tirait vers le haut le coin gauche de sa bouche. Parfois, elle s'en réjouissait presque. Ainsi, son apparence était assortie à son mental. Elle était *marquée*.

C'était peut-être pour cela que certaines femmes se sentaient obligées de raconter indéfiniment leur histoire. Parce que leur épreuve n'était pas inscrite sur leur visage. Ce devait être étrange pour elles, de se regarder dans le miroir et d'y voir toujours le même reflet, celui d'une personne qui n'existait pourtant plus.

Cette absence de traces physiques avait aussi sans doute facilité l'oubli dans leur entourage. Les gens jugent tellement sur les apparences. Si tout semble normal, cela signifie que tout va bien. Simpliste, mais confortable…

Désabusée, elle se dit que dans un sens, elle avait de la chance.

Elle continua de se regarder, tandis qu'une émotion croissante lui serrait la poitrine. Une émotion faite de rage et de douleur.

La brosse à dents lui échappa de la main et tomba bruyamment dans le lavabo. Laurel croisa les bras, refermant les mains sur ses épaules. Sa bouche s'ouvrit en un cri silencieux.

De la chance ?

Des larmes roulèrent sur ses joues. Elle se plia en deux, avec l'impression d'étouffer.

« N'y pense plus. Pense au bébé. Pense à Caleb, à l'odeur iodée de la mer, aux rhododendrons en fleur dans son jardin. Tu n'es pas obligée de te rappeler toujours le reste.

Non, je n'ai pas de chance, se dit-elle en se rinçant le visage à l'eau froide. Pas de chance. Car je ne pourrai plus jamais me regarder dans un miroir sans me rappeler. »

Caleb aimait accompagner Laurel chez le médecin. C'était la seule occasion qu'il avait de voir son ventre nu, les mystérieux mouvements qui se produisaient à l'intérieur, lorsque le bébé donnait des coups de pied. Un jour, il avait tellement remué, que le médecin avait ri.

— Il a le hoquet !

Le docteur Schapiro lui faisait toujours écouter les battements de cœur de l'enfant. L'air concentré, elle faisait glisser le stéthoscope sur le ventre de Laurel et s'arrêtait tout à coup, en disant : « Ah, il est là. »

Puis elle ôtait les écouteurs et les tendait à Caleb.

Boum. Boum. Boum.

— Bon sang, avait-il murmuré la première fois, émerveillé.

Au fil des visites, son émerveillement n'avait pas diminué. Il y avait bien un bébé.

Son bébé. Leur bébé.

Une partie de son étonnement venait peut-être de la façon pour le moins inhabituelle dont ils avaient conçu l'enfant. Mais il était certain que la plupart des futurs pères étaient aussi intimidés, aussi incrédules, devant cette mystérieuse réalité.

Lors de leur dernière visite, il avait croisé le regard de Laurel, alors qu'il écoutait le cœur du bébé. Ils s'étaient regardés un moment et Caleb avait éprouvé un profond soulagement. Ces derniers temps, il s'était demandé comment les choses allaient tourner pour lui. Et si ses parents avaient raison ? S'il ne devait rester pour Laurel qu'un donneur de sperme ?

Certes, la jeune femme le considérait aussi comme un ami, mais il avait l'impression que son attachement pour lui était plus superficiel qu'il ne l'avait cru. Quand elle avait essayé de le faire sortir de sa vie, il avait résisté. Mais il n'avait pas compris qu'elle l'avait bel et bien banni de sa vie intérieure.

En tant qu'homme, il représentait une menace pour elle. Elle avait beau le nier, il était sûr que quelque part, elle avait développé une forme de méfiance à son égard. Puisqu'il appartenait au sexe masculin, il avait forcément des élans de brutalité. Il pouvait, lui aussi, être un danger…

Il n'aurait pas dû lui en vouloir, mais il ne pouvait s'en empêcher. Il avait du mal à cacher ses sentiments. Elle était sa meilleure amie et tout à coup, il se rendait compte qu'en cinq ans, elle ne lui avait rien dit de ce qu'elle pensait et ressentait. Il lui avait laissé entendre avec délicatesse qu'il était prêt à l'écouter si elle voulait se confier, mais il n'avait pas insisté.

Il s'était voilé la face, refusant d'admettre qu'elle ne lui racontait rien de vraiment important.

Le samedi, comme convenu, ils prirent le ferry pour Bainbridge. Caleb acheta des cafés qu'ils burent sur le pont, accoudés au bastingage.

Il faisait déjà chaud, malgré l'heure matinale. Les eaux miroitantes étaient si plates qu'elles paraissaient huileuses. Le ciel était d'un bleu pur. Laurel agrippa la rambarde à deux mains et renversa la tête en arrière pour s'offrir aux rayons du soleil. Son regard se porta sur Bainbridge Island et elle eut l'air rêveur.

Elle portait un débardeur et une robe à bretelles, avec des mules plates. Malgré la distance qu'elle avait instaurée entre eux, Caleb était troublé. Ses cheveux châtain clair striés de blond étaient remontés en queue-de-cheval, dénudant son cou long et gracieux. Ses épaules étaient aussi minces qu'autrefois. Mais ses seins ronds et voluptueux se pressaient contre l'étoffe de son vêtement. Et il avait sans cesse devant les yeux l'image de son ventre rond et nu dans lequel s'agitait une vie minuscule.

Il se tourna à son tour vers la rambarde, en espérant qu'elle ne comprendrait pas qu'il était en proie à un désir insensé. Si elle venait à deviner ce qu'il éprouvait, elle serait horrifiée par ce qu'elle considérerait comme de la bestialité.

— Tu es bien silencieux, finit-elle par faire remarquer.

— Je n'ai rien à dire.

Il perçut en une fraction de seconde le coup d'œil qu'elle lui lança avant de reporter son regard sur les eaux planes. Son cou et ses épaules se crispèrent, comme s'il se préparait à une sorte d'affrontement.

Mais non, pas avec Laurel, il aurait dû le savoir. Un affrontement obligerait la jeune femme à exposer ses émotions. Elle préférait l'esquive.

Le silence se prolongea. Il durait encore lorsqu'ils descendirent et rejoignirent la longue file de passagers qui se dirigeait vers les voitures.

Pendant le trajet, elle fit des remarques sur les maisons et les jardins qu'ils voyaient en passant, sur le paysage, sur tout et n'importe quoi, pour éviter de laisser la tension s'installer. De toute évidence, elle n'était pas indifférente au climat qui régnait entre eux.

Nadia et son mari possédaient une superbe maison sur un vaste terrain verdoyant et partageaient un étang avec la maison voisine. Ils avaient fait construire cinq ans auparavant. Avec sa structure de bois, leur habitation ressemblait à un chalet. De nombreuses fenêtres, ornées de jardinières fleuries, une véranda qui faisait le tour de la maison et des parquets de bois luisant sous la lumière.

Quand ils atteignirent l'allée circulaire, Darren, perché sur une énorme tondeuse à gazon, leur fit un signe de la main. Caleb se gara devant la porte et ils traversèrent l'allée, accompagnés par le ronflement des tondeuses du quartier. La matinée était ensoleillée et apparemment, tous les voisins avaient aussi décidé d'entretenir leur pelouse.

Nadia sortit sur le pas de la porte, le bébé dans les bras. Elle était pieds nus, vêtue d'un short et d'un T-shirt. Ses cheveux courts et bruns étaient emmêlés. Elle tapotait le dos du bébé, qui fit entendre un rot retentissant.

— Voilà, tu te sentiras mieux, maintenant. Il ne pense qu'à téter ! dit-elle à Laurel et Caleb.

Darren vint les saluer.

— Ne vous sentez pas obligé d'arrêter votre travail à cause de nous, lui dit Caleb. Il vaut mieux finir avant les heures les plus chaudes de la journée.

— Je n'en ai plus que pour une demi-heure. Vous ne m'en voudrez pas ?

— Franchement, je pense que je serai le seul à remarquer votre absence, répondit Caleb en désignant les deux femmes penchées sur le bébé.

Darren éclata de rire.

— Je n'aurais jamais cru devenir gaga devant un gosse ! Mais si vous m'entendiez quand je m'occupe de lui ! Vous ferez pareil, vous savez…

Il remonta sur la tondeuse et Caleb suivit les deux femmes à l'intérieur.

— Vous voulez de la limonade ? Du thé glacé ? leur proposa Nadia.

Ils acceptèrent des rafraîchissements et Laurel voulut servir elle-même les boissons.

— Non, protesta Nadia. Il vaut mieux que vous vous occupiez d'Alex, puisqu'il est réveillé. Tu veux le prendre dans tes bras ? demanda-t-elle en tendant le bébé à Caleb.

— Bien sûr.

Dans les villages d'Amérique du Sud, il avait l'habitude de voir les bambins courir autour de lui. Le plus souvent, ils portaient un T-shirt mais pas de couches. Et les femmes transportaient leur bébé sur le dos. Il prit le petit Alex, en plaçant automatiquement une main sur sa nuque, pour lui soutenir la tête.

De grands yeux sombres se posèrent sur lui et le dévisagèrent avec méfiance.

— Salut, mon petit gars. Tu es un gros bébé, dis-moi…

Laurel s'approcha de lui et il perçut l'odeur fleurie de son shampooing.

— Il est vraiment tout petit, tu ne trouves pas ? demanda-t-elle.

— C'est normal, ils sont tous comme ça.

— Je n'ai pas vu beaucoup de nouveau-nés.

L'enfant portait une petite combinaison de coton. Ses jambes nues roses et potelées étaient calées contre le torse de Caleb.

Dans quelques mois, il tiendrait son propre bébé dans ses bras.

— Tiens, dit-il en passant Alex à Laurel.

Elle le prit délicatement et posa la joue contre son petit crâne duveteux. Instinctivement, elle se mit à le bercer en chantonnant d'une voix douce et étrange, que Caleb n'avait encore jamais entendue.

Visiblement, elle savait tout au fond d'elle-même comment se comporter avec un bébé, communiquer avec lui. Pourquoi était-ce aussi facile entre une femme et un enfant, mais aussi difficile entre un homme et une femme ?

Nadia revint avec les boissons et ils se mirent à discuter. Un peu plus tard, Darren les rejoignit et annonça que le barbecue était prêt à recevoir la viande.

Une fois Alex endormi dans son berceau, ils déjeunèrent à l'ombre, sous la véranda. Les hamburgers étaient délicieux, l'atmosphère paisible et détendue.

— J'aime rester chez moi, dit Nadia. Je n'ai aucune envie de reprendre le travail pour le moment.

Autrefois, je pensais que j'attendrais d'avoir au moins trente ans pour faire des enfants. Et encore, je n'étais pas sûre d'en vouloir !

— Qu'est-ce qui t'a fait changer d'avis ? lui demanda Laurel.

— Elle est tombée enceinte ! expliqua Darren en riant.

— C'était un accident ?

— Oui. Nous avons commencé à ne plus faire attention et c'est arrivé comme ça. Nous pensions attendre encore au moins deux ans pour fonder une famille. Mais nous nous sommes adaptés à la situation !

— Je pensais que j'aurais peut-être des regrets pour ma carrière, avoua Nadia. Mais ce n'est pas du tout le cas.

Laurel la considéra avec stupeur.

— Tu n'as donc pas l'intention de recommencer à travailler ?

— Dès que j'ai su que j'étais enceinte, j'ai décidé de rester à la maison avec Alex, jusqu'à ce qu'il ait au moins trois mois.

Elle enveloppa son fils d'un regard attendri et enchaîna :

— Puis à sa naissance, je me suis dit que je prendrais une année sabbatique. Et maintenant, je n'envisage plus de le quitter un seul instant. Nous en avons parlé hier soir, Darren et moi, et nous avons décidé que je resterais mère au foyer pendant quelques années.

Laurel garda le silence.

— J'aimerais que Laurel fasse comme toi, dit Caleb.

— Tu sais bien que c'est impossible !

Oubliant la présence de Darren et Nadia, il lui demanda :

— Pourquoi ?

— Je n'ai pas les moyens de…

— Je les ai, moi.

Les yeux de Laurel lancèrent des éclairs.

— Nous reparlerons de ça plus tard.

Contenant son agacement, il acquiesça d'un hochement de tête.

Darren parla du match de base-ball qui devait avoir lieu le lendemain, Caleb enchaîna sur le sujet et la tension se dissipa.

Une tension dont il était responsable. Laurel n'appréciait pas d'être prise à partie devant les autres et elle avait raison. Il s'était montré stupide et maladroit.

La conversation se poursuivit sur un ton léger. Laurel ne lui adressa pas souvent la parole, mais Caleb espéra que cela ne se voyait pas trop. Alex se réveilla d'humeur plutôt grincheuse et ils ne tardèrent pas à prendre congé, laissant les jeunes parents s'occuper de leur progéniture.

Le silence s'abattit de nouveau sur eux, dès qu'ils furent remontés dans la voiture. Caleb le supporta pendant cinq bonnes minutes, puis il déclara de but en blanc :

— Je me suis comporté comme un idiot.

Laurel évita de le regarder.

— Je sais que tu as de bonnes intentions, mais je ne peux pas accepter que tu me fasses la charité.

— La charité ? répéta-t-il, les mains crispées sur le volant. Mais c'est mon bébé !

— Caleb, je voulais que tu sois présent, mais pas…

Elle hésita et se tut.

Il comprit qu'elle cherchait une façon d'exprimer les choses avec tact. Dans son esprit à lui, ils formaient une vraie famille. Il était le père, elle était la mère. Dans son esprit à elle, il était juste un ami. Un homme qui ferait partie de l'entourage de son enfant et auquel celui-ci pourrait s'identifier en grandissant. Quelqu'un qui passerait de temps en temps le voir et le gâterait. Impliqué dans sa vie, certes, mais de façon sporadique et un peu distante.

Avant qu'elle ait pu aller plus loin, il déclara :

— Je ne te demanderai rien en retour.

— Je sais, répondit Laurel d'une voix radoucie. Mais je ne peux pas te laisser m'entretenir.

— Je ne vais quand même pas te regarder lutter et te priver pour élever cet enfant ! Ça me tuerait !

— Caleb, tu as toujours dit que tu tenais à verser

une pension confortable pour l'enfant. En outre, je te rappelle que dans ce pays, la majorité des femmes travaillent à l'extérieur.

« Tu n'es pas obligée d'en faire autant. » Il ravala les mots avant qu'ils ne passent ses lèvres. Il y avait beaucoup d'autres choses qu'il ne pouvait pas dire. Par exemple : « Ce serait différent, si tu exerçais une profession que tu aimes, au lieu d'avoir un job uniquement pour pouvoir payer tes factures. » Cette remarque aurait trop eu l'air d'être un reproche.

Ce qui était réellement en cause, au fond, ce n'était pas le genre de métier qu'elle exerçait. C'était sa fierté, son indépendance, son sens de la dignité. Tout ce qu'il menaçait, en voulant à tout prix l'aider.

— Voilà ce que c'est, de diriger une affaire. Ça m'a rendu autoritaire…

Elle eut un petit rire étouffé.

— Tu l'as toujours été.

— Je voudrais que tu m'écoutes, continua-t-il avec fermeté.

Il y eut un instant de silence, puis elle hocha la tête avec raideur.

— Je gagne beaucoup d'argent, Laurel. J'en réinvestis la plus grande partie pour développer mon affaire, mais malgré ça, il m'en reste suffisamment.

Un autre hochement de tête.

— Je me sentirais mieux et j'aurais vraiment

l'impression d'être père, si je pouvais rendre ta vie et celle de notre enfant plus facile.

Il marqua une pause et lui décocha un regard en coin.

Pas de protestation.

— Je peux me permettre de payer tes factures pendant quelque temps. Disons cinq ou six mois.

Elle ouvrit la bouche pour parler, mais il enchaîna rapidement :

— Tu peux prendre ton congé de maternité dans les semaines qui viennent. Dès que le fait de te rendre au travail et de passer la journée au bureau sera devenu trop pénible. Ensuite, tu pourras profiter du bébé cinq ou six mois, avant de reprendre ton poste. Et le fait qu'il reste avec toi durant ses premiers mois lui donnera un bon départ.

Caleb eut quelques remords à prononcer ces mots. Il était purement et simplement en train de la culpabiliser.

— Tu y réfléchiras ? lui demanda-t-il en guise de conclusion.

— Je suppose que c'est possible, admit-elle.

Elle observa une pause, puis reprit :

— Tu parles toujours comme si tu étais sûr que ça sera un garçon. Est-ce que tu seras déçu, si nous avons une fille ?

Ils venaient d'atteindre le quai. Caleb chercha son portefeuille dans sa poche pour payer le ferry.

— Non. C'est juste par esprit de contradiction.

— Comme je dis elle, tu dis lui ?

— C'est pour que tu n'achètes pas que des vêtements roses !

Laurel sourit, retrouvant l'espace d'une seconde son humour d'autrefois.

— Je n'ai jamais porté de rose de ma vie.

— Tu mens ! Tu te rappelles ta robe de princesse ? Je l'ai vue dans tes albums photos.

— Oh, mon Dieu !

Elle devait avoir six ou sept ans, quand la photo avait été prise. Elle revoyait encore le satin rose tendu sur son estomac, les jupons de tulle et ses mules à hauts talons. Un diadème lui aplatissait les cheveux et elle tenait à la main un sceptre orné de rubans roses et blancs.

Laurel avait vite tourné la page de l'album, mais Caleb avait trouvé la photo si mignonne qu'il avait voulu s'attarder pour l'observer en détail.

— En fait, dit-elle d'un air pensif, je crois que j'ai cessé de porter des vêtements de fille après la mort de maman. Je suis devenue garçon manqué et je me suis intéressée davantage à l'école.

— Tu t'es identifiée à ton père.

— Je suppose.

Quand elle était entrée à l'université, elle avait recommencé à penser à sa mère, effrayée de voir ses souvenirs s'estomper. En fait, elle ressemblait beaucoup à sa mère, alors que Megan avait pris de leur père. Caleb était persuadé que lorsqu'elle décorait sa chambre ou sa salle de bains avec des bouquets de fleurs violettes et des rayures roses, c'était un souvenir de sa mère qui resurgissait, sans même qu'elle s'en rende compte.

Ils remontèrent sur le pont pour la traversée, comme à l'aller. Les gens qu'ils croisaient souriaient en regardant Laurel. Quelques femmes lui demandèrent même quand le bébé devait naître et Caleb vit qu'elles mouraient d'envie de poser les mains sur son ventre.

— Tout le monde a envie de te toucher, lui fit-il observer, quand ils furent seuls.

— Je sais. C'est bizarre, non ?

— Ça t'ennuie ?

— Mmm… pas autant que je le croyais. Avoir un bébé est aussi un acte social. A un certain niveau, les adultes se sentent responsables de tous les enfants du monde.

Laurel avait raison. Et c'était encore plus vrai dans certains des pays que Caleb connaissait, où tout le monde était l'oncle, ou la tante, ou le voisin d'un enfant.

— Je suis d'accord. Mais je pensais à toi. Il y a quelque temps, tu étais mal à l'aise quand les gens t'effleuraient en te croisant dans la rue. Maintenant, ils tendent la main pour te toucher le ventre et tu ne bronches pas.

Elle le regarda, les yeux écarquillés de surprise.

— C'est vrai. Je n'y avais pas pensé. C'est peut-être parce que ce n'est pas vraiment moi qu'ils veulent toucher.

— Désolé de t'annoncer ça, mais c'est bien toi qui les attires. En ce moment, tu es une sorte de déesse de la fertilité. Ou bien une personnification de la maternité. Ils pensent que tu vas leur porter bonheur.

— Tu as vu le visage de cette femme, tout à l'heure ?

Caleb hocha la tête, comprenant aussitôt à qui elle faisait allusion.

— Elle avait un regard mélancolique.

Caleb l'avait trouvée carrément triste.

— Si elle savait, ajouta-t-elle d'une voix si faible qu'elle semblait se parler à elle-même.

Si elle savait quoi ? Comment le bébé avait été conçu ? Ou bien que Laurel ne pensait pas pouvoir avoir une autre sorte de relation affective ?

Pourtant aujourd'hui, avec son ventre rond et son sourire épanoui, Laurel pouvait passer pour une femme qui avait tout pour être heureuse.

Si seulement cette femme savait qu'elle n'avait pas tout…

Non seulement elle n'avait pas tout pour être heureuse, mais elle ne l'aurait probablement jamais. Tout ça, à cause d'un homme qui courait toujours au bout de cinq ans, sans avoir encore répondu de son acte…

Chapitre 9

Laurel se réveilla en hurlant.

Il y avait très longtemps que cela ne lui était plus arrivé. Des années.

Elle s'assit sur son lit, haletante, le regard fixe, tous les sens en alerte.

Par-dessus le sifflement de sa respiration, elle reconnut les bruits familiers de la ville. La circulation sur l'autoroute, qui ne s'arrêtait jamais, même en pleine nuit. Le hurlement d'une sirène qui résonnait dans le lointain et s'éteignait peu à peu. Un chien qui aboyait dans une maison voisine.

Le rêve lui revint en esprit avec une clarté impitoyable, lui arrachant un gémissement de terreur.

Elle allait avoir *son* enfant.

Pas l'enfant de Caleb. Celui du violeur. Rien ne pouvait tuer la chose hideuse qui prenait vie en elle. Un enfant qui aurait le visage de cet homme, son regard furieux.

Avec un frisson de terreur, elle regarda son ventre, en proie à une indicible répulsion.

Pas une seule fois, depuis qu'elle était enceinte, elle n'avait considéré le bébé comme un intrus, un être étranger à son corps. Pourquoi cela arrivait-il maintenant ?

Au bout d'un moment, elle alluma la lampe de chevet et s'allongea sur le côté, remontant les genoux contre sa poitrine.

— Je suis désolée, bébé. Je t'ai fait peur ? C'était un cauchemar.

Il y eut un mouvement dans son ventre, comme si l'enfant avait réagi au son de sa voix.

— C'est juste parce que je réfléchis plus qu'autrefois.

Un petit coup de pied.

— Ou alors, c'est à cause de Caleb. Depuis qu'il m'a ramenée dans les parages de l'université, mes souvenirs remontent à la surface.

Un autre mouvement et elle dut se lever avec un soupir résigné pour aller aux toilettes.

— Tu prends mon ventre pour un trampoline, dis ?

La salle de bains lui paraissait beaucoup plus petite, depuis quelque temps. Elle comprenait maintenant pourquoi Caleb se plaignait de son exiguïté. C'était tout juste si elle pouvait refermer la porte derrière elle.

Inutile de songer à se rendormir. Elle fit chauffer de l'eau pour se préparer une infusion et s'installa dans le canapé avec le roman qu'elle avait commencé quelques jours plus tôt.

Toutefois, elle eut du mal à se concentrer. Elle pensa à la fatigue qui allait l'assaillir dans la journée et se demanda si elle pouvait, pour une fois, se dispenser d'aller au bureau.

Pourquoi ne pas prendre Caleb au mot et commencer son congé de maternité ? Elle savait que la firme où elle travaillait n'y verrait pas d'inconvénient, il suffisait qu'elle en fasse la demande avec un préavis d'une semaine. Et comme le lui avait fait remarquer Caleb, si son poste n'était plus disponible à son retour, une secrétaire de juriste expérimentée n'aurait pas à chercher longtemps avant de trouver un nouveau poste.

« C'est de la charité », protesta faiblement une petite voix en elle-même.

Laurel pesa le pour et le contre.

Après tout, Caleb était très à l'aise financièrement. Et c'était son bébé qu'elle attendait. En plus, ils étaient amis…

Son père l'aiderait également, elle ne serait pas obligée de se reposer entièrement sur Caleb. Il lui avait offert à de nombreuses reprises de la soutenir, mais elle était décidée à ne compter que sur elle-même. Comme si le fait de s'assumer maintenant pouvait l'absoudre de ne pas avoir su se défendre cette fois-là.

C'était idiot, mais elle ne pouvait pas s'empêcher d'avoir ce sentiment enfoui au fond de son cœur.

Le ciel passa d'un noir de charbon au gris perle du petit matin, sans qu'elle ait tourné une seule page de son livre.

Pourquoi avait-elle fait ce rêve ?

Dernièrement, tout ce qu'elle avait refoulé au fond d'elle-même semblait remonter à la surface. Comme un poison.

Etait-ce à cause du bébé ? A cause de Caleb ? Impossible à dire.

« C'est peut-être inévitable », se dit-elle en regardant le ciel continuer de s'éclaircir. On ne pouvait mettre indéfiniment la tête dans le sable. Etait-ce un instinct de survie mystérieux qui la poussait à surmonter ses peurs une fois pour toutes, avant de devenir responsable d'une autre vie que la sienne ?

Un peu plus tard, elle tressaillit et se rendit compte qu'elle avait fini par s'endormir. Elle retourna dans son lit en bâillant, mit l'alarme du réveil afin d'appeler le bureau à 9 heures et sombra immédiatement dans un sommeil sans rêve.

En l'espace de dix jours, trois fêtes furent organisées en l'honneur de la grossesse de Laurel.

Elle savait que ses collègues de travail ne manqueraient pas cette occasion. Les mariages et les grossesses étaient régulièrement fêtés à l'heure du déjeuner, au bureau. Et dès l'instant où elle avait annoncé sa grossesse, tout le monde s'était montré très gentil. On ne lui avait posé aucune question sur le père du bébé. De fait, ils étaient sans doute tous soulagés de savoir enfin pourquoi elle filait si souvent aux toilettes depuis quelques semaines.

Elle reçut tant de cadeaux qu'elle ne pouvait les porter et l'une des avocates la raccompagna chez elle en voiture ce soir-là.

Puis Megan annonça qu'elle avait invité quelques amies. Nadia en faisait partie, naturellement, ainsi que d'autres personnes, que Laurel n'avait pas revues depuis des années. Des connaissances plus récentes lui apportèrent également des cadeaux. Sheila Baker faisait partie du nombre.

Mais ce fut la troisième fête qui l'étonna le plus.

Celle qu'avaient organisée pour elle les femmes de son groupe de discussion. Quand elle s'y rendit pour la dernière fois avant son accouchement, elle se rendit compte qu'elle était la dernière arrivée.

Les autres femmes se tournèrent toutes vers elle d'un seul mouvement en criant : « Surprise ! » Alors, elle vit les cadeaux, le punch, le gâteau.

Et elle fondit en larmes.

Il y eut encore des rires, des embrassades et des pleurs. Tout en ouvrant ses cadeaux, elle regardait ces femmes qui comprenaient mieux que personne ce qu'elle avait dû surmonter.

— Je ne pourrai jamais vous remercier assez, dit-elle enfin. Je ne sais pas ce que je serais devenue sans vous pour me soutenir, ces cinq dernières années.

Marie secoua la tête.

— Tu es forte, Laurel.

La plupart d'entre elles avaient les yeux rougis par les larmes ce soir-là, quand elles aidèrent Laurel à transporter les vêtements de bébé, les jouets et les couvertures dans la voiture.

Elle leur promit de les avertir dès que son enfant serait né et quand elle s'éloigna au volant de sa voiture, elle les vit dans le rétroviseur lui faire des signes d'adieux.

Deux semaines et demie avant la date prévue pour son accouchement, Laurel se décida à prendre son congé de maternité. Ses jambes étaient enflées et le seul fait de se lever d'une chaise était une épreuve.

Elle appela son père un soir pour lui demander s'il acceptait de l'aider. Sa réponse fut instantanée :

— Seigneur ! Ce n'est pas trop tôt ! J'ai cru que tu préférerais aller à la maternité en métro pour accoucher, plutôt que de me demander quoi que ce soit !

— Je ne savais pas que tu étais inquiet pour moi.

— Je me suis efforcé de ne rien laisser paraître.

— Caleb n'en a pas fait autant.

— Tant mieux. Tu veux venir t'installer à la maison ?

— Merci, papa, mais Caleb m'a proposé d'aller chez lui. Il a une chambre d'amis.

Pourquoi précisait-elle ce détail ? De crainte qu'il ne pense qu'elle allait partager le lit de Caleb et coucher avec lui ? Elle regarda son corps gonflé par la grossesse et réprima un rire. Ça ne risquait pas d'arriver !

— Il sera là pour t'emmener à la maternité, alors… C'est bien.

— Tu étais avec maman, quand nous sommes nées ?

Elle pensait souvent à sa mère ces temps-ci et regrettait qu'elle ne soit pas là pour la conseiller et la rassurer. Il y avait tant de choses qu'elle aurait voulu savoir. Comment se passait un accouchement, que fallait-il faire quand le bébé avait des coliques, comment savoir s'il pleurait parce qu'il avait faim ou parce qu'il était malade…

— Naturellement, dit son père. Nous avions suivi les cours de préparation à l'accouchement ensemble et je comptais les contractions avec elle.

— Combien de temps est-ce qu'elle a mis pour accoucher ?

— Seize heures pour toi et seulement dix pour Meggie.

— Ce n'est pas trop mal.

Elle avait, elle aussi, suivi les cours avec Caleb et ce que leur avait dit la sage-femme l'avait effrayée. Un accouchement pouvait durer jusqu'à quarante-huit heures. Des tas de problèmes risquaient de survenir. Le bébé pouvait mal se présenter, le cordon ombilical s'enrouler autour du cou…

— Quand le médecin t'a placée dans mes bras, je suis tombé instantanément amoureux de toi, poursuivit son père d'une voix nostalgique. Et si tu avais vu l'expression de ta mère…

— J'aimerais qu'elle soit là, maintenant.

— Je pense qu'elle est avec toi, Laurel. Même si tu ne la vois pas.

— J'ai pensé à elle cette nuit-là, s'entendit-elle dire. Quand… tu sais…

Son père émit un son inarticulé.

— Je lui ai dit que… que nous allions nous revoir plus tôt que prévu. Et… et elle m'a assuré que je n'allais pas mourir, que je devais m'accrocher à la vie.

Quand elle avait repris conscience, à l'hôpital, elle n'avait pas compris pourquoi sa mère n'était pas près du lit, au côté de son père. Elle était si persuadée de l'avoir vue, de lui avoir parlé, qu'elle avait cru sa mère encore vivante, l'espace de quelques instants.

Elle se rappelait le chagrin affreux qu'elle avait éprouvé quand son père avait balbutié :

— Ma chérie… ce n'est pas possible. Tu sais bien que…

Et en un éclair, elle s'était rappelé que sa mère était morte.

Peut-être avait-elle été morte, elle aussi, l'espace de quelques secondes ? Sinon, comment aurait-elle pu lui parler ? Le souvenir était aussi clair que ceux qu'elle gardait de son enfance.

— Tu ne me l'avais jamais dit, fit remarquer son père.

— Je n'ai pas osé. Ça paraissait complètement fou.

— Non, ce n'est pas fou. Elle sera là aussi pour la naissance de ta fille. J'espère que…

Il s'interrompit, la gorge nouée par l'émotion.

— Un jour, si tu as vraiment besoin d'elle, elle sera là pour toi aussi, lui dit doucement Laurel.

Son père garda le silence un long moment, puis murmura :

— Peut-être.

Après cette conversation, Laurel repensa à ce qu'elle avait pris jusqu'ici pour une hallucination. Sa mère, assise à côté d'elle sur le sol en ciment du parking, caressant son visage meurtri, avec une expression d'amour, de compassion et de force.

« Tu vivras, ma chérie. Je le sais. Tiens bon. »

Cette horrible nuit refusait de s'effacer de sa mémoire. Mais cette fois, Laurel fut rassurée, en pensant que sa mère serait aussi auprès d'elle quand elle donnerait naissance à son enfant.

Elle serait dans son cœur.

Elle entendit la voiture de Caleb s'arrêter devant sa porte et elle alla ouvrir. Elle avait préparé elle-même ses affaires, emportant le strict minimum. Malgré les efforts de Megan, sa garde-robe de future maman restait limitée. Et comme elle savait qu'elle ne pourrait pas remettre les autres vêtements avant plusieurs semaines, elle ne prit pas la peine de les emporter.

— Bonjour.

Il eut un sourire radieux en la voyant. Tout son être exprimait l'énergie et la vitalité.

— Tu es prête ?

Son estomac se contracta. Etait-elle prête à quitter sa maison ? A donner la vie à un enfant ? A commencer une nouvelle vie ?

Elle fit la moue.

— Je suppose qu'il le faut.

— Tu es sûre que tu es à deux semaines du terme ?

— Tu peux compter aussi bien que moi.

— Oui. J'étais là, après tout. Enfin, en quelque sorte, rectifia-t-il en soulevant la valise.

Comme elle se baissait pour prendre un petit sac, il le souleva aussi, comme s'il ne pesait pas plus lourd qu'une plume.

— Tu ne dois pas soulever de poids.

— Tu as décidé d'être agaçant ? lança-t-elle, dans son dos.

— Oui !

Il se dirigea vers la voiture. Laurel se retourna pour regarder sa petite maison, et éprouva un pincement au cœur. Comme si… comme si elle ne devait plus y revenir.

C'était idiot. Elle reviendrait, naturellement. Ces quelques jours n'étaient qu'un intermède. Des vacances, en quelque sorte, comme lorsqu'elle était allée passer une semaine chez lui. Une occasion de se faire dorloter. Et puis elle avait trop peur de se réveiller seule au milieu de la nuit, en proie à des contractions. Il faudrait un certain temps à Caleb pour prendre le ferry et arriver de Vashon !

La maison l'attendrait. La chambre du bébé était prête. Meg avait peint les murs en jaune et ajouté une frise avec des petits moutons. Georges était allé chercher le berceau de famille au grenier et l'avait garni d'un nouveau matelas. Quelques jours auparavant, Caleb l'avait installé dans la chambre, et avait suspendu au-dessus un mobile aux couleurs vives, présent de Megan.

Le petit sac contenait de minuscules pyjamas, des couches, deux biberons et un paquet de tétines en caoutchouc. Laurel n'avait pas encore demandé à Caleb s'il la ramènerait directement chez elle avec le bébé à leur sortie de l'hôpital, mais elle avait le pressentiment qu'il refuserait. Ou bien, il insisterait pour rester et dormir sur le canapé, qui était beaucoup trop petit pour lui.

Son pressentiment se confirma, quand elle vit un berceau à côté de son lit, dans la chambre d'amis.

— Tu ne m'avais pas dit que tu en avais acheté un, dit-elle d'un ton soupçonneux.

— J'ai pensé qu'il faudrait qu'il ait un lit dans chaque maison.

Elle ne protesta pas. A vrai dire, elle était un peu effrayée à l'idée de se retrouver seule chez elle avec le bébé, dès sa sortie de la maternité.

L'idée même de quitter l'hôpital avec un bébé dans les bras était effrayante. C'était une chose d'imaginer un enfant. Mais c'en était une autre d'avoir sous son toit un bébé qui pleurait, et qui était entièrement dépendant de vous.

— Nous allons faire tout ce qu'il faut pour lui, d'accord ? dit-elle en contemplant le berceau.

Caleb lui passa un bras autour des épaules.

— Oui. Nous allons même faire encore mieux que ça. Personne n'aura jamais aimé son bébé comme nous allons aimer le nôtre.

Elle eut un petit rire étranglé.

— Et je te promets que je n'insisterai pas pour qu'il devienne médecin ! ajouta Caleb. Ingénieur, ça sera très bien…

Laurel songea avec mélancolie à sa propre carrière, qu'elle avait abandonnée. Qu'en pensait-il ?

— Installe-toi, pendant que je prépare le dîner,

lui proposa Caleb, loin d'imaginer les pensées qui la tourmentaient.

Elle lui fit un petit sourire et hocha la tête. Mais lorsqu'il fut sorti, au lieu de défaire ses valises, elle s'assit dans le rocking-chair neuf et se balança doucement tout en chantonnant, les mains plaquées sur son ventre.

Le lendemain, Caleb reçut un appel de son père. C'était le premier depuis presque sept mois.

— Ta mère craint que tu nous empêches de voir le bébé, dit ce dernier, d'un ton crispé.

Caleb posa sur le côté le journal qu'il était en train de lire. Par chance, Laurel se reposait dans sa chambre.

— Tu sais bien que je ne ferai jamais une chose pareille.

— Je suis censé te faire des excuses…

Malgré la colère sourde qui l'habitait, Caleb ne put s'empêcher d'être amusé par l'attitude de son père.

— Mais tu as un mal fou à le faire, car tu ne te sens pas du tout désolé, c'est ça ?

— J'ai regretté ce que j'ai dit à l'instant même où les paroles ont franchi mes lèvres, admit Clayton Manes en bougonnant. Laurel est une fille bien. Je l'ai toujours su. Mais j'avais peur pour toi.

Et apparemment, il n'était pas plus rassuré maintenant. D'ailleurs, Caleb aussi avait peur.

— Excuses acceptées, dit-il avec un sourire en coin.

— Tu as été un peu dur avec ta mère. Ça fait plus de six mois que tu n'es pas venu nous voir.

Caleb haussa les sourcils.

— On se parle fréquemment au téléphone.

— Mais tu n'es pas venu nous voir ! insistait son père.

— J'étais occupé.

Il avait l'impression d'être redevenu un adolescent boudeur qui se faisait réprimander par son père !

— Ah oui ?

— Papa, j'avais vraiment beaucoup à faire. J'ai regroupé tous mes voyages afin d'avoir du temps libre, maintenant que Laurel approche du terme de sa grossesse.

— Il faut que tu apprennes à déléguer, sinon tu finiras par t'épuiser au travail.

— Oui, c'est ce que je commence à comprendre.

Il marqua une pause et reprit :

— Le magasin de Tacoma ne marche pas très fort. J'aurais besoin de tes conseils…

— Je pourrais aller y faire un tour, suggéra son père. Une fois que je l'aurai vu, nous en discuterons.

Caleb sentit aussitôt son humeur s'alléger.

— Merci. Et merci pour tes excuses papa, même si elles n'étaient pas très spontanées !

— Nous sommes aussi têtus l'un que l'autre, je crois.

— En effet.

— Tu promets de nous avertir dès que le bébé sera né ?

— C'est promis.

— En attendant, continue de téléphoner régulièrement à ta mère.

— Promis aussi. Je t'aime bien, papa.

Son père toussota.

— Je t'aime aussi.

Quand Caleb reposa le combiné, ses yeux étaient brûlants de larmes contenues.

Il s'éveilla en sursaut, le cœur battant. La première chose qu'il vit, ce fut la silhouette de Laurel, éclairée par la lumière du couloir.

— Caleb ? Tu es réveillé ?

Il se dressa.

— C'est le moment ?

Elle confirma d'un signe de tête.

— Il y a encore sept ou huit minutes entre chaque contraction, mais comme nous devons prendre le ferry…

Il jura et manqua tomber du lit.

— Pourquoi tu ne m'as pas réveillé tout de suite ? Tu étais bien, quand nous sommes allés nous coucher.

— Je t'ai dit que j'avais déjà des petites contractions.

Il se passa les deux mains dans les cheveux.

— Tu as dit « des élancements » ! Bon sang, il faut que je m'habille !

— Moi aussi.

Mais elle demeura clouée sur place et poussa un petit cri. Caleb alluma la lampe de chevet et vit ses traits crispés de douleur.

— Une nouvelle contraction ? Mon Dieu ! Respire. Tu te rappelles ? Un, deux, trois… Allons, fais comme tu as appris.

Elle croisa son regard et se mit à respirer en haletant.

— C'est ça ! Trois, quatre… expire.

Il vit à l'expression de ses yeux que la contraction était passée.

— Je vais t'aider à t'habiller.

— Non, ça ira. Je me dépêche.

Il fut tenté de la suivre dans sa chambre, puis baissa les yeux et se rappela qu'il était encore en pyjama. Il ne pouvait pas aller à l'hôpital comme ça. S'habiller, vite…

Il attrapa les premiers vêtements qui lui tombèrent sous la main : un jean et un T-shirt à manches longues. Puis il enfila des chaussettes et des baskets.

Il n'arriva pas à nouer les lacets. Ses doigts tremblaient trop, il y renonça. Au moment de franchir la porte, il retourna chercher sa montre sur la table de chevet.

Quand il arriva dans la chambre de Laurel, celle-ci était assise dans le rocking-chair, en proie à une nouvelle contraction. Elle avait réussi à enfiler une robe et un pull, mais elle était toujours pieds nus.

Il s'accroupit à côté du fauteuil et lui prit la main.

— Ça n'a pas duré huit minutes, dit-il, quand la contraction fut passée.

— Non.

— Je vais t'aider…

Il prit la brosse qu'elle tenait à la main, lui lissa les cheveux en arrière et les attacha avec un élastique. Puis il lui apporta ses chaussures et prit la petite valise dans laquelle elle avait rangé les affaires dont elle aurait besoin à la clinique. Ils attendirent que la contraction suivante soit passée, avant de descendre dans la voiture garée devant la porte d'entrée.

Le ciel était encore sombre et il jeta un coup d'œil à sa montre tout en s'engageant sur la bretelle d'autoroute et en essayant de se rappeler l'heure de départ du prochain ferry. Ils devraient y arriver à temps, mais bon sang, elle se raidissait sur le siège, sa respiration redevenait haletante. Cinq minutes à peine s'étaient écoulées depuis la dernière contraction. Le processus s'accélérait.

Ils eurent de la chance et n'attendirent pas pour embarquer sur le ferry. Caleb aida Laurel à repousser le dossier de son siège pour s'allonger. Il ne lui lâcha pas la main un instant.

— Tout va bien, dit-il. Continue de respirer en rythme. Un, deux, trois…

Il fut obligé de lui lâcher la main pour faire sortir la voiture du ferry et reprendre la route. Par chance, la circulation était fluide à cette heure de la nuit.

Laurel laissa échapper un long gémissement de douleur. Il jura tout bas.

— Nous sommes presque arrivés. Tout va bien se passer, tu verras.

— Mais ça va si vite ! s'exclama-t-elle avec un accent de panique.

— Tant mieux. Tu ne voudrais pas que le travail dure quarante-huit heures ?

— Non, mais… je suis contente que tu sois là, dit-elle en crispant les doigts sur sa main.

— Où pourrais-je être, sinon à côté de toi ?

— Au Salvador.

— Tu n'as pas remarqué que je n'étais allé nulle part, depuis le mois dernier ? Les bébés arrivent souvent en avance.

— Le nôtre devait avoir les yeux fixés sur la pendule.

— Oh… c'est vrai. Les médecins avaient prévu la naissance pour aujourd'hui, n'est-ce pas ?

Ils en avaient déjà parlé au dîner. Caleb avait

remarqué qu'elle mangeait sans grand appétit, mais cela n'avait pas suffi à lui mettre la puce à l'oreille. Les « élancements » auxquels elle avait fait allusion étaient bel et bien des contractions. Elle n'avait sans doute pas employé ce mot pour ne pas l'inquiéter.

Caleb quitta l'autoroute et s'engagea dans James Street.

— Je ne suis pas content que tu ne m'aies pas réveillé dès que tu as compris que le travail avait commencé.

— Je me suis dit qu'il valait mieux te laisser dormir en attendant. Je me sentais bien. Quand les contractions se sont rapprochées, j'ai pensé qu'il était temps de t'appeler.

La clinique n'était pas très loin de la sortie d'autoroute, vers First Hill. Caleb se dirigea vers les urgences. Une infirmière sortit avec un brancardier et ils installèrent Laurel dans un fauteuil roulant pendant que Caleb allait se garer.

Il revint du parking en courant et les rattrapa. Laurel eut un petit sourire de soulagement en le voyant et lui agrippa la main.

La salle de travail était assez agréable. Une infirmière lui désigna un endroit où il pouvait s'allonger et dormir. Il lui lança un regard incrédule. Dormir ? Et laisser Laurel souffrir seule ?

La sage-femme examina Laurel et sourit.

— Vous n'aurez pas le temps de dormir, dit-elle. Le bébé a l'air pressé d'arriver.

Il saisit la main de Laurel. La fréquence des contractions s'accélérait.

— Nous aurions dû appeler le médecin de la maison, dit-il.

— Le Dr Schapiro est déjà à la clinique, expliqua la sage-femme. Nous l'avons avertie que Laurel venait d'arriver.

L'obstétricienne arriva une demi-heure plus tard, souriante, et leur annonça qu'elle venait juste de mettre au monde un petit garçon.

— Nous n'attendrons pas longtemps avant de voir le vôtre, dit-elle après avoir examiné Laurel. Voilà des naissances comme je les aime. Deux dans la même nuit !

Caleb se concentra sur Laurel, tandis que l'intensité des contractions augmentait. Elle ne le quittait pas des yeux non plus, comme si le monde n'existait que par lui. Il essuyait régulièrement la transpiration sur son visage, repoussait de son front ses cheveux humides, lui massait doucement le dos lorsque les contractions s'estompaient.

Il semblait trouver les points sensibles et, miracle des miracles, la jeune femme accepta sans rechigner le contact de sa main, semblant même trouver un certain réconfort dans ses caresses.

Caleb eut un bref moment d'espoir. Est-ce qu'elle

pourrait, un jour… Une nouvelle contraction arriva, si forte que Laurel poussa un cri. Il oublia tout.

— Poussez, dit le médecin. Je vois la tête du bébé. Poussez encore.

Les contractions n'étaient plus espacées que de quelques secondes. Tout le corps de Laurel se tendit, soulevé par l'effort. Elle poussa un cri aigu, qui se termina sur une note de triomphe.

— C'est ça, c'est ça ! l'encourageait le médecin. La voilà ! C'est une fille !

Laurel, qui s'était laissée retomber sur la table, marmonna, d'une voix brisée par l'épuisement :

— Je te l'avais dit.

Caleb eut un petit rire ému et ils tournèrent tous deux la tête en entendant le cri du bébé. L'infirmière saisit aussitôt la fillette, la lava et l'examina. Caleb serrait la main de Laurel dans la sienne, en proie à une angoisse subite. Il n'y avait rien d'anormal, n'est-ce pas ?

Mais l'infirmière revint vers eux avec un large sourire et leur tendit la petite fille enveloppée dans un souple lange de flanelle.

— Vous avez une magnifique petite fille, qui a déjà de beaux poumons ! déclara-t-elle en passant l'enfant à Caleb, qui eut un tressaillement de surprise.

Il prit le petit paquet dans ses bras, contempla le visage de l'enfant et se sentit fondre de tendresse. La fillette avait cessé de pleurer et elle fixait sur lui son regard vague de nouveau-né. Elle était belle, infiniment précieuse à ses yeux. Il l'aima sur-le-champ.

— Te voilà enfin dans le monde. Je suis sûr que tu veux ta maman, n'est-ce pas ?

Il la déposa dans les bras de Laurel et vit les yeux de celle-ci s'embuer de larmes.

— Comme elle est belle, dit-elle, émerveillée. Ma jolie…

Laurel pressa tout naturellement le bébé contre sa poitrine et la sage-femme lui montra comment le mettre au sein.

Caleb se sentit soudain un peu faible et se laissa tomber sur une chaise, à côté du lit.

Sa poitrine se gonflait d'émotion. Un peu à l'écart, il regardait sa fille s'essayer à téter pour la première fois. Le visage de Laurel était doux, empli d'amour et d'étonnement.

Elle leva les yeux, chercha son regard et sourit.

Etait-il possible d'être plus heureux qu'en ce moment précis ?

Oui. Il le serait plus encore, si Laurel lui appartenait.

Ses liens avec elle étaient trop fragiles. L'amitié pouvait disparaître du jour au lendemain. Il voulait plus que cela. Des promesses. Des liens solides, officiels. Et une union charnelle.

Il se rappela le contact de son corps sous ses doigts, pendant l'accouchement, la façon dont elle s'était arquée sous ses caresses en frissonnant. Et encore une fois, il se dit que peut-être…

Ils n'avaient jamais été aussi proches qu'en ce moment. Dès que le médecin lui en donnerait la permission, il la ramènerait chez lui, avec leur fille.

Et s'il voulait autre chose, c'était à lui de faire ce qu'il fallait pour l'obtenir. Il ne devait plus la laisser croire qu'aucun homme ne la toucherait jamais.

Mais il devrait jouer fin, éviter de la heurter de front.

Il n'avait jamais été facile de lui démontrer qu'elle avait tort. Mais il l'avait déjà fait et il pouvait recommencer. Un mélange de désir, d'exaltation, d'amour, lui gonfla le cœur un peu plus.

Il ne lui restait plus qu'à convaincre Laurel qu'ils formaient une famille désormais, tous les trois, et qu'entre eux deux, il pouvait exister bien plus que de l'amitié…

— Eh bien, murmura Laurel, à ce moment-là. Comment allons-nous l'appeler ?

Chapitre 10

Ils quittèrent la clinique le lendemain avec Lydia Ellen. Caleb n'avait jamais roulé aussi lentement et il jetait de fréquents coups d'œil par-dessus son épaule pour regarder sa fille emmitouflée dans son siège de bébé.

Laurel fit presque tout le trajet en se tordant le cou pour ne pas quitter le bébé des yeux un seul instant.

Elle avait eu depuis le début l'intuition qu'elle attendait une fille et elle avait décidé de lui donner le prénom de sa mère.

Son père n'avait pu retenir ses larmes, quand elle l'avait appelé pour lui annoncer la naissance de sa petite-fille.

— Tu ne m'en voudras pas si je l'appelle Lydia ? avait-elle demandé, après une légère hésitation.

Il y avait eu un moment de silence. Puis Georges Woodall avait murmuré, d'une voix étranglée par l'émotion :

— Rien ne pourrait me faire plus plaisir.

— La mère de Caleb s'appelle Ellen. Aussi, nous avons pensé que Lydia Ellen serait très bien.

— C'est très joli…

Elle sentit les larmes lui brûler les yeux.

— Tu trouves ? Nous nous proposions de passer chez toi, en quittant la maternité.

— Non, ça vous obligerait à faire un trop long détour, avec la petite. Mais s'ils ne te gardent pas à la clinique cette nuit, je passerai vous voir demain matin. Si vous êtes d'accord.

— Naturellement !

Maintenant, tandis qu'ils attendaient pour prendre le ferry, Laurel observait Caleb. Il regardait leur fille dormir.

— Elle est tellement petite, murmura-t-il.

— Elle pèse plus de quatre kilos. Ce n'est pas si petit pour un nouveau-né !

— Non, mais… regarde-la ! J'aurais préféré qu'ils vous gardent pour cette nuit ! Que ferons-nous si quelque chose ne va pas ?

Laurel ne se sentait pas très rassurée non plus. Elle ne craignait pas de problèmes, mais elle n'était pas sûre de savoir ce qu'il fallait faire. Si elle n'arrivait pas à lui donner à téter, si la montée de lait se faisait mal, si Lydia pleurait sans raison apparente, si…

Non, il ne fallait pas penser à cela ! Les autres mères s'en sortaient sans aide. Elle s'en sortirait aussi !

— Lydia se porte bien, affirma-t-elle. Elle tète, elle

n'a pas la jaunisse, elle crie normalement. Pourquoi quelque chose n'irait pas ?

Il tapa du poing contre le volant.

— Pour rien. Je sais. Mais ce ne sont pas les médecins qui décident que les nouveau-nés ne doivent pas rester à la maternité. Ce sont les compagnies d'assurance-maladie !

— Caleb, dit Laurel avec un sourire attendri. Tout ira bien. Ne t'inquiète pas.

— C'est toi qui le dis, grommela-t-il.

Puis il lança un coup d'œil anxieux au bébé et demanda, à voix basse :

— Je ne l'ai pas réveillée ?

— Je crois que même une bombe ne la réveillerait pas.

Laurel était exténuée, mais elle se sentait le cœur gonflé d'amour. Elle avait l'impression qu'elle pourrait faire n'importe quoi pour protéger ce petit être.

Dire qu'elle aurait pu ne pas avoir Lydia… Il s'en était fallu de peu.

Curieusement, elle n'avait plus pensé depuis longtemps que Matt Baker aurait pu être le père de son enfant. Elle avait dîné avec Matt et Sheila deux ou trois fois, pendant que Caleb était en voyage, mais elle ne s'était jamais demandé comment les choses se seraient passées si Matt avait été le père.

Elle ne pouvait même plus imaginer d'avoir un enfant avec un autre homme que Caleb. Ce ne serait pas Lydia. Elle aurait un autre bébé, avec un héritage génétique différent. Naturellement, elle l'aurait aimé tout autant. Du moins, elle le supposait, bien que l'idée de ne pas avoir Lydia lui paraisse maintenant inconcevable.

Etait-ce parce qu'elle était aussi la fille de Caleb ? Laurel lui jeta un coup d'œil à la dérobée. Malgré sa fatigue, elle éprouva un certain trouble en le dévisageant.

Si Matt avait été le père, c'est Meg qui serait restée avec elle pendant l'accouchement. Et maintenant, ce serait Meg, ou leur père, qui les ramènerait à la maison. Lydia… ou plutôt le bébé qu'elle aurait eu à la place de Lydia et elle seraient restés chez son père. Il ne l'aurait pas laissée rentrer seule chez elle.

Elle était heureuse que les choses en aient été différemment.

Caleb se tourna vers elle et son regard d'un bleu intense plongea dans le sien.

— A quoi tu penses ?

— Je suis contente que tu sois le père de Lydia. Que ce soit toi, plutôt que…

— Je n'arrive toujours pas à croire que tu aies demandé d'abord à Matt Baker !

— Je t'ai expliqué pourquoi.

— Peut-être, mais je ne l'ai toujours pas digéré. Tu imagines, si j'étais rentré de voyage et que tu aies déjà été enceinte ?

Elle fut étonnée par l'émotion qui transparaissait dans sa voix.

— Eh bien ? demanda-t-elle, d'une voix presque inaudible.

Il reporta son regard sur la route et ses doigts se crispèrent sur le volant. Il semblait ne pas voir les voitures qui sortaient du ferry, les unes après les autres, et filaient sur la route le long de la colline.

— Je me serais senti trahi.

Laurel ressentit un léger choc à cet aveu.

— Oui, oui, je sais. Tu ne m'as jamais donné la moindre raison de croire que…

Il déglutit et reprit, d'un ton sourd :

— Si tu étais tombée amoureuse d'un homme, ça aurait été différent. Mais pourquoi choisir Baker ? Ce n'était pas moi, ton meilleur ami ?

— Si. Mais nous étions peut-être trop amis. Tu vois ? Ce n'est pas rien, de demander ce genre de service. Avec Matt, j'avais l'impression que c'était sans conséquences.

— Je crois que je comprends…

Devant eux, les voitures commençaient à embarquer.

— Mais Lydia n'aurait pas été Lydia, reprit Laurel. Elle n'existe que parce que nous l'avons faite ensemble.

Caleb regarda encore une fois derrière lui et sa voix s'adoucit.

— C'est extraordinaire, n'est-ce pas ? Que nous l'ayons créée tous les deux.

Laurel hocha la tête en repensant à la façon dont

ça s'était passé. Les autres femmes n'avaient probablement pas le même genre de souvenirs !

— Merci, Caleb, dit-elle d'une voix tremblante.

Elle posa une main sur la sienne, sentit sa tension, la force qui se cachait sous son allure charmante et décontractée.

Presque instinctivement, il tourna les doigts pour enserrer les siens.

— De quoi me remercies-tu ? C'est moi qui ai de la chance…

Un Klaxon retentit derrière eux, les faisant sursauter.

Laurel retira sa main. Caleb marmonna quelque chose entre ses dents, passa la première et avança.

Une minute plus tard, ils roulaient sur le pont et se garaient à l'emplacement que leur désignait un homme vêtu d'un gilet orange. Le bruit des moteurs qui vrombissaient autour d'eux finit par déranger le sommeil de Lydia, qui se mit à s'agiter. Lorsque la sirène du ferry se fit entendre, elle se réveilla tout à fait en hurlant.

— Je suppose qu'elle n'a pas le sommeil aussi lourd que je le croyais, finalement.

Laurel descendit de la voiture, alla ouvrir la portière arrière et sortit le bébé de son siège-auto.

— Tu as faim, ma chérie ?

Elle se réinstalla à l'avant de la voiture et elle eut une brève hésitation au moment d'allaiter devant

Caleb. Il était assis si près d'elle, qu'elle voyait les moindres détails de son visage.

Lydia se remit à hurler. Au bout d'un moment, Laurel glissa une main sous sa chemise pour dégrafer son soutien-gorge d'allaitement et souleva le tissu juste assez pour dégager le mamelon. Lançant un regard de côté, elle vit que Caleb regardait fixement devant lui, le visage enflammé. Elle n'était pas la seule à se sentir mal à l'aise.

La fillette se mit à téter et un grand silence s'abattit dans la voiture. Laurel avait une conscience aiguë de la présence de cet homme, qui faisait mine d'ignorer ce qui se passait.

— J'espère qu'elle dormira quand nous serons à la maison, dit-elle pour détendre l'atmosphère. J'ai besoin de me reposer.

Caleb se tourna, prenant soin de ne pas baisser les yeux sur sa poitrine.

— Je m'occuperai d'elle pour que tu puisses dormir. Tu as une nuit à rattraper.

Laurel caressa les fins cheveux noirs de sa petite fille et murmura :

— Je crois qu'elle aura tes yeux.

— Les bébés ne gardent pas toujours leurs yeux bleus.

— Mais les siens sont déjà d'un bleu aussi vif que les tiens. Quand j'ai vu Alex, j'ai su tout de suite que ses yeux seraient bruns.

Ce qui était logique, puisque Nadia avait des

yeux d'un brun profond et que ceux de Darren étaient noisette.

— Elle a ton nez, ajouta Caleb.

— Comment tu peux voir ça ? Ce n'est qu'un petit bouton…

— Je t'assure que c'est le tien en miniature.

Malgré lui, son regard se posa sur le bébé, dangereusement près du sein blanc et gonflé. Laurel sentit ses joues s'empourprer.

— Tout chez elle est en miniature. J'adore ses petites mains.

A cet instant, Lydia leva une main en pliant et dépliant les doigts.

Laurel la changea de sein. Un couple passa à côté de la voiture, regarda machinalement à l'intérieur et détourna prestement les yeux. La jeune femme s'efforça de surmonter sa gêne. Elle allait devoir allaiter le bébé pendant plusieurs semaines et elle ne pourrait pas toujours le faire dans l'intimité. Beaucoup de femmes allaitaient en public.

Toutefois, elle aurait aimé avoir des seins moins volumineux.

— Oh, vous êtes faite pour ça ! lui avait dit une des infirmières de la maternité, d'une voix haut perchée.

C'était de sa part un compliment.

Elle fut soulagée, quand Lydia se détacha de sa poitrine, la bouche entrouverte, et se rendormit.

— Donne-la-moi, murmura Caleb.

Il alla la replacer à l'arrière, pendant que Lydia rajustait ses vêtements.

Le trajet du quai jusqu'à la maison s'accomplit très rapidement. Laurel installa Lydia dans son berceau, puis alla se doucher et se coucha. Elle était si fatiguée !

Ses yeux se fermèrent dès qu'elle fut allongée. Son corps était endolori, exténué. Elle avait besoin d'une bonne nuit de sommeil…

Le jour suivant, Megan et Georges Woodall arrivèrent les premiers pour voir Lydia. Ils furent suivis de près par les parents de Caleb. Ce dernier appréhendait cette visite, mais la présence du bébé fit disparaître toutes les tensions.

— Il me tarde de la voir ! s'exclama Ellen Manes en descendant de voiture.

Laurel mit tout de suite l'enfant dans les bras de sa grand-mère. Celle-ci la contempla longuement, puis releva la tête, les yeux embués de larmes.

— Elle est adorable !

— Oui, n'est-ce pas ? dit Laurel avec un sourire attendri. Il me semble qu'elle a les yeux de Caleb.

— C'est la même forme et la même couleur, déclara Ellen, ravie.

Le père de Caleb admira également le bébé, sous le regard amusé de son fils.

Au bout d'un moment, Ellen ajouta, embarrassée :

— Laurel, nous voulons nous excuser pour notre réticence, au début. Nous sommes un peu vieux jeu et nous pensions que Caleb devait épouser la mère de son enfant.

— Je comprends. Je sais que vous auriez préféré autre chose. Mais Caleb est mon meilleur ami et je ne peux imaginer d'autre papa pour mon bébé.

Ellen passa son bras libre autour des épaules de Laurel. Son mari grommela quelques mots indistincts.

Il ne fut rien dit de plus à ce sujet.

Au bout de quelque temps, la vie s'organisa si simplement et si naturellement autour du rythme de Lydia, que Caleb pensa qu'ils étaient destinés à vivre ensemble.

Il suggérait de lui donner un biberon de temps à autre, mais Laurel n'était pas pressée.

— Le lait de la mère est important. Et je dispose de tout mon temps.

La première semaine, Caleb resta à la maison. Les deux semaines suivantes, il ne s'absenta jamais plus de huit heures d'affilée. Quand le magazine *Sunset* le contacta pour un article sur son magasin de San Francisco, il commença par répondre aux questions au téléphone, puis il conseilla à son interlocuteur de s'adresser au directeur du magasin. Il était trop absorbé par sa fille et la maman de celle-ci pour se rendre en Californie.

Il comprenait maintenant exactement ce que Darren voulait dire. Il était totalement amoureux de Lydia. Il aurait pu rester des heures assis, le bébé dans les bras, sans éprouver le moindre ennui. La nervosité et l'impatience qui le motivaient autrefois avaient disparu. Il ne pouvait plus imaginer partir à l'autre bout du monde et passer des semaines sans la voir.

Laurel se reposait. Tout en berçant l'enfant contre sa poitrine, il embrassa le duvet brun de sa tête et respira son odeur.

Bon sang, il n'aurait pu se passer d'elle une seule journée ! Il n'était pas question qu'il s'éloigne d'elle. Où diable avait-il la tête, quand il avait accepté d'être un père occasionnel ? A l'époque, ce bébé n'était encore qu'une abstraction. Maintenant, c'était un petit être bien vivant, avec de grands yeux vaguement étonnés, des petites lèvres charnues, une respiration régulière. Il avait hâte de la voir sourire, de l'entendre l'appeler « papa ».

Pour rien au monde, il n'aurait voulu manquer une étape de son développement. Apprendre par un e-mail qu'elle venait de faire ses premiers pas…

Et chaque fois qu'il pensait au moment où Laurel

ramènerait Lydia chez elle, il avait des sueurs froides. Il serait alors relégué au rang de simple visiteur…

Cette appréhension le retenait de se lancer de façon trop agressive dans son projet de séduction avec Laurel. Sans compter que cette dernière était si captivée par le bébé qu'elle ne pensait plus du tout à lui. Elle ne le voyait que dans son rôle de père.

Il s'en était rendu compte par le fait qu'elle était beaucoup plus à l'aise maintenant, quand elle allaitait la petite devant lui. L'idée qu'elle pouvait donner une image érotique ne l'avait visiblement pas effleurée. Au début il avait essayé de ne pas regarder. Mais comment résister ?

Il n'avait jamais été spécialement attiré par les grosses poitrines. Il n'était même pas sûr d'avoir une attirance pour un type de femme déterminé. Il avait eu des petites amies minces et athlétiques. D'autres rondes et pulpeuses, d'autres encore frêles et délicates. Dans chaque femme, il avait trouvé quelque chose de différent : un rire, une façon inattendue de voir le monde, une démarche attirante.

Avec Laurel, c'était beaucoup plus complexe. Il avait toujours aimé ses idées, ses rêves, ses projets. Il aimait la couleur changeante de ses yeux, ses doigts allongés, sa taille fine. Quand ils étaient à la faculté, il la taquinait en lui disant qu'elle avait un visage si doux et si rond que personne ne pourrait soupçonner en elle un requin, dans un tribunal.

— Ce que tu veux dire, c'est que je n'ai pas les pommettes saillantes, disait-elle avec un soupir.

— Tu as des pommettes, mais elles sont bien enrobées.

En général, il recevait un oreiller au visage, avant d'avoir pu terminer sa phrase.

Mais c'étaient justement les contradictions qu'il percevait chez elle qui l'avaient intrigué et intéressé dès le début. Il avait eu le sentiment qu'il ne la connaîtrait jamais complètement. Ce qui était très bien. Les surprises et même les secrets étaient bons dans une relation.

Mais il regrettait qu'elle garde à présent un secret aussi lourd.

« Tu es un homme. Tu ne comprendrais pas. »

Le souvenir de sa voix froide, irritée, continuait de le hanter. Et le retenait d'exprimer ses sentiments.

Si elle avait éprouvé pour lui ce qu'il éprouvait pour elle, elle n'aurait pas pu dire ça. Et si elle n'éprouvait pas la même chose que lui…

Il jura tout bas. Il ne voulait même pas envisager une chose pareille. Il n'en était pas capable. Pas maintenant. Lydia et elle étaient devenues toute sa vie.

Et si Laurel ne pouvait pas l'aimer, alors il avait commis une erreur colossale en s'engageant avec elle.

La jeune femme avait été blessée par la vie, mais

les blessures guérissent. Parfois, il se disait que Laurel avait peut-être guéri sans s'en rendre compte. Mais qu'elle ne voulait pas se laisser aller à croire à la possibilité d'aimer et de se marier. C'était à lui de lui montrer que ça pouvait marcher.

En attendant, il devait se résigner à souffrir en silence chaque fois qu'il verrait son bébé s'accrocher au mamelon brun rose de sa mère.

Un jour qu'il était plongé dans de sombres pensées, Lydia s'endormit dans ses bras et sa tête vint se nicher au creux de son épaule. Il se leva doucement et l'emporta dans la chambre de Laurel.

La porte était entrouverte. Les rideaux étaient tirés et la pièce plongée dans la pénombre. Il entra sans bruit, déposa délicatement Lydia dans le berceau et remonta la couverture sur elle. Elle ne bougea pas.

Au bout d'un moment, il leva les yeux et contempla Laurel profondément endormie dans son lit. Ses traits étaient détendus et ses lèvres étirées en un vague sourire, comme si elle faisait un rêve agréable. Une mèche de cheveux lui barrait la joue et s'accrochait au coin de sa bouche. Il fut tenté de la repousser en arrière, mais il renonça, crispa les doigts et se détourna, un peu gêné de l'avoir observée à son insu.

Elle descendit un moment plus tard, mais sans Lydia. Caleb avait mis de la soupe à chauffer et il lisait dans le salon. Il fut étonné de la voir entrer.

— Elle s'est déjà réveillée ?

— Non, elle dort bien.

Il jeta un coup d'œil à sa montre.

— Pour une fois, nous allons peut-être pouvoir dîner sans être interrompus !

— Tu plaisantes ? dit Laurel, en s'asseyant à côté de lui dans le canapé. Elle a un sixième sens. Dès que nous saisissons une fourchette, elle se réveille !

Il se mit à rire, amusé. Laurel regarda par la fenêtre, l'air pensif.

— Il faudra aller faire les courses de Noël, un jour.

— Et tout envelopper dans du papier cadeau, même ce qui est pour elle ?

— Bien sûr.

Il sourit et se hasarda à glisser un bras autour de son cou afin de l'attirer vers lui. Au lieu de se raidir, comme elle le faisait souvent, elle se blottit contre lui.

— Est-ce que tu as l'impression parfois que le passé n'existe plus et que le futur est flou ? lui demanda-t-elle à brûle-pourpoint.

Il savait ce qu'elle voulait dire. C'était exactement ce à quoi il avait pensé un peu plus tôt : la seule chose qui comptait, c'était l'instant présent. Pourtant, quelque chose en lui se rebellait contre cette idée. Il aurait été content que le passé s'efface enfin et qu'un futur soit possible.

Un futur avec Laurel et Lydia.

Il garda le silence un moment, puis murmura :

— J'ai l'impression que rien n'existait avant elle.

— C'est tout à fait ça. Un monde sans Lydia, c'est inconcevable…

Elle frissonna et ajouta d'une voix sourde :

— Je ne sais pas comment font les parents qui perdent…

Caleb lui posa une main sur la bouche.

— Ne le dis pas. Il ne lui arrivera rien.

Elle lui prit la main et la pressa doucement.

— Je sais. Je ne dois pas laisser ce genre de pensées me traverser l'esprit. Je ne le ferai plus, c'est promis.

Pensait-elle à sa mère, disparue si jeune ? Ou bien à son père, veillant à son chevet, confronté au risque de la perdre ? Laurel était bien placée pour savoir combien la vie était fragile. Caleb resserra l'étreinte de son bras, ne sachant comment la réconforter.

Il tourna la tête et l'embrassa sur la tempe.

Elle leva les yeux vers lui.

— Pourquoi m'embrasses-tu ?

— Mmm… Une envie, comme ça.

Elle eut un sourire si doux, qu'il l'embrassa de nouveau, sur le front. Elle ne broncha pas, aussi s'enhardit-il et lui embrassa-t-il le bout du nez. Et finalement, il effleura ses lèvres.

Quand il s'écarta un peu, il vit qu'elle avait gardé le visage tourné vers lui, les yeux clos, comme si elle voulait retenir ce moment. Il lui caressa la joue et elle se pressa contre sa main. Puis elle souleva les paupières et sourit, aussi naturellement que si ce genre de moment était habituel entre eux.

— Qu'est-ce qu'il y a pour dîner ?

Seigneur… Il ne pensait qu'à l'embrasser passionnément et elle s'inquiétait du menu !

Elle avait la voix un peu rauque et elle s'écartait imperceptiblement de lui. Peut-être ne se souciait-elle pas tellement du dîner, en fin de compte ? Peut-être était-ce seulement la première idée qui lui était venue à l'esprit pour rompre l'humeur romantique du moment ?

Il n'essaya pas de résister.

— De la soupe de légumes, dit-il.

— Tu cuisines bien, j'adore ce que tu prépares.

— Ça tombe bien, puisque toi, tu détestes cuisiner.

Elle eut un sourire espiègle, qui lui rappela la Laurel insouciante d'autrefois.

— C'est vrai.

Il leva les bras et s'étira.

— Je vais mettre les petits pains au levain dans le four.

Vingt minutes plus tard, les pains étaient cuits.

Caleb les retira du four. Au même instant, ils entendirent un petit cri plaintif.

— Je te l'avais dit ! s'exclama Laurel, qui mettait le couvert.

— Bon sang, les pains vont refroidir…

— Je vais essayer de faire vite !

Elle attrapa un petit pain au passage, le tartina de beurre et se dirigea vers la chambre en grignotant.

Avec un soupir résigné, Caleb reposa le couvercle sur la soupe et couvrit les pains d'un torchon.

Ils finirent par dîner avec Lydia, le petit siège de bébé posé entre eux sur la table. Elle ne se rendormait plus aussi vite qu'au début et elle aimait être prise aux bras, dévorant des yeux le monde qui l'entourait.

Les parents de Caleb vinrent plusieurs fois leur rendre visite. Caleb était surpris de l'attitude de sa mère. Elle n'avait jamais été du genre à proclamer qu'elle voulait avoir une belle-fille et des petits-enfants. Mais maintenant que Lydia était là, elle était visiblement enchantée d'être enfin grand-mère.

Pendant qu'elle gazouillait avec le bébé, allongé sur le canapé entre sa mère et sa grand-mère, le père de Caleb l'entraîna vers la table. Ils s'assirent face à face, devant une tasse de café.

— J'envisage de prendre ma retraite bientôt.

— Toi ? s'exclama Caleb, éberlué.

— Ça t'étonne ?

— Non, non, c'est juste que… Tu ne vas pas t'ennuyer ?

— M'ennuyer ? J'espère bien que non. Il n'y a pas que le travail, dans la vie ! Ta mère et moi, nous avons envie de voyager.

Il haussa les épaules et ajouta :

— Je préfère jouer au golf plutôt que d'ouvrir un nouveau compte en banque.

— Tu n'as que cinquante-cinq ans.

— J'ai droit à une préretraite.

— Et vous comptez déménager ? demanda Laurel.

— C'est possible, répondit Ellen. Mais nous ne nous éloignerons pas trop de Seattle. Surtout maintenant que nous avons une petite-fille.

Elle chatouilla le ventre de Lydia et poursuivit :

— Pour être franche, je trouve que la maison et ce grand jardin nous donnent beaucoup de travail. Je ne veux pas arrêter le jardinage, mais je me contenterais bien d'un terrain plus petit.

— Eh bien… j'espère que vous vous amuserez bien, marmonna Caleb, encore abasourdi.

— Naturellement, nous renoncerons aux voyages, si nous pouvons vous aider, dit-elle encore, en regardant Laurel. Je suppose que vous comptez reprendre le travail ?

Laurel acquiesça d'un hochement de tête. Caleb se raidit.

— J'aimerais m'occuper de Lydia, dit Ellen avec un petit rire. Peut-être pas jusqu'à son entrée à la maternelle, mais au moins pendant quelque temps. Si ça vous convient.

— Si ça me convient ? répéta Laurel, les larmes aux yeux. Je n'arrivais pas à me décider pour un mode de garde. Je redoute de laisser Lydia à la crèche. Oh, si vous êtes vraiment décidée, je suis enchantée !

— Dans ce cas, c'est d'accord ! Je serai si heureuse de passer du temps avec elle !

Le père de Caleb eut un sourire radieux. Caleb, lui, se renfrogna. Ils ne voyaient donc pas qu'ils encourageaient Laurel à reprendre le travail ?

Oui, ils en étaient conscients. En fait, ils essayaient de se racheter de leur première réaction en proposant de les aider. Ils n'avaient aucune idée de l'enfer qu'il vivait à l'idée qu'un jour, Laurel déciderait de rentrer chez elle. Il était partagé en permanence entre le bonheur et l'angoisse.

Soudain conscient du regard pensif que son père posait sur lui, il redescendit sur terre. Sa mère et Laurel faisaient des plans pour un avenir proche.

— Si je trouve un parking abordable pas trop loin

de mon travail, j'irai en voiture, dit Laurel. L'idée de prendre l'autobus avec Lydia ne me plaît pas.

L'idée ne plaisait pas à Caleb non plus.

— Et ma journée serait moins longue.

C'était déjà quelque chose. Il l'imagina à un arrêt d'autobus, sous une pluie glacée, Lydia blottie dans ses bras. Quelle horreur ! Il y avait toujours des gens bizarres dans le centre-ville, qui erraient à proximité des arrêts d'autobus. Et l'arrêt le plus proche de la maison de ses parents devait bien se trouver à trois cents mètres. Une promenade agréable par une douce matinée d'été. Mais un chemin long et pénible au mois de janvier, à la nuit tombée.

Il savait que Laurel ne conduisait plus beaucoup. Elle avait une voiture, mais ne s'en servait que pour faire ses courses d'alimentation le week-end, ou pour rendre visite à son père et à sa sœur.

— Pourquoi prendrais-je la voiture ? lui avait-elle dit. Le bus est moins cher, plus écologique et il génère moins de stress.

Il ne trouvait pas que le fait de conduire était plus stressant que de monter dans un autobus bondé, mais il n'avait pas cherché à discuter. A l'époque, ils n'avaient pas encore de bébé à transporter.

Lydia commença à s'agiter. Laurel dit au revoir aux Manes et alla dans sa chambre pour l'allaiter au calme.

Caleb raccompagna ses parents à leur voiture.

— Je suis sûr qu'elles vont te manquer, dit son père.

« Tu crois ? » songea Caleb, avec ironie.

— C'est possible, concéda-t-il simplement, les mâchoires serrées.

Sa mère l'embrassa gentiment sur la joue.

— Oh, Caleb, j'aimerais tant que…

Elle n'alla pas au bout de sa phrase. C'était inutile. Il savait ce qu'elle voulait dire et il pensait la même chose.

Mais il ne suffisait pas de souhaiter une chose pour qu'elle se réalise. Son père, en véritable homme d'affaires, avait toujours cru qu'il fallait prendre les choses en main pour faire avancer une situation. Caleb était du même avis.

Non, il ne laisserait pas Laurel lui échapper aussi facilement.

Il fit un signe de la main à ses parents lorsque la voiture s'engagea dans l'allée. Puis il regagna la maison, armé d'une résolution toute nouvelle.

Chapitre 11

Allongée dans son lit, Laurel enfonça la tête dans l'oreiller, étouffant un soupir d'aise. Lydia avait été grognon toute la soirée, s'endormant quand on la prenait aux bras et se mettant à hurler chaque fois qu'on la remettait dans son berceau. Elle avait toutefois fini par s'endormir profondément, épuisée. Mais de combien de temps disposait Laurel, maintenant, avant qu'elle ne s'éveille de nouveau ? Quatre heures ? Deux heures ? Une heure ?

« Dors ! » s'ordonna-t-elle.

Mais elle n'y parvint pas.

En dépit de sa fatigue, elle ne cessait de penser au baiser que Caleb avait déposé sur ses lèvres, avant de lui murmurer « bonne nuit ». Il avait pris l'habitude chaque soir, avant d'aller se coucher et parfois aussi avant de partir au bureau le matin, de lui embrasser le coin de la bouche, ou la nuque, en lui pressant doucement les épaules. Un baiser léger. A peine un effleurement…

Mais ce soir, alors qu'elle s'apprêtait à aller se

coucher, Caleb lui avait pris le bras et avait penché la tête très lentement, les yeux fixés sur elle. Son baiser aurait pu être fraternel, comme les autres fois, si ses lèvres ne s'étaient autant attardées sur les siennes. Elle était restée immobile, submergée par une vague de chaleur.

Maintenant encore, cette chaleur se prolongeait dans son corps et chaque fois qu'elle fermait les yeux, elle voyait Caleb.

Elle ne pouvait le désirer. C'était impossible !

Elle poussa un gémissement étouffé en l'imaginant avec son pyjama de coton, qu'il portait très bas sur les hanches. C'était tout ce qu'il portait la nuit, un pantalon de coton rayé. Et peut-être ne le faisait-il qu'à cause d'elle, parce qu'il se levait fréquemment quand Lydia se mettait à pleurer.

Elle l'avait souvent vu torse nu quand ils étaient étudiants, mais il était plutôt maigre à l'époque. Athlétique, mais pas au point de troubler une femme. En revanche, lorsqu'elle l'avait réveillé au milieu de la nuit, trois semaines auparavant, juste avant la naissance de Lydia, elle l'avait contemplé avec admiration. Et une bonne dose d'étonnement. Une femme en proie aux contractions de l'accouchement n'était pas supposée remarquer qu'un homme était sexy. Et pourtant, c'était ce qui s'était passé…

A présent, elle le voyait presque tous les soirs, torse nu. Il était toujours mince, mais en dix ans, il avait développé ses épaules et les muscles de sa poitrine. Chaque fois, elle détournait les yeux, évitant de regarder son estomac plat et dur et la fine toison brune qui allait se perdre sous la ceinture de son pantalon de pyjama. Il était extrêmement viril. N'importe quelle femme aurait été troublée !

Pourtant, Laurel voulait être l'exception. Elle ressentait les choses, mais elle ne pouvait aller plus loin. Ni avec lui ni avec qui que ce soit d'autre.

Que se passerait-il, s'il était là en ce moment, dans le lit, avec elle ? Les yeux fermés, elle imagina qu'elle posait les mains à plat sur son torse, qu'elle éprouvait la fermeté de ses muscles. Qu'elle lui embrassait le cou, respirait l'odeur de sa peau…

Sa respiration s'accéléra.

Elle imagina ses doigts glissant le long de ce torse, s'aventurant sous la ceinture du pantalon…

Ses paupières se soulevèrent et elle vit la lumière qui filtrait sous sa porte. Elle n'aimait pas l'obscurité et Caleb avait pris l'habitude de laisser la salle de bains éclairée.

Il ne resterait pas allongé passivement dans son lit. Non… Ses bras l'enlaceraient, il l'étoufferait de baisers. Il prendrait possession de sa bouche et se hisserait au-dessus d'elle. Elle sentirait son poids sur elle et elle aurait l'impression d'être toute petite, faible… Impuissante.

Une vague de panique s'insinua en elle, lui noua la gorge. Non ! Elle ne pourrait pas le supporter !

Elle ne devait pas imaginer qu'elle pourrait supporter cela une seule seconde !

Elle repoussa sa couverture et roula sur le dos, envahie par un soudain ressentiment. Pourquoi Caleb faisait-il surgir toutes ces questions ? Et juste maintenant ? Elle avait déjà assez de soucis en tête. Elle n'était pas déprimée, non. Mais son humeur était flottante, depuis la naissance de Lydia. Elle se sentait étourdie de bonheur et dans la minute suivante, elle avait envie de pleurer. En moins de soixante secondes, elle éprouvait des sentiments totalement contradictoires : parfaitement sûre d'elle, puis écrasée de solitude. Elle savait bien que tout cela était dû à un bouleversement hormonal tout à fait normal, après une grossesse, mais ce n'était pas plus facile à surmonter pour autant.

Et maintenant, Caleb avait décidé de faire ce qu'il faisait. Il ne flirtait pas vraiment. Mais il se montrait tendre, sensuel. Il laissait entrevoir des possibilités.

Elle ouvrit grand les yeux, tout à coup. Etait-elle sûre de ça ? Et si en réalité, il ne la considérait que comme une amie ? Une amie différente, bien sûr, à cause de Lydia, mais seulement une amie tout de même ? Elle pouvait tout gâcher, en ayant une réaction trop audacieuse.

Mais non ! Caleb lui faisait des avances. C'était évident ! Un homme ne regardait pas la bouche d'une femme comme ça, quand il voulait juste lui donner un petit baiser fraternel ! En outre, il lui faisait comprendre à mots couverts qu'il la considérait différemment. Il ne serait pas choqué, si elle répondait à ses avances.

Elle n'avait plus éprouvé un tel trouble depuis une éternité. Depuis avant son agression. Mais le désir sexuel était bien là. Sa sensualité n'était pas morte, comme elle l'avait cru. Et c'était très embarrassant… Car elle était persuadée qu'elle aurait une crise de nerfs dès l'instant où un homme essayerait de lui faire l'amour.

Caleb savait cela.

Si elle ne l'avait pas connu, elle aurait pu croire qu'il aimait séduire, tout simplement. Qu'il tentait sa chance auprès de toutes les femmes qui lui plaisaient. Mais justement, Caleb n'était pas comme ça. Il était direct, charmeur, mais souvent aussi, il ne se rendait pas compte que les femmes essayaient de le séduire.

Il fallait bien reconnaître que les choses avaient un peu évolué, depuis qu'il avait accepté d'être le père de son enfant. Mais tout de même, il avait continué de se comporter comme un ami, lui offrant son soutien.

Pourtant, depuis peu, il y avait quelque chose de nouveau dans ses yeux, chaque fois qu'il la regardait.

Et ce n'était sûrement pas son extrême beauté qui le troublait ! Même en s'astreignant à faire de l'exercice, comme elle en avait l'intention, il lui faudrait au moins six mois pour retrouver sa silhouette ! Elle avait des montées de lait aux moments les plus inattendus. Ses yeux étaient gonflés et soulignés de cercles mauves. La plupart du temps, ses cheveux étaient ternes et noués sur la nuque. Et tout ce qu'elle avait à raconter concernait le cycle de sommeil de Lydia et le rythme de ses tétées !

Bref, elle n'avait rien de Miss Amérique.

Alors, quelle mouche avait piqué Caleb ?

Elle se retourna nerveusement dans son lit une bonne dizaine de fois, enroulant sa couverture autour de ses jambes, avant de trouver un mauvais sommeil.

— Tu as l'air crispée, dit Caleb en lui lançant un coup d'œil par-dessus son journal.

— Si tu venais de te promener pendant une heure avec un bébé hurlant dans les bras, tu serais crispé aussi, répliqua Laurel d'un ton sec.

— Je t'ai proposé de…

— Je sais. Mais il n'y a pas de raison que nous soyons deux à souffrir. Je suis juste un peu fatiguée, d'accord ? J'espère qu'elle va rester tranquille pendant au moins deux heures.

— Tu devrais aller dormir.

Laurel marmonna quelques mots qu'il ne comprit pas et resta assise dans le rocking-chair.

— Ton père vient toujours demain ? Il se peut que je fasse un saut à Tacoma.

Elle haussa les épaules.

— Normalement, il doit venir. Ne t'en fais pas pour nous.

Il hocha la tête et reporta son attention sur la page sportive, tout en continuant de l'observer à la dérobée. Elle se balançait, les doigts crispés sur les accoudoirs. Son expression était sombre.

— Tu as mal à la tête ? demanda-t-il en reposant le journal.

Elle fit un signe de tête et grimaça.

— Oui. Mais je ne veux rien prendre, tant que je l'allaite. Peut-être qu'un bain chaud…

— Tu veux que je te masse les épaules ? Autrefois, tu disais que j'avais raté ma vocation de masseur. Il paraît que j'ai un don…

— J'avais oublié. Tu peux ?

— Et comment ! Viens ici.

Il replia le journal et lui fit signe d'approcher.

Laurel finit par se lever. Elle alla s'asseoir en tailleur sur le sol, devant lui, en lui tournant le dos.

— Tu devrais enlever ton sweater, dit-il en tirant sur le tricot.

Elle leva les bras et le fit passer par-dessus sa tête. Elle portait un T-shirt blanc et un soutien-gorge d'allaitement, qu'il apercevait parfois quand elle nourrissait le bébé. Il posa les mains sur elle et pressa doucement les muscles de ses épaules.

Elle laissa sa tête tomber en avant et soupira d'aise.

« Elle doit soupirer comme ça en faisant l'amour », songea-t-il. Cette pensée fit monter en lui une bouffée de désir.

Les muscles de Laurel étaient durs et noués. Il lui massa les omoplates, remonta vers la nuque, tendue, fragile. Elle avait une ossature très fine, de longs doigts, des mains et des pieds très minces. Il se rappela vaguement l'avoir entendue grommeler autrefois, parce qu'elle était obligée de s'acheter des chaussures très chères, dans des magasins spécialisés, à cause de ses pieds minces.

Il laissa ses doigts s'attarder sur son cou, pressant ses muscles délicats. Elle continua de soupirer. Inconsciemment, sans doute. Elle n'aurait pas aimé savoir à quel point sa réaction lui paraissait érotique.

Les doigts de Caleb plongèrent dans la masse épaisse de sa chevelure, glissèrent au-dessus des oreilles, sur les tempes, puis sur le front. Laurel renversa la tête en arrière et le laissa toucher son visage : le menton, les pommettes, le nez.

Il savait déjà que Lydia aurait exactement le même nez.

Il aurait pu continuer à la caresser indéfiniment, juste pour le plaisir d'entendre ses soupirs et de sentir la texture soyeuse de sa peau. Elle finit par s'étirer voluptueusement, puis bâilla et souleva les paupières.

— Je vais m'endormir.

— Tu peux t'installer dans le canapé, dit-il en tapotant les coussins.

— C'est tentant. Mais je vais plutôt aller dans mon lit.

— Tu seras mieux quand elle fera ses nuits.

— Nous serons probablement rentrées à la maison, d'ici là.

Elle se garda de se retourner pour voir quel effet lui faisaient ces paroles et bâilla de nouveau. Puis elle se leva avec un petit rire.

— Mon Dieu… Tout ce que je fais ces jours-ci, c'est allaiter, manger, dormir.

— C'est supportable, quand on sait que ça ne durera pas longtemps.

— Et Lydia est tellement merveilleuse. Merci, Caleb. Tes massages sont plus efficaces qu'une poignée de comprimés d'ibuprofène.

— Je savais bien que je servais à quelque chose !

Laurel sourit, les traits détendus.

— Je suis sûre que tu dois être utile pour des tas d'autres choses. Je te le dirai, quand je me rappellerai ce que c'est !

Il fit mine de lui donner une claque sur les fesses, qu'elle évita prestement.

— Je fais aussi la cuisine, je te rappelle !

— C'est vrai, concéda-t-elle.

Elle lui lança un regard malicieux en sortant et il l'entendit dire :

— Et tu fais aussi de très beaux bébés !

Il lui avait donné ses gènes. Ne savait-elle pas qu'il ferait n'importe quoi, pour elle ? Qu'il était prêt à tout lui donner ?

Apparemment, non. Après tout, Matt Baker avait accepté aussi de donner son sperme.

Caleb reprit son journal. Il aurait dû l'embrasser. Mais le fait de la toucher, c'était bien aussi.

Le sommeil s'empara de Laurel avec une force irrésistible. Mais la dernière pensée qui l'effleura avant de sombrer, ce fut que l'idée de retourner dans sa petite maison avec Lydia, loin de Caleb, lui parut très mauvaise.

C'était ce qui était prévu, bien entendu, mais… Tout près de plonger dans le sommeil, elle ne parvenait pas à formuler sa pensée jusqu'au bout.

Ses caresses étaient si agréables…

Elle s'enfonça délicieusement dans un rêve.

Et fut éveillée presque aussitôt par un cri.

Elle eut du mal à soulever les paupières. Allaiter, manger, dormir.

« Rendors-toi, je t'en prie, rendors-toi dès que

tu auras tété », supplia-t-elle silencieusement, tout en allant sortir la petite fille de son berceau.

La couche était trempée. Ce qui signifiait qu'il fallait aller dans la salle de bains, allumer la lumière. Lydia cligna des paupières et Laurel fronça les sourcils, éblouie. Elle changea la couche rapidement, cala le bébé contre son épaule et regagna la chambre. La lampe était toujours éteinte, mais le hall était allumé. Caleb avait dû entendre Lydia pleurer et venir éclairer le couloir.

Laurel s'assit, ouvrit sa chemise de nuit et Lydia se mit à téter comme si elle était affamée. Peu à peu, elle se détendit, rassasiée, et observa sa mère dans la lumière douce qui provenait du couloir.

Sa bouche se détacha du sein de Laurel. Puis tout à coup, elle tressaillit et se remit à téter goulûment.

Laurel se mit à chantonner doucement pour le bébé. Elle aimait ces instants d'intimité, au milieu de la nuit, malgré le sommeil qui l'écrasait. Elle continua de fredonner des berceuses, en se balançant de plus en plus lentement, jusqu'à ce que Lydia soit endormie.

Alors, elle la replaça délicatement dans le berceau, remonta la couverture sur elle, et resta un moment à contempler son petit visage parfait.

« Qui seras-tu ? Quelle vie sera la tienne ? »

Tous les parents devaient se poser la même question.

Souriante, elle se retourna pour aller éteindre la

lumière. Mais elle se figea en découvrant Caleb sur le seuil, vêtu de son seul pantalon de pyjama.

Il désigna le berceau d'un signe de tête et demanda silencieusement : « Elle dort ? »

— Oui, chuchota Laurel. Tu n'aurais pas dû te lever.

Il recula et elle le suivit dans le couloir.

— J'en avais envie. J'aime te voir avec elle.

— Tu peux nous voir dans la journée.

Il haussa les épaules.

— La nuit, c'est différent. Tes cheveux sont défaits, tu as le visage ensommeillé et doux, dit-il, en lui posant un doigt sur la joue. Et Lydia est moins grincheuse.

Laurel se passa les mains sur le visage, un peu gênée d'avoir été surprise. Puis elle baissa les yeux sur sa chemise de nuit. Les boutons étaient encore défaits, révélant la naissance de ses seins. Mais elle portait un soutien-gorge.

— J'aime l'allaiter, avoua-t-elle à voix basse. J'étais en train de penser que ça m'était égal d'être réveillée au milieu de la nuit. Ces moments sont tellement paisibles.

— Je suis sûr que ça te manquera, de ne plus être réveillée à 2 heures du matin.

— Probablement. Sauf qu'une nuit de huit heures de sommeil me paraît être le comble du luxe.

— Ça te manquera quand même, dit-il avec tendresse.

— Tu viens nous regarder toutes les nuits ?

— Non. J'ai juste été tenté cette fois-ci.

Elle commençait à comprendre ce qu'était la tentation, elle aussi. Elle avait envie de poser les mains sur son torse, pour sentir les battements de son cœur sous sa paume. De découvrir si elle pouvait ressentir les mêmes choses qu'autrefois. Si elle pouvait tenir ses peurs en respect.

Mais ce n'était pas avec Caleb qu'elle devait faire ce genre d'expérience. Car elle avait trop à perdre avec lui.

D'un autre côté, c'était aussi le seul homme en qui elle avait confiance.

Avait-elle suffisamment confiance en lui ? Elle ne le savait pas.

— A quoi penses-tu ? murmura-t-il.

— Je... à rien. Je pense que c'est idiot de rester là dans le hall, à chuchoter au milieu de la nuit.

— Et moi, je pense que tu es très belle au milieu de la nuit. Quand tu allaites Lydia, tu ressembles à une madone. Léonard de Vinci aurait aimé peindre ton visage.

— Je ne suis pas belle, balbutia-t-elle, troublée. Je ne l'ai jamais été.

— Moi, je t'ai toujours trouvée belle.

Il lui caressa la joue, si légèrement qu'elle frissonna.

— J'ai toujours pensé qu'il y aurait quelque chose entre nous, un jour. Pas toi ?

Son cœur se mit à battre la chamade. Elle hocha la tête.

— Oui, peut-être.

— Moi, j'en étais sûr. Il suffisait d'attendre le bon moment.

Il pencha la tête, frotta son nez contre le sien.

— Qu'en penses-tu, Laurel ? Tu crois que c'est le bon moment ?

— Mais… je ne peux pas… Tu sais que je ne peux pas…, s'exclama-t-elle d'une voix un peu stridente.

Elle plaqua une main contre sa bouche, craignant d'avoir réveillé Lydia. Caleb écarta doucement les doigts de ses lèvres.

— Ce n'est rien. Elle dort.

Laurel se détendit un peu. Il l'attira plus loin et elle le suivit sans résister.

— Pourquoi maintenant ?

— Nous vivons ensemble, Laurel. Nous avons eu un bébé ensemble. Ce n'est pas logique de penser que nous pourrions aller plus loin ?

C'était donc cela ? Il appréciait ce bonheur domestique ? Laurel éprouva une bouffée d'indignation. Il n'était pas en train de lui dire qu'il était passionnément amoureux d'elle ! Non. Il trouvait simplement que c'était bien d'avoir une vie de famille !

— Depuis que je t'ai demandé d'être le père de mon bébé, tu tires des conclusions hâtives.

Il se raidit, déconcerté.

— Des conclusions hâtives ? Parce que je veux faire partie de la vie de mon enfant ?

— Parce que tu veux prendre des décisions à ma place !

— Je t'ai offert mon aide. C'est tout ! rétorqua-t-il, avec un soupçon d'irritation.

— Une aide que j'accepte jusqu'à un certain point seulement…

Caleb se figea. Son visage perdit toute expression.

— C'est ce que tu ressens ?

Les yeux de Laurel se brouillèrent de larmes.

— Non, chuchota-t-elle. Tu sais que ce n'est pas ça. J'ai peur.

— Peur de moi ? demanda-t-il doucement, en faisant un pas vers elle.

— Non. J'ai peur de… de faire comme si rien ne s'était passé.

— Pourquoi devrais-tu faire ça ? Tu peux surmonter tes peurs, sans essayer de te persuader qu'elles n'ont jamais existé.

Il avait raison. Et elle avait déjà fait une partie du chemin. Elle vivait seule, ce qui était une condition capitale pour regagner son indépendance. Il lui avait fallu des semaines, après avoir emménagé dans la maison, pour connaître une vraie nuit de sommeil. Son père avait fait installer de solides serrures et un système de sécurité aux fenêtres. Mais il fallait plus que cela, pour surmonter l'horrible expérience qu'elle avait vécue. Elle avait tenu bon. Puis les bruits étaient devenus familiers et elle avait fini par pouvoir aller se coucher sans frissonner de terreur.

Mais la sexualité semblait toujours impossible. Même avec Caleb. Et malgré la façon dont elle avait réagi à ses caresses, à ses baisers, à sa présence virile.

— Je ne sais pas, dit-elle.

Sa propre voix lui sembla pathétique.

— Nous avons tout le temps. Un jour ou l'autre, tu seras prête.

— Et si je ne le suis jamais ?

— Je suppose que je serai terriblement frustré. Mais je ne t'en voudrai pas, Laurel.

— J'ai peur, chuchota-t-elle.

— De quoi ?

Il leva la main et lui caressa tendrement la joue.

— De ça ?

Elle secoua doucement la tête.

Il se pencha, posa le front contre le sien.

— De ça ?

— Non…

Sa main glissa sur sa nuque. Il la pressa gentiment, tout en déposant un très léger baiser sur ses lèvres.

— De ça ?

Sa voix était douce. Elle sentait à peine les vibrations de ses cordes vocales sous sa main qui était venue se poser, comme malgré elle, sur son torse.

Elle secoua de nouveau la tête, avec une sorte de timidité.

— Bien, dit-il en l'embrassant.

Elle sentit son souffle chaud sur ses lèvres.

Elle n'avait pas bougé, à l'exception de ses mains qui s'étaient posées à plat sur lui. Peut-être pour le repousser ? Mais elle n'avait pas envie qu'il s'en aille. Il lui sembla que le temps s'arrêtait, tandis qu'elle restait ainsi, le visage levé vers lui, le souffle court.

« Je peux peut-être… »

Elle entrouvrit très légèrement les lèvres. Il la mordilla doucement. Une vague chaude se répandit dans son corps et elle ferma les yeux en gémissant. Il traça le contour de ses lèvres du bout de la langue. C'était délicieux. Elle s'abandonna contre lui et sentit une de ses mains se poser sur sa taille. C'était très différent de toutes les autres fois où il l'avait enlacée avec désinvolture, dans la rue.

C'était une étreinte solide. Il pressa les doigts contre elle, les fit descendre sur ses hanches, tout en continuant de taquiner ses lèvres.

Elle s'enhardit, chercha sa langue. Ce fut lui cette fois qui laissa échapper un grognement de plaisir. Puis il captura sa bouche, pour un baiser plus ardent. Avant qu'elle ait compris ce qui se passait, il releva la tête.

— Doucement. Nous allons prendre notre temps.

Laurel battit des paupières, étourdie. A qui parlait-il ? A lui, ou à elle ? Et n'avaient-ils pas pris leur temps, jusqu'ici ?

Il la relâcha et recula d'un pas. Ses paupières étaient lourdes, son regard contenait des promesses sensuelles qui la firent vibrer au plus profond d'elle-même.

— Il faut que tu dormes, dit-il. Tu as donné naissance à un enfant il y a à peine trois semaines !

Elle ne l'avait pas oublié et faillit le lui dire. Puis, avec un petit choc, elle comprit ce qu'il voulait dire. Elle n'était pas censée avoir de relations sexuelles aussi tôt après l'accouchement. Le médecin avait dit : six semaines. Caleb le savait. Il devait penser qu'ils allaient réellement faire l'amour.

Une vague de panique l'envahit et elle croisa les bras devant elle.

— Je suis fatiguée, c'est vrai…

L'expression de Caleb s'adoucit. Il eut un des sourires dont il avait le secret : tout à la fois doux, joyeux, charmeur.

— Il faudra cesser ces rencontres clandestines.

Elle était en chemise de nuit et lui en pyjama, au beau milieu du couloir. Comme deux invités se rencontrant en secret dans la maison de quelqu'un d'autre.

Laurel laissa fuser un petit rire et murmura :

— Bonne nuit, Caleb.

— Bonne nuit, ma chérie.

Elle souriait encore en se glissant dans son lit, malgré les dizaines de questions qui tournaient dans sa tête.

Elle avait juré qu'elle ne ferait plus jamais…

Mais Caleb était différent. Il n'avait rien à voir avec cet homme.

Mais pourrait-elle, même lui, le laisser approcher à ce point ?

Eh bien, il n'y avait qu'une seule façon de le savoir, n'est-ce pas ?

Chapitre 12

— Où est ma petite-fille ? s'écria Georges Woodall, en franchissant le seuil de la maison.

Laurel l'embrassa en riant.

— Moi aussi, je suis contente de te voir, papa ! Lydia est dans le salon.

Il l'enveloppa d'un regard affectueux et la serra dans ses bras.

— Il y a longtemps que je ne t'ai pas vu une mine aussi resplendissante.

— La maternité me va bien, répliqua-t-elle d'un ton léger.

Lydia était allongée au milieu de la pièce, sur sa couverture multicolore. Elle avait sa tétine dans la bouche et son hochet était tombé sur le sol.

Le père de Laurel la prit au bras et lui déclara qu'elle était la plus jolie petite fille du monde, une opinion que Laurel partageait totalement. Toutefois, elle était amusée de voir son père, ce monsieur très digne ayant légèrement dépassé la cinquantaine, zozoter avec la fillette.

Naturellement, ce n'était pas nouveau pour lui. Il s'était beaucoup occupé de Megan et d'elle lorsqu'elles étaient toutes petites.

Mais Lydia allait finir par avoir une trop haute opinion d'elle-même, à voir tous ces visiteurs s'extasier devant elle ! Nadia était déjà venue deux fois, accompagnée de Darren. Il y avait eu aussi les parents et les grands-parents de Caleb, Megan naturellement, et même Sela Sweeney, qui avait paru un peu envieuse.

Quand Lydia décida qu'elle avait faim, Georges la rendit à sa fille et alla examiner les livres de Caleb, tandis que Laurel l'allaitait.

— Je suis content que tu aies décidé de prendre quelques mois de congé, lança-t-il par-dessus son épaule. Vous avez l'air en pleine forme, toutes les deux.

— De toute façon, je n'aurais pas repris le travail avant qu'elle ait au moins six semaines.

Laurel observait Lydia, nichée au creux de son bras. La fillette était encore légère, mais elle se développait bien. Son cœur se serra, à l'idée de l'abandonner dix heures par jour pour aller au bureau. Comment ferait-elle ? Elle avait beau savoir que Lydia serait en sécurité avec la mère de Caleb, elle se demandait comment elle pourrait passer la journée sans la voir. Sans la tenir. Sans respirer sa délicieuse odeur de bébé.

Pour dire le vrai, elle redoutait le jour où elle serait obligée de retourner travailler.

— Quels sont tes plans ? lui demanda son père.

— Je ne sais pas encore très bien. M. Hern m'a envoyé un e-mail pour me demander la date de mon retour. Il y a déjà plus d'un mois que j'ai arrêté de travailler.

— Ne te précipite pas. Tu as besoin de passer du temps avec ton bébé.

— Est-ce que Caleb t'a acheté, pour que tu me parles comme ça ?

— Tu sais que je t'aiderai financièrement…

Caleb n'avait pas renouvelé sa proposition dernièrement. Il espérait sans doute que Lydia ferait le travail pour lui !

Quant à son père, il l'avait déjà tellement aidée après son agression, puis pour acheter sa maison, qu'elle n'osait pas en accepter davantage.

Pourtant, plus elle attendait, plus elle aurait de mal à faire ses valises pour retourner chez elle. Là, elle n'aurait plus Caleb pour prendre le relais avec Lydia, personne pour l'aider à préparer le dîner, personne auprès de qui trouver du réconfort.

Personne pour l'embrasser…

— Je sais, papa.

Elle pencha la tête pour qu'il ne voie pas les larmes qu'elle avait un mal fou à réprimer.

— Mais j'ai décidé d'avoir un enfant toute seule et je dois être capable de subvenir à ses besoins.

— Pour moi, tu seras toujours ma petite fille. Tu le sais, n'est-ce pas ?

— Bien sûr. Je vais remettre Lydia dans son berceau et nous pourrons déjeuner. J'ai préparé une salade aux crevettes et une tarte au citron meringuée. Ça t'ira ?

Comme par un accord tacite, ils n'abordèrent plus le sujet pendant le déjeuner. Son père parla de son travail, de ses voisins, de ses amis.

— Je t'ai dit que Frank Brisco était devenu brasseur ? Il dit que les petites fabriques de bière se multiplient et ça lui a donné l'idée d'en créer une.

— Sa bière est bonne ?

— Pas mauvaise.

Laurel savait déjà que Megan avait plaqué son nouveau petit ami, celui qui avait succédé au génie de l'informatique.

Son père secoua la tête, perplexe.

— Il paraît qu'il dépensait plus qu'elle en vêtements.

— Et ce n'est pas peu dire ! s'exclamèrent-ils à l'unisson.

Ils éclatèrent de rire.

Georges repartit à 2 heures, dans l'espoir d'éviter la circulation à l'heure de sortie des bureaux. Lydia venait juste de se réveiller et il put l'embrasser.

— Je n'ai pas vu les dernières photos, dit-il en montant dans sa voiture.

— Caleb les a emportées. Je lui demanderai de te les envoyer par ordinateur.

— C'est quelqu'un de bien, ton Caleb. Il a su prendre ses responsabilités.

Encore une fois, l'attitude un peu vieux jeu de son père refaisait surface.

— Papa, je te rappelle qu'il ne m'a pas « mise enceinte », comme on dit. C'est moi qui lui ai demandé de faire un don de sperme.

— Quelle est la différence ? demanda son père en haussant les sourcils.

— Le sexe, répliqua-t-elle, exaspérée. C'est ça, la différence. Il ne s'est rien passé entre nous !

— Mais il a une fille, non ?

C'était sans espoir. Si elle avait eu recours à un donneur anonyme, son père aurait-il injurié cet inconnu, sous prétexte qu'il avait donné l'autorisation de congeler son sperme ? Probablement.

— Ton grand-père est complètement coincé, ma chérie, marmonna-t-elle en rentrant dans la maison, avec Lydia dans les bras.

Elle venait de coucher sa fille, quand elle entendit la voiture de Caleb arriver. Quelques secondes après, la porte d'entrée claqua.

Elle alla à sa rencontre en souriant.

Il lui arrivait parfois, mais très rarement, de s'habiller pour un rendez-vous d'affaires. Cela avait été le cas aujourd'hui. Comme elle l'avait à peine aperçu le matin, elle détailla longuement sa tenue.

— Très joli, dit-elle.

Il fit la grimace et ôta la cravate qui lui serrait le cou.

Comment un costume bien coupé pouvait-il rendre un homme aussi sexy ? Laurel n'aurait su le dire. La veste gris anthracite mettait en valeur ses larges épaules et tombait à la perfection. Le pantalon était souligné par une ceinture en cuir noir. Une chemise d'un blanc immaculé faisait ressortir son teint hâlé.

— Lydia est dans le salon ?

— Non. Elle a tété et elle dort. Le dîner est au chaud. Nous allons peut-être pouvoir manger en tête à tête, ce soir.

C'était devenu une plaisanterie entre eux. Ils ne pouvaient pas s'asseoir à table, sans que Lydia se mette aussitôt à hurler.

— J'y compte bien, dit-il, sérieux comme un pape. Viens ici.

Elle fit un pas vers lui et il l'enlaça en se penchant pour l'embrasser. Laurel se haussa sur la pointe des pieds pour lui rendre son baiser. Le geste était devenu naturel. Ils s'embrassaient pour se dire bonjour, ou au revoir, et encore une demi-douzaine de fois au cours de la journée. Elle aimait l'embrasser.

Le fait de savoir qu'ils ne pourraient aller plus loin pendant encore trois semaines l'avait libérée de son angoisse. Si bien qu'elle n'était pas prise de panique chaque fois qu'il la touchait. Il avait tenu sa promesse et il prenait son temps. Quelquefois, elle percevait son désir, ses doigts se crispaient sur elle, ses dents effleuraient ses lèvres. Mais chaque fois, il se ressaisissait avant qu'elle ait pu s'affoler.

Que se passerait-il, quand les trois semaines seraient passées ? Elle préférait ne pas y penser. Pour l'instant, elle savait qu'elle pouvait laisser un homme la toucher. Elle n'aurait jamais cru que ce soit possible et, à vrai dire, elle n'était pas sûre que ça le soit avec un autre que Caleb.

De fait, elle n'imaginait pas vouloir être dans les bras d'un autre homme que lui. Elle repensait de temps à autre aux petits amis qu'elle avait eus à l'université et se demandait encore pourquoi elle avait eu une relation avec eux. A l'époque, si elle avait eu à choisir, elle aurait préféré passer du temps avec Caleb. Mais elle n'avait pas pris la peine de se demander quelle était la signification de cette préférence. Et naturellement, elle niait farouchement éprouver autre chose pour lui que de l'amitié. Elle n'avait même rien dit de ses sentiments à Nadia, à qui elle confiait pourtant tout ce qu'elle pensait.

Mais on pouvait difficilement confier ce qu'on ignorait, n'est-ce pas ?

Aujourd'hui, toutefois, elle savait. Elle était amoureuse de lui. Elle l'avait toujours été, le serait toujours. Est-ce que ce serait suffisant pour…

Non. Elle ne voulait même pas aborder le sujet en pensée. Elle avait encore trois semaines pour savourer ses attentions. Ensuite, elle se ferait du souci pour le reste.

Elle en était là de ses pensées, quand il leva la tête et lui sourit.

— Je t'ai apporté quelque chose.

— Tu n'es pas obligé de le faire chaque fois que tu vas quelque part.

Des fleurs, du chocolat, une pince à cheveux, un cadre. Des petites choses, mais tellement adorables. Ce qu'elle préférait cependant, c'était le chocolat.

— Tu m'as manqué, dit-il en mettant la main dans sa poche.

Comme un magicien, il en tira une écharpe de soie fine, d'un rouge sombre pailleté d'or.

— Oh…, s'exclama-t-elle, émerveillée. Comme c'est beau !

— Les mamans ont parfois besoin de se rappeler qu'elles sont aussi des femmes.

— Tu me le rappelles chaque fois que je te vois, dit-elle en soutenant son regard.

Une étincelle de désir passa dans les prunelles bleues de Caleb, mais il se contint et sourit avec nonchalance.

— Tout le plaisir est pour moi, dit-il.

Elle lui donna une bourrade et prit l'écharpe. Celle-ci était d'une incroyable légèreté, aussi fine qu'une toile d'araignée tissée d'or. Laurel la drapa sur ses épaules et tournoya sur elle-même.

— Ce serait joli aussi noué sur les hanches.

Elle joignit le geste à la parole, enroulant le tissu autour de sa taille.

— Au lieu de faire des abdominaux, tu pourrais apprendre la danse du ventre, suggéra Caleb.

— Tu rêves !

Il parvint à prendre l'air triste pour murmurer :

— Et alors, mes rêves ne comptent pas, pour toi ?

Laurel l'embrassa sur la joue.

— Bien sûr que si ! Mais…

— Mais pas encore. D'accord.

Il déposa un baiser rapide sur ses lèvres et s'éloigna.

— Je vais me changer…

Laurel dénoua l'écharpe à contrecœur et la pressa contre sa joue, avant de la replier et de la poser sur la table du couloir.

Elle ne fut pas surprise le moins du monde en le voyant redescendre dix minutes plus tard, Lydia calée contre son épaule.

— Devine qui vient de se réveiller ?

— Elle n'a même pas dormi une heure ! s'exclama Laurel, faussement indignée. Je suis sûre qu'elle faisait semblant d'être endormie. N'est-ce pas, ma puce ?

Elle embrassa la petite joue ronde de Lydia et ajouta :

— Tu vois ? Elle n'a même pas faim. Sinon, elle se mettrait à crier.

— Non. Mais elle veut dîner avec papa et maman, dit-il en soulevant le bébé à hauteur de ses yeux. Papa comprend tout, Lydia chérie. N'oublie jamais ça.

Lydia remua les bras et il lui sourit.

— Papa comprendra-t-il aussi quand sa petite fille s'échappera par la fenêtre de sa chambre pour aller retrouver son petit ami ? demanda Laurel.

L'espace d'une seconde, il sembla horrifié. Elle le trouva attendrissant.

— Ma Lydia ne fera jamais ça. N'est-ce pas, mon chou ?

Laurel se mit à rire et égoutta les pâtes.

— Le dîner est prêt.

Pendant qu'ils mangeaient — Lydia installée comme d'habitude dans son siège sur la table —, Caleb lui raconta son rendez-vous.

— Ce gars est propriétaire de plusieurs magasins dans le Midwest. Chicago, Saint Louis, Kansas City. Il vend principalement des objets importés d'Asie. Il aimerait ajouter des produits d'Amérique latine.

— Ça ferait de toi un intermédiaire, souligna-t-elle, pensive. Il faudrait soit que tu rémunères moins les artistes soit que tu diminues tes profits.

— Aucun problème, je peux diminuer mes bénéfices. Mais pense à ce que ça donnerait ! Certaines des coopératives pourraient se développer, expliqua-t-il en se penchant en avant, pour mieux lui communiquer son enthousiasme. Elles doubleraient leur production. Ce serait excellent pour les artistes et pour les villages dans lesquels ils vivent.

Elle lui prêta une oreille attentive, tandis qu'il continuait d'échafauder ses plans. Il pensait à engager de nouveaux acheteurs pour la société.

— Comme ça, je voyagerai moins, dit-il, en pressant les petits pieds de Lydia entre ses mains.

La fillette s'agita et fixa ses grands yeux sur le visage de son père. Elle s'intéressait de plus en plus aux visages qui l'entouraient.

— Tu sais, j'ai l'impression que ses cheveux vont boucler, dit-il.

— J'ai remarqué. Elle n'a pas pris de moi.

— Les miens sont un peu ondulés. Quelle barbe !

— Mais sur une fille, c'est joli.

Ils sourirent tous deux en regardant la petite fille, fascinés.

— Ses cheveux ont poussé aussi, fit-il observer. Je croyais que les bébés les perdaient, après la naissance. J'ai lu ça quelque part.

— Oui, mais je crois que c'est aux alentours de quatre mois. Et ça n'arrive pas toujours.

— En tout cas, elle a ton nez. Et ta bouche.

— Pour les yeux, ce sont les tiens. Et ceux de ton père, d'ailleurs.

Ses pensées se reportèrent sur le sujet qui l'avait préoccupée toute la journée.

— Je suis contente que ta mère ait proposé de

la garder. Je redoutais tellement de la confier à des étrangers !

— Tu aurais fait ça ?

L'estomac noué, Laurel repoussa son assiette.

— Bien sûr, dit-elle sèchement. La plupart des parents le font. Il est rare qu'on ait une nourrice dans ses relations, quand on est célibataire.

Caleb se renversa contre le dossier de sa chaise.

— Je ne cherchais pas à te critiquer, dit-il d'un ton neutre.

— Ah, non ?

Elle eut conscience d'être un brin agressive, mais elle s'en moquait. De toute façon, elle ne pouvait pas s'en empêcher. Ces temps-ci, ses émotions surgissaient à tout bout de champ. C'était plus fort qu'elle.

— J'admire ta détermination. Tu es décidée à subvenir seule à tes besoins et à ceux de Lydia.

Elle renifla un peu et s'aperçut avec consternation qu'elle était au bord des larmes.

— Mais tu aimerais quand même que je te laisse prendre soin de nous ? répondit-elle.

— Je voudrais que nous soyons une vraie famille. Que nous mettions nos ressources en commun. Je ne peux pas nourrir Lydia au sein, comme tu le fais, mais je peux payer les factures.

Que suggérait-il ? Qu'ils forment un vrai couple ? Qu'ils se marient ?

— Ce ne serait pas équilibré. Tu peux t'occuper

de Lydia, de toute façon. Mais je l'ai eue parce que je la voulais, c'est ma responsabilité.

Les yeux de Caleb s'assombrirent de fureur.

— Il se trouve que c'est aussi ma fille. Et donc, aussi ma responsabilité.

— Tu parles comme mon père. Tes idées sont vieux jeu.

— Tu préférerais que je sois comme Matt Baker ? Que je fasse un don de sperme et que je m'en aille en te souhaitant bonne chance ?

— Matt n'a rien à voir avec ça.

— Mais il a failli être impliqué, n'est-ce pas ?

— Je t'ai déjà expliqué pourquoi je m'étais adressée à lui.

— Le marché que nous avons passé, toi et moi, est différent. Je t'ai dit que je voulais m'investir dans la vie de Lydia et je n'ai pas changé d'avis. N'essaye pas de me faire croire qu'elle est à toi seule. Elle est à nous deux.

Laurel éleva la voix :

— Je n'ai jamais dit…

Lydia, dont le regard passait de son père à sa mère depuis quelques secondes, éclata soudain en sanglots.

— Regarde ce que tu as fait !

Caleb la souleva et la cala contre son épaule.

Laurel fondit en larmes à son tour.

— Oh, bon sang !

Il se leva pour aller lui passer un bras autour des épaules.

— Je suis désolé, désolé, Laurel. Je me comporte comme un âne. Ne fais pas attention à ce que je dis.

— Je suis désolée aussi ! gémit-elle en blottissant la tête au creux de son épaule.

Lydia continua de pleurer. Laurel semblait ne pas pouvoir s'arrêter non plus. Etait-ce normal ? Parviendrait-elle un jour à dominer ses émotions ?

Caleb se pencha vers elle et lui tapota le dos, tout en continuant de tenir le bébé contre lui.

— Mon Dieu, je suis désolé. Je sais que tu n'es pas prête… Je suis tellement désolé…

Laurel n'avait pas eu l'intention de le bouleverser. Elle avait peur, tout simplement. Peur de le perdre, car elle ne pouvait pas lui donner ce à quoi il aspirait. Peur de se retrouver seule pour affronter la vie. Peur de ne pas savoir être mère.

Elle pleura de plus belle.

Les hurlements de Lydia finirent par la ramener au moment présent. C'était elle qui faisait pleurer son bébé. Il était temps d'agir comme une maman et non plus comme la femme terrifiée et meurtrie qu'elle était au fond d'elle-même. Si elle devait pleurer, elle le ferait quand Lydia serait endormie. Mais pas devant elle.

Et pas devant Caleb. Car plus il la verrait pleurer, plus il la croirait fragile.

Tant bien que mal, elle trouva la force de réprimer ses sanglots et d'émettre un petit rire tremblant.

— Oh, mon Dieu, dit-elle en s'écartant de lui. Je dois être affreuse à voir. C'est la faute de ces maudites hormones ! Je suis désolée, aussi. Donne-moi une minute pour aller me rincer le visage.

Elle s'enfuit dans la salle de bains et fut horrifiée en découvrant son reflet dans le miroir. Son visage était rouge, ses yeux gonflés. Avec un gémissement de détresse, elle ouvrit le robinet et s'aspergea d'eau froide. Peu à peu, les rougeurs disparurent et ses yeux retrouvèrent une apparence presque normale.

Quand elle retourna dans la cuisine, Lydia ne pleurait plus. Mais Caleb et elle l'accueillirent avec le même regard circonspect.

— Je suis désolée, répéta-t-elle en tendant les bras vers Lydia. Viens, mon petit chou. Maman ne pleurera plus, c'est promis.

Elle prit le bébé et l'embrassa dans les cheveux.

— Je me suis conduit comme un mufle, marmonna Caleb.

— Non, c'est ma faute. J'ai les nerfs à fleur de peau, je ne sais même pas pourquoi je pleurais. Tout ce qui m'a rendue triste dans ma vie est ressorti d'un seul coup. Après les nausées matinales, je suis sujette au baby-blues. J'ai tout pour plaire !

Caleb ne dit rien et débarrassa la table pendant

qu'elle s'occupait du bébé. Ensuite, ils mangèrent un morceau de tarte au citron.

La conversation était empruntée, chacun se donnant un mal fou pour éviter les sujets délicats.

— J'ai pensé que nous pourrions aller chez mon père le soir de Noël, hasarda Laurel, et passer la journée du lendemain avec tes parents. Qu'en penses-tu ?

— Je suis d'accord. Tu veux bien qu'on fasse un arbre de Noël ?

Ce serait le seul Noël qu'elle passerait chez Caleb, avec Lydia. Sa gorge se serra à cette pensée. Repoussant ce brusque accès de mélancolie, elle hocha la tête.

— Bien sûr ! C'est le premier Noël de Lydia.

— Nous irons l'acheter demain, décida Caleb en avalant la dernière bouchée de tarte. Laurel, je t'ai mis la pression et je suis désolé. C'est juste parce que j'ai envie de vous garder ici, toutes les deux.

— Je sais.

Elle renifla et ses yeux se brouillèrent de larmes instantanément.

— Je comprends. Mais je ne suis pas encore bien décidée. J'ai besoin de prouver que je peux me débrouiller seule.

— Et il faut que je ravale mes envies et que je te laisse faire.

Elle vit le chagrin s'inscrire sur son visage, et comprit en un instant qu'elle n'aurait pas dû accepter qu'il soit le père de l'enfant. Elle n'aurait pas dû le demander à Matt non plus. C'était égoïste de sa part, de ne pas avoir pensé aux conséquences que cet acte aurait pour eux. Et le fait de rester ici, de vivre comme s'ils étaient une vraie famille, alors qu'elle n'était pas sûre que cela puisse se réaliser, c'était aussi très égoïste.

Elle avait laissé entrevoir à Caleb ce que c'était d'être père, d'embrasser sa petite fille avant d'aller travailler le matin, de la changer, de jouer avec ses petons, de la coucher. Et maintenant, elle allait prendre Lydia sous le bras, la ramener chez elle et le laisser seul dans sa grande maison vide.

Elle avait fait preuve d'un égocentrisme exacerbé. Elle avait cherché à rendre sa vie satisfaisante, sans se soucier des dégâts qu'elle causait autour d'elle.

Et ces baisers ? N'était-elle pas égoïste, en les acceptant, alors qu'elle n'était même pas sûre de pouvoir se donner totalement ? Mais comme cela lui plaisait, elle ne voulait pas penser à la frustration que Caleb devait éprouver !

Pendant un moment, elle se méprisa profondément. Avait-elle vraiment pensé à quelqu'un d'autre qu'elle-même, depuis le moment où elle avait repris conscience, à l'hôpital ? N'était-elle pas plutôt uniquement préoccupée de ses souffrances, ses blessures, ses besoins ?

Caleb parlait, mais elle n'entendait même pas ce qu'il disait. Elle demeurait assise, abasourdie, comme si pour la première fois depuis des années, elle voyait clairement ce qu'elle était.

Elle avait rejeté ses amies, parce qu'elle ne supportait pas de voir le contraste qu'elles offraient avec elle. Elle ne s'était même pas demandé si elles en avaient été blessées. Elle avait trouvé normal que sa sœur et son père s'inquiètent pour elle et lui offrent un soutien sans faille. Elle avait trouvé normal que Caleb en fasse autant. Et finalement, elle avait voulu un bébé parce qu'elle se sentait seule.

Les mères n'étaient pas censées être égoïstes ! Une mère était faite pour donner, pour enseigner, pour aimer et en fin de compte, pour laisser ses enfants partir sans essayer de les retenir, même si elle devait cacher ses larmes. Serait-elle capable d'en faire autant ?

— Laurel ?

La voix de Caleb lui parvint de très loin, comme dans un rêve.

— Laurel, tu te sens bien ?

Elle avait encore envie de pleurer, mais elle était écœurée par sa propre attitude.

— Je viens juste…

Sa gorge se serra et elle regarda fixement son morceau de tarte.

— Je viens d'avoir une révélation pas très agréable, avoua-t-elle. Jusqu'ici, je n'ai pas voulu admettre que tu risquais de souffrir de la situation. Je n'aurais pas dû te laisser me convaincre de venir vivre ici, avec toi. Même si nous sommes de très bons amis.

— C'est tout ce que tu as trouvé comme excuse pour me laisser tomber ? dit-il avec une sorte de détachement désabusé. « Désolée, Caleb, je ne suis pas intéressée par une relation à long terme » ?

— Non. Mais je sais que je ne pourrai plus jamais aimer un homme et malgré tout je t'ai laissé croire que c'était possible.

— Tu n'as même pas essayé.

— Mais toi, tu crois que ça arrivera. Tu crois qu'un jour je...

Elle s'interrompit, incapable de prononcer les mots qui lui venaient à l'esprit. « Qu'un jour, je me soumettrai à ton désir ? Que je te laisserai me posséder ? » Elle s'écarta de lui inconsciemment.

Caleb jura tout bas.

— Tu as toujours peur de moi ! Et j'aurai beau faire, ça ne changera pas, n'est-ce pas ?

— Je n'ai pas peur de toi. C'est moi... Je ne sais pas comment je réagirai...

Et voilà. C'était encore d'elle, qu'il était question. Elle, elle, elle...

— Tu as raison, dit-il en repoussant sa chaise. Je me suis fait des illusions. Mais c'est ma faute, pas la tienne. Je n'ai pas voulu écouter, quand tu me disais que tu avais changé.

Il secoua la tête.

— Je vais ranger la cuisine, tu peux aller te coucher.

Il la congédiait. Plus exactement, il lui demandait de lui faire une faveur en disparaissant de sa vue.

Elle acquiesça vaguement, se leva, prit Lydia dans ses bras et sortit d'un pas raide.

Elle avait tout gâché. Elle avait perdu toutes ses chances de se faire aimer de Caleb et de l'aimer en retour.

Tout ça, parce qu'elle s'était brusquement vue telle qu'elle était, en pleine lumière.

C'est sûr, sa vie avait été démolie. Mais pas tout à fait pour les raisons qu'elle avait cru.

Caleb ne se leva pas cette nuit-là, quand il entendit Lydia pleurer. Il demeura rigide, dans son lit, et laissa Laurel s'en occuper.

C'était bien ce qu'elle voulait, non ?

Ce qu'il voulait lui, c'était préserver sa colère. Ne pas se laisser attendrir par la pitié, ou se dire qu'il était responsable de cet échec, responsable du chagrin qui était apparu dans les yeux de Laurel.

Pourtant, elle l'avait bien mis en garde et plus d'une fois. Elle avait même essayé de l'éloigner. Et si elle l'avait finalement laissé prendre la place de Matt Baker, c'était uniquement parce qu'il l'avait suppliée ! Et puis, comme elle avait fini par céder, il s'était comporté comme un gamin amoureux pour la première fois de sa vie. Imaginant un avenir radieux, complètement irréaliste.

Pourtant, il savait bien que ce qui se passait entre eux n'était pas le prélude normal à une étreinte passionnée. Elle était aussi nerveuse qu'une jeune fille qui n'avait jamais été embrassée. Dès le début, il avait perçu son innocence, comme si ce qu'elle avait subi lui avait rendu sa virginité. Elle était timide, maladroite, surprise par chaque sensation. Nerveuse, mais bien décidée aussi à apprendre.

Il avait joué le jeu. Ses baisers étaient restés doux, il avait maîtrisé son désir passionné, de crainte de l'effrayer. Il s'était dit que son innocence se transformerait peu à peu, qu'elle s'enhardirait, que c'était normal. Il n'avait pas voulu penser à la sombre expérience qui avait été la sienne et qu'elle ne pourrait jamais oublier.

Il continua de réfléchir, longtemps après que le silence fut retombé dans la chambre et que Laurel et Lydia se furent rendormies. Il s'obligea à l'imaginer, cinq ans auparavant, quittant la bibliothèque un soir, tard, avec ses livres et son ordinateur portable. C'était en été et la nuit apportait un peu de fraîcheur. Les lilas devaient être en fleur, l'air parfumé. Elle suivait le chemin familier jusqu'au parking. Celui-ci était presque vide, bien que d'autres étudiants soient restés tard aussi pour étudier à la bibliothèque. Elle n'avait pas dû être inquiète en entendant des pas derrière elle. Quand ils s'étaient rapprochés, elle s'était retournée, ses clés à la main.

Bon, d'accord. Elle s'était retournée en croyant découvrir un visage connu. Et puis ? Que s'était-il passé ensuite ? L'homme s'était rué sur elle, l'avait poussée contre la voiture. Il avait posé une main sur sa bouche, pour étouffer ses cris. Puis il l'avait jetée sur le sol, lui avait arraché ses vêtements. Et comme elle se débattait, il l'avait frappée, encore et encore. Il l'avait ensuite violée, puis traînée derrière la voiture, pour qu'on ne la voie pas. Il n'avait pas remarqué que ses pieds dépassaient, sous la carrosserie.

Que se serait-il passé, si ses pieds n'avaient pas dépassé ? Question idiote. Caleb connaissait très bien la réponse. Deux ou trois jours plus tard, quand le propriétaire de la voiture serait venu reprendre son véhicule, on aurait découvert Laurel. Morte.

Un grognement douloureux lui échappa. Il se rendit compte que ses doigts s'étaient crispés sur le matelas.

Comment avait-il pu croire que ce serait facile pour elle de reprendre une vie normale ? Elle ne pourrait plus jamais entendre des pas derrière elle sans être saisie de terreur. Elle n'oublierait jamais sa vulnérabilité, la façon dont elle avait été battue, humiliée, laissée pour morte.

Tout ce qu'elle voulait maintenant, c'était avoir un ami véritable. Et grâce à son enfant, une famille.

Et lui ? Il n'avait pas pu s'empêcher de s'emballer. Puisqu'ils avaient un enfant ensemble, pourquoi ne pas avoir tout le reste ? Et il avait fait des projets. Le principal objectif étant de la séduire ! Elle, Laurel... Une femme qui avait subi les pires violences et qui avait survécu par miracle.

Et lui, il s'était vexé, parce qu'elle s'était mise à paniquer. Il avait voulu tout, tout de suite.

« Je n'ai que ce que je mérite », songea-t-il, morose.

Mais pas elle. Elle ne méritait pas ça. Il était sûr qu'elle était restée les yeux grands ouverts dans son lit, incapable de dormir. Et peut-être même avait-elle continué à pleurer dans l'obscurité.

Il ne lui restait plus qu'à essayer de réparer les dégâts. Pour leur donner une chance de retrouver l'amitié et la confiance. C'est-à-dire tout ce qu'il avait failli détruire.

En admettant que ce soit encore possible.

Chapitre 13

— Il faut que nous parlions, lui dit-il simplement, le lendemain matin.

Il était détendu, charmant, un peu maladroit, tel qu'elle l'avait toujours connu. C'était sa faute, reconnut-il. Il s'était laissé emporter par la situation, comme dans un rêve.

— Et tu as raison, ajouta-t-il, je suis peut-être plus vieux jeu que je ne le croyais.

Mais il ne voulait pas qu'elle s'en aille tout de suite.

— Reste au moins pour Noël…

Laurel accepta, soulagée au fond, bien qu'en proie à un torrent d'émotions contradictoires.

Son soulagement était bien réel : elle n'avait plus besoin de se mettre à l'épreuve. Et elle ne perdait pas Caleb, puisqu'il restait son meilleur ami.

Mais elle se sentait aussi un peu frustrée et offensée, qu'il puisse revenir si facilement au statu quo. En somme, son renoncement signifiait qu'ils auraient pu aller plus loin, que ça aurait été merveilleux, mais puisqu'elle ne voulait pas, il était finalement satisfait de rester ami avec elle. S'il l'avait désirée désespérément, il aurait essayé de la convaincre avec plus d'énergie, non ? S'il était réellement amoureux d'elle, comment pouvait-il afficher une telle désinvolture ? Comment pouvait-il l'enlacer en passant, la taquiner, sans laisser paraître qu'elle l'avait blessé ?

Il ne se levait plus la nuit, ce qui convenait parfaitement à Laurel. Plus d'homme torse nu traînant devant sa porte, lui prenant les mains, l'enlaçant furtivement dans le couloir…

Mais à deux reprises, durant les nuits suivantes, une fois qu'elle eut recouché Lydia dans son berceau, elle s'était aventurée dans le hall. Elle ne savait pas très bien pourquoi. Pour voir s'il sortirait de sa chambre, peut-être. Mais il ne l'avait pas fait. S'il avait entendu le bébé, sans doute s'était-il retourné dans son lit, content de pouvoir se rendormir aussitôt.

Ils achetèrent un immense sapin, qui n'aurait jamais pu entrer dans la minuscule maison de Laurel, et ils le décorèrent ensemble. Guirlandes électriques, boules rouge et or et une foule de petits sujets décoratifs qui dataient de l'enfance de Caleb et que ses parents lui avaient donnés, quand il avait acheté sa maison. Laurel accrocha avec précaution une petite canne en céramique ornée d'étoiles que Caleb avait fabriquée au cours préparatoire.

— Du moins, c'est ce que prétend ma mère. Je n'en ai aucun souvenir. Il me semble qu'elle a perdu ses étoiles. Tu peux la laisser dans la boîte, si tu veux.

— Sûrement pas. Il faut l'accrocher !

— C'est bien de toi, ça…

Elle se retourna, la petite canne à la main.

— C'est-à-dire ?

— Que tu es sentimentale.

— Et alors ? C'est mal ? s'exclama-t-elle, en se hérissant aussitôt.

— Pas du tout.

— Tu as l'air de te moquer de moi !

— Non, mais quand on voit la décoration de ta chambre et celle de ta salle de bains…

Elle renifla, d'un air offensé.

— Ce sont des pièces qui n'ont aucun intérêt architectural. Il faut qu'elles soient joliment décorées.

— Pourquoi est-ce que tu ne veux pas admettre que tu aimes tout ce qui est féminin ?

Elle lui aurait volontiers lancé la décoration à la tête. Mais comme c'était une pièce unique, elle se contenta de l'accrocher d'un air boudeur.

— Dans ta bouche, ça sonne comme un reproche. Une faiblesse… Les femmes peuvent être fortes et aimer les jolies choses, non ?

— Je n'ai jamais dit le contraire. C'était juste une remarque en passant.

— Tu me trouves sentimentale, alors ?

— Oui.

— Tu l'es aussi, sinon tu aurais jeté tout ça depuis longtemps, dit-elle en désignant la boîte de décorations.

— Je n'ai jamais dit que je ne l'étais pas.

Autrefois, lorsqu'ils avaient ce genre de discussion stérile, ils finissaient par se chamailler et faire semblant de se battre. Comme si ce combat factice n'avait pas une signification cachée. Comme s'ils n'avaient pas éprouvé l'un pour l'autre un véritable désir.

Ce souvenir attrista Laurel. Pourquoi n'avaient-ils jamais cédé à cette pulsion amoureuse ? Parce qu'ils croyaient avoir toute la vie devant eux ?

Lydia fut fascinée par le sapin de Noël. Chaque fois qu'ils branchaient les guirlandes lumineuses, elle le contemplait longuement et les lumières multicolores semblaient se refléter dans ses pupilles.

Le 22 décembre, elle fit son premier vrai sourire.

Il était 2 heures du matin, l'heure de la tétée. La maison était plongée dans le silence. Laurel avait allumé sa lampe de chevet, qui diffusait une lumière douce et tamisée. La petite fille téta goulûment tout d'abord, puis plus lentement, au fur et à mesure qu'elle devenait rassasiée.

— Ton papa a raison, murmura Laurel. Je vais regretter de ne plus me lever au milieu de la nuit pour t'avoir à moi toute seule, mon petit chou.

Lydia cessa de téter et eut un grand sourire de contentement.

— Tu as souri !

Elle gigota comme un jeune chiot, sourit de nouveau et reprit le sein. Laurel la serra contre elle, traversée par une vague de bonheur. Elle avait souri ! Et plus tôt que ne l'annonçaient les livres sur le développement des nourrissons.

Quand Caleb allait savoir cela, il serait aussi excité qu'elle ! Elle aurait aimé qu'il soit réveillé pour pouvoir lui annoncer tout de suite la nouvelle.

Ce fut une déception pour elle de devoir reposer Lydia dans son berceau sans pouvoir dire à Caleb ce qui s'était passé. C'était idiot. Car Lydia sourirait de nouveau le lendemain.

Elle alla sur la pointe des pieds dans le couloir, où se répandait la lumière douce de la salle de bains. Il avait laissé la porte de sa chambre entrebâillée, comme toutes les nuits, mais la pièce était plongée dans l'obscurité. Déçue, elle retourna se coucher.

Le lendemain matin, Lydia s'éveilla en pleurant et ne se calma que lorsque Laurel l'eut changée et qu'elle lui eut donné le sein. L'enfant se mit à téter comme si elle avait été privée de nourriture pendant au moins vingt-quatre heures. Laurel venait juste de ragrafer son soutien-gorge, quand Caleb passa la tête dans l'entrebâillement de la porte.

— Tu veux que je m'en occupe, pendant que tu te douches ?

Oubliant ses cheveux défaits et sa chemise entrouverte, Laurel s'empressa de lui annoncer la nouvelle :

— Elle a souri la nuit dernière. Deux fois ! J'ai failli venir te réveiller pour te le dire !

— Notre petite Lydia a souri ?

Il entra dans la chambre. Il s'était déjà douché et avait revêtu un jean et un pull.

— Tu aurais dû m'appeler…

— C'était le plus beau sourire du monde. N'est-ce pas, mon petit chou ? Tu veux montrer à papa ?

Caleb se pencha avec elle au-dessus du berceau. La fillette les regarda tour à tour, d'un air suspicieux.

— C'était peut-être une grimace ? Elle devait avoir des coliques, suggéra-t-il, avec un sourire taquin.

Il se tenait si près de Laurel qu'elle respirait l'odeur de son après-rasage.

— Pas du tout ! s'exclama-t-elle, outrée. C'était un vrai sourire. Je sais faire la différence.

— Tu crois que maman a rêvé ? susurra-t-il, en chatouillant le ventre du bébé.

Lydia battit des bras en lui souriant. Caleb la souleva en riant.

— Elle a souri ! Elle est magnifique. N'est-ce pas, mon petit cœur ?

Ils continuèrent pendant quelques minutes à rire et à gazouiller avec elle, pour la faire sourire de nouveau.

Finalement, Laurel la laissa avec son père, afin d'aller se doucher et s'habiller.

Quand elle descendit les rejoindre, ils appelèrent leurs parents pour leur raconter les prouesses de leur petite-fille.

Noël arriva et ils passèrent le réveillon chez Georges Woodall, comme convenu. Les cadeaux pour Lydia s'accumulaient au pied du sapin, mais elle ne manifesta aucun intérêt pour les jouets et les peluches. En revanche, elle s'amusa beaucoup à attraper les papiers cadeau dorés qui scintillaient à la lumière.

Caleb offrit à Laurel une superbe tapisserie brodée provenant d'un village du Pérou et il eut une machine à café ultraperfectionnée.

Le père de Laurel donna à sa fille un chèque d'un montant suffisant pour payer toutes ses factures pendant au moins six mois.

— Mais, papa… c'est trop ! dit-elle, stupéfaite, en comptant les zéros. Tu n'es pas obligé d'en faire autant !

— Ça me fait plaisir, dit-il en l'embrassant sur la joue. Je ne veux pas que tu sois obligée de reprendre le travail trop tôt. Profite tranquillement de cette première année avec Lydia.

Les larmes aux yeux, elle se jeta à son cou.

— Merci, papa. Je t'aime !

Megan les regarda, amusée.

— Pour faire plaisir à papa, il faut donc avoir un bébé, c'est ça ?

— Oui. Et changer les couches plusieurs fois par jour, répondit Laurel, en s'essuyant les yeux du revers de la main.

— Je peux le faire. De temps en temps. Tatie Megan fera un peu de baby-sitting, n'est-ce pas, ma beauté ? dit-elle en souriant à Lydia.

Cette dernière, allongée sur le ventre, leva la tête et la tint si droite que les adultes poussèrent des exclamations émerveillées.

Le matin de Noël, ce fut au tour des parents de Caleb d'être médusés par les progrès de leur petite-fille. Ils lui avaient acheté une montagne de jouets et de vêtements, qui ne serviraient sans doute pas avant plusieurs mois.

— Je n'aurai rien à lui acheter au moins jusqu'à son entrée à la maternelle, dit Laurel, quand ils se quittèrent dans l'après-midi. Merci pour tout !

Une fois dans la voiture, Caleb et elle parlèrent avec animation des cadeaux qu'ils avaient reçus, du père de Caleb qui envisageait avec plaisir de prendre sa retraite, de Lydia qui était tellement gâtée par tous ses grands-parents.

Puis, peu à peu, la conversation s'éteignit. Tout d'abord, Laurel se dit qu'ils étaient fatigués. Il leur arrivait souvent de rester assis le soir, dans le salon, sans parler, chacun plongé dans un livre. Mais là, il lui fallait reconnaître que c'était différent.

La préparation de Noël leur avait donné un but. C'était le premier Noël de Lydia, il fallait qu'il soit réussi. Mais ils avaient soigneusement évité de parler de ce qui se passerait après Noël.

A la fin du mois de décembre, Lydia aurait six semaines. Laurel savait que la firme attendait son retour. Si elle ne devait pas retourner travailler, il fallait les prévenir, pour qu'ils puissent la remplacer durablement. A cette idée, elle éprouva un léger accès de panique. Naturellement, elle pourrait retrouver du travail ensuite, mais... Elle s'était imaginée retournant dans un lieu connu, familier. Tant de choses avaient changé dans sa vie, que l'idée de partir à la recherche d'un nouvel emploi l'angoissait.

Quoi qu'il en soit, cela faisait déjà deux mois qu'elle vivait sous le toit de Caleb. Elle était à peine passée chez elle deux ou trois fois, pour prendre des vêtements et s'assurer que tout allait bien. La dernière fois, elle avait été surprise par l'odeur d'humidité, comme si la maison était restée inhabitée trop longtemps. Les pièces lui avaient paru exiguës, glacées, sombres. Elle s'était empressée de prendre ce dont elle avait besoin et de refermer la porte à clé.

Pourtant, c'était chez elle. C'était là que Lydia et elle devaient vivre. Plus le temps passait, plus il lui devenait difficile de partir de chez Caleb.

C'était pourquoi elle ne devait pas s'attarder plus longtemps. Le moment du départ était venu. Et Caleb l'avait compris.

Ils avaient encore des choses à se dire. Mais ni lui ni elle ne pouvaient se décider.

— Bien, dit Caleb en coupant le moteur. Nous avons beaucoup de paquets à sortir…

— Ça peut attendre demain, répondit Laurel, le cœur serré.

Pourquoi tout transporter à l'intérieur, pour recharger dans la voiture demain ?

Leurs regards se croisèrent et il hocha la tête.

Peut-être n'avaient-ils vraiment plus rien à se dire, en fin de compte.

Quand elle vit la voiture de Caleb disparaître au coin de la rue, Laurel vécut un des moments les plus éprouvants de sa vie. Ce qui n'était pas peu dire. Et ce qui était aussi absurde. Leur séparation n'était pas définitive. Ils allaient se revoir, souvent.

Elle rentra dans sa maison, Lydia dans les bras. Un sentiment d'irréalité fondit sur elle.

Tout se passait pourtant exactement comme elle l'avait souhaité. Alors, pourquoi avait-elle l'impression de renoncer à un rêve qu'elle avait entretenu toute sa vie ?

Le téléphone sonna, tandis qu'elle traversait le couloir.

— Bienvenue chez toi ! dit Megan, à l'autre bout du fil. Tu as envie de compagnie, ce soir ?

Les yeux de Laurel s'emplirent de larmes.

— Oui.

— Tu pleures ?

— Un peu.

— Tu es amoureuse. J'en étais sûre ! s'écria Megan, avec une pointe de tristesse. Ne t'en fais pas pour le dîner, je passerai chez le traiteur. Et j'apporterai des glaces. Des tonnes de glaces.

Meg débarqua une heure et demie plus tard, avec une pile de boîtes provenant de chez un traiteur chinois et de la glace à la vanille et au caramel. Elle avait attaché ses cheveux et ne portait pas de maquillage. Malgré la pluie, elle avait mis des tongs, avec un jean et deux T-shirts superposés. Elle avait l'air d'une adolescente.

Elles mangèrent de bon appétit et bavardèrent comme elles ne l'avaient plus fait depuis des années.

Apparemment, Megan avait été vraiment amoureuse de son as de l'informatique, et contre toute attente, il avait rompu pour quelqu'un d'autre.

— Ce qui m'ennuie, c'est de le voir chaque jour au bureau... Tu as l'intention d'avoir un autre enfant ? poursuivit-elle tout à trac.

Uniquement si c'est celui de Caleb.

La pensée lui traversa l'esprit et s'imposa. Mais elle se garda d'en faire part à Megan.

— Peut-être. Lydia est si adorable.

Megan approuva d'un hochement de tête.

— J'ai envie d'une tasse de thé. Tu en as ?

— Sûrement. J'en avais laissé dans le placard. Je vais le préparer.

Lydia dormait depuis deux heures. Laurel essayait d'adopter un horaire précis pour les tétées et elle aurait dû la réveiller depuis longtemps. Mais elle était si contente de passer un peu de temps avec Meg, qu'elle y renonça, pour une fois.

Elle mit de l'eau à chauffer, prépara une infusion pour elle et une tasse de thé vert pour sa sœur.

Quand elle revint dans le salon avec les tasses, Megan lui demanda :

— Et toi ? Comment te sens-tu ?

Laurel fut sur le point de mentir, mais elle n'en eut pas le courage. Elle se laissa tomber sur le sofa et secoua la tête, posant la seule question à laquelle nul ne connaissait de réponse :

— Pourquoi tout ça m'est-il arrivé ?

— Tu parles du viol ?

Elle eut un mouvement nerveux de la tête.

— Je ne sais pas. Parce que les pires choses peuvent arriver. Est-ce que ça vous empêche de… ?

Son visage se crispa et elle enfouit la tête entre les mains.

— Oh, ma chérie, dit sa sœur en la prenant dans ses bras. Ce n'est pas juste. Vraiment pas juste…

Laurel pleura sur son épaule. Quand elle eut la force de se lever pour aller chercher des mouchoirs dans la salle de bains, elle vit son visage encore rouge et gonflé, dans le miroir.

Elle retourna dans le salon en se mouchant.

— Je crois que nous aurions pu être heureux, Caleb et moi, sans ça. Mais comment peut-on construire une relation en bannissant la sexualité ?

— Tu es sûre que ce n'est pas possible ? Parce que…

Megan s'interrompit, hésitante.

— Parce que ?

— Ça peut être merveilleux. A condition de le faire avec la personne qu'on aime.

— Je n'avais jamais…

— Ne me dis pas que tu étais vierge ! s'exclama Megan, horrifiée.

Laurel se mit à rire malgré elle.

— Non. J'allais simplement te dire que je n'avais jamais eu d'expérience merveilleuse. Je n'avais pas dû encore trouver la bonne personne.

— As-tu au moins essayé, avec Caleb ?

— Pas vraiment.

Elle lui parla des baisers qu'ils avaient échangés.

— Le problème, conclut-elle, c'est que Caleb n'a pas paru regretter de ne pas pouvoir aller plus loin.

— Il a tout de même sa fierté, dit Megan, en avalant une gorgée de thé. Et ce n'est pas tout. Il t'aime peut-être assez pour vouloir à tout prix rester ton ami.

Laurel n'avait jamais considéré les choses sous cet angle. Etait-il possible que son attitude désinvolte ne soit qu'une façade ?

Oui, c'était possible. Ce qui ne l'étonnait pas de la part de Caleb. Il n'avait pas voulu lui faire de peine en la laissant penser qu'elle lui avait elle-même fait du mal.

Alors, il n'était peut-être pas trop tard ?

— Je vais reprendre de la glace, annonça-t-elle en se levant.

— Je suis tentée d'en reprendre aussi, avoua sa sœur.

Quand Laurel revint dans le salon, elle déposa les coupes de glace sur la table et embrassa sa sœur sur la tempe.

— Je suis contente que tu sois venue, dit-elle. J'avais bien besoin d'une soirée comme celle-ci.

— Moi aussi. Nous devrions nous voir plus souvent.

— Beaucoup plus souvent.

Laurel sentit les larmes lui piquer les paupières. Pour l'instant, elle ne voulait pas penser au fait que Megan ne serait pas là demain soir. Ni le soir suivant.

Et Caleb non plus.

Caleb arpentait la maison vide, incapable de s'installer devant son ordinateur ou de prendre un livre. Les programmes de télévision ne l'intéressaient pas. Tout ce qu'il avait envie de faire, c'était d'appeler Laurel.

Il avait tout gâché. Il avait voulu aller trop vite. S'il avait été un tout petit peu plus patient…

Cela n'aurait peut-être fait aucune différence.

Il jura tout haut et sa voix résonna dans la vaste demeure silencieuse.

Bon sang, elle avait pourtant réagi à ses caresses ! Mais entre des baisers et une étreinte passionnée, il y avait un gouffre. Un pas qu'elle avait une peur bleue de franchir.

Etait-ce pour cette raison qu'elle s'était dérobée aussi promptement ? Avait-elle paniqué ? S'était-il passé autre chose, dont il n'avait pas eu conscience ?

Il se demanda si elle était contente d'être rentrée chez elle. C'était en tout cas ce qu'elle avait voulu lui faire croire hier, quand il l'avait ramenée.

— Regarde le jardin ! s'était-elle exclamée, d'un air navré. Je n'ai pas taillé les rosiers, ni protégé les semis. J'ai une foule de choses à faire.

— Tu as le temps, le printemps est encore loin.

— Il faut nettoyer les massifs avant que les premiers crocus ne sortent.

Puis elle était entrée, en parlant de la nécessité d'aérer la maison, de refaire les lits. Une longue liste des travaux ménagers à accomplir avait suivi. Il s'était senti de trop et s'était rapidement éclipsé.

Arrivé chez lui, il avait tourné en rond pendant deux heures. Il avait eu envie de l'appeler.

C'était trop tôt.

Mais ce soir, le délai semblait raisonnable. Après tout, Lydia était aussi son bébé. Il était normal qu'il demande de ses nouvelles. Bien qu'il y ait eu chez elle une chambre pourvue d'un lit de bébé, Laurel avait emporté le berceau afin que Lydia continue de dormir à côté d'elle. Malgré tout, l'environnement devait lui paraître différent. Les ombres, les odeurs, les bruits… Allait-elle se demander aussi pourquoi son papa n'était plus là ?

« Elle m'oubliera vite », songea-t-il, le cœur lourd. Il serait relégué dans la catégorie des gens qui faisaient une apparition occasionnelle, au lieu de faire partie de sa vie. Et cette idée ne lui plaisait pas du tout.

Il prit une canette de bière dans le réfrigérateur, la déboucha et but une longue goulée de liquide glacé. Il n'aimait pas spécialement l'alcool, mais dans une occasion comme celle-ci, il éprouvait le besoin d'un petit remontant.

Il se décida à décrocher le téléphone.

— Je me demandais comment Lydia avait supporté le changement.

— Plutôt bien. Tu connais son programme : elle mange et elle dort. Tant qu'elle a une couche propre et qu'elle peut téter, tout va bien...

Toutes les craintes de Caleb se confirmaient : on n'avait pas besoin de lui.

— Super, dit-il en faisant un effort pour surmonter sa déception. Je suis content de le savoir.

Il y eut un silence.

— Megan est venue hier soir, finit-elle par dire.

— Ah, oui ? Comment va-t-elle ?

Comme s'il ne le savait pas. Il l'avait vue au moins une fois par semaine depuis la naissance de Lydia.

— Bien. Nous avons passé une soirée de filles. Crème glacée et papotage.

En d'autres termes, elle n'avait plus besoin de lui.

— Je dois me rendre à Seattle mercredi, dit-il. Je pensais passer voir Lydia. Tu seras chez toi ?

— Bien sûr. A quelle heure comptes-tu venir ?

Ils se mirent d'accord sur l'heure de sa visite et se quittèrent. Il crut déceler un certain soulagement dans sa voix, quand elle lui dit au revoir.

Sa maison était toujours aussi vide. Et il allait devoir attendre encore trois jours pour les voir. Pensif, il ouvrit une deuxième canette de bière.

Comment allait-il faire pour vivre comme ça ?

La visite du mercredi fut un peu embarrassante. Lydia s'était réveillée trop tôt le matin et elle avait sommeil. Laurel l'avait gardée éveillée en attendant Caleb. Elle ne cessa de s'excuser de la mauvaise humeur de l'enfant, ce qui le fit grincer des dents. C'était à croire qu'elle tenait à lui rappeler son statut de simple visiteur !

Prétendant des rendez-vous urgents, il lui mit Lydia dans les bras et fila au plus vite. Quand il démarra, ses doigts tremblaient sur le volant.

Ce soir-là, une fois rentré chez lui, il envisagea sérieusement d'arrêter les frais. De prendre de la distance. Comment pouvait-il être père, s'il ne voyait son enfant qu'occasionnellement ? Ça marcherait peut-être mieux plus tard, quand il pourrait prendre de temps à autre Lydia pour le week-end.

Mais pour l'instant, se contenter de la tenir quelques minutes dans ses bras… Voir Laurel heureuse chez elle, avec le bébé qu'elle avait tant désiré…

Un arrangement qu'il avait non seulement accepté, mais pour lequel il s'était porté volontaire ! Non, il avait fait pire que ça. Il avait exigé d'être le père.

Tout en sachant que ces visites étaient tout ce à quoi il aurait droit.

Mais à l'époque, il ignorait à quel point on pouvait aimer son enfant.

Il ignorait à quel point il était déjà amoureux de Laurel. Le genre d'amour exclusif, qu'on n'imaginait pas pouvoir éprouver, un jour, pour qui que ce soit d'autre.

Et maintenant, il avait le choix entre deux options.

Se retirer. Prendre de la distance, tout en continuant d'aider Laurel à élever l'enfant. Et plus tard, essayer de construire une relation avec Lydia, mais sans avoir affaire à sa mère.

Deuxième option : continuer de se torturer. Rester le meilleur ami de Laurel. Tenir Lydia dans ses bras, une ou deux fois par semaine. Les voir juste assez souvent pour maintenir ses plaies à vif. Continuer de faire croire qu'il était content comme ça.

Il n'abandonnerait pas Laurel. Il avait refusé de l'abandonner, même quand elle s'était donné toutes les peines du monde pour se débarrasser de lui. Il savait qu'elle aurait toujours besoin de lui, même si elle avait décidé d'assumer son rôle de parent isolé.

Ce qu'il ne savait pas en revanche, c'était s'il pouvait continuer de vivre comme ça. Dans cette souffrance permanente…

Ce soir-là, pour la première fois depuis des

années, il but plus que de raison. Et il s'éveilla avec la gueule de bois.

Tout en contemplant dans le miroir son visage hagard, il comprit que Lydia devait grandir en sachant qu'il l'aimait. Quant à Laurel… Eh bien, il lui avait promis d'être son ami pour la vie. Il tiendrait parole.

Aussi, le samedi suivant, il passa leur rendre encore visite. Le jeudi d'après, il s'attarda plus longtemps et resta dîner. Ils recommencèrent le samedi. Et le mercredi.

Laurel demeurait vague à propos de la reprise de son travail. Elle retournerait travailler « bientôt ». Ses patrons se montraient compréhensifs, ils la laissaient prendre son temps.

Il s'établit rapidement entre eux une routine de deux visites par semaine. Laurel se détendit et commença à l'accueillir sans appréhension. Il la prenait parfois dans ses bras, l'embrassait sur la joue avant de partir. « Les choses vont s'arranger », se répétait-il.

Les visites devenaient détendues, agréables. Mais il n'aimait pas repartir. Entre deux visites, il comptait les jours. Les heures.

Il aurait dû recommencer à voyager, mais l'idée de ne pas voir Laurel et Lydia pendant deux semaines, ou plus, l'empêchait de prendre des décisions fermes.

Lydia avait maintenant deux mois et tenait la tête droite. Elle gazouillait, hurlait et se balançait comme pour rouler sur elle-même. Chaque fois que Caleb la voyait, il la trouvait changée. Or, il ne voulait pas manquer une seule étape de ses progrès. Il ne devait pas devenir un étranger pour elle.

Il y avait des problèmes avec la Bolivie. Les livraisons n'arrivaient pas et lorsqu'elles finissaient par arriver, elles étaient incomplètes. Son contact dans le sud du pays ne répondait ni à ses appels téléphoniques ni à ses e-mails. La région était si dangereuse et les dirigeants si susceptibles, qu'il répugnait à envoyer quelqu'un à sa place.

Tôt ou tard, il faudrait qu'il se rende là-bas. De fait, le plus tôt serait le mieux. C'était sa vie. Dans dix jours, quinze tout au plus, il serait rentré. Ensuite, il enverrait Chad à Mexico et engagerait quelqu'un d'autre pour lui apprendre les ficelles du métier.

La semaine suivante, alors qu'il se trouvait à l'arrière du magasin de Seattle pour vérifier une livraison de poteries du Honduras, son téléphone portable sonna.

— Caleb ?

C'était la voix de Laurel. Méconnaissable.

La gorge aussitôt serrée par l'angoisse, il se détourna vivement de ses associés pour répondre.

— Que se passe-t-il ? Lydia ?

— Non, non ! Elle va bien. Je suis désolée, je

ne voulais pas t'effrayer. Je n'aurais pas dû appeler pendant la journée…

— Pas de problème, tu ne me déranges pas.

Il fit signe aux autres qu'il sortait et ouvrit la lourde porte métallique.

— Caleb ?

— Oui, je suis là.

La rue était humide de brouillard. Il se rapprocha du mur pour se protéger.

— L'inspecteur Garner vient de m'appeler. C'est le policier qui a mené l'enquête, après mon agression.

Caleb se tendit.

— Il pense qu'ils l'ont arrêté. Le violeur. Il a attaqué quelqu'un d'autre, dans le même parking.

Sa voix était un peu haletante, comme si elle avait couru.

— Ils veulent que je l'identifie. Oh, Caleb… Et si je ne le reconnais pas ? Tu crois qu'ils le laisseront repartir ?

— Non, pas s'ils l'ont pris sur le fait.

— Mais il ne sera pas condamné pour ce qu'il m'a fait, à moi !

— Tu ne le laisseras pas s'en tirer, Laurel. Tu es forte.

— Je n'en suis pas sûre, bredouilla-t-elle, d'un ton affolé. Je ne suis pas sûre de pouvoir le regarder. Je peux refuser de le voir. Tu as raison, il ira en prison de toute façon. Je ne suis pas obligée de faire ça.

— Il faut que tu le fasses. Pour toi.

Elle ne répondit pas. Il entendit sa respiration saccadée.

— Tu es chez toi ?

— Oui.

— Ne bouge pas. J'arrive.

Par chance, il n'avait pas encore réservé son vol pour la Bolivie. Plus question pour lui de partir.

Chapitre 14

Ils lui avaient dit que ce serait un miroir sans tain, mais dès qu'elle pénétra dans la pièce, elle fut certaine que les autres la voyaient aussi. Elle observa les hommes vêtus de leur costume orange, de l'autre côté, et elle se mit à trembler de panique.

« Ils me voient. Mon Dieu, je suis sûre qu'ils me voient ! »

Les six hommes semblaient tous avoir les yeux fixés sur elle. Plusieurs d'entre eux grimacèrent un sourire.

C'était bien lui. Le quatrième en partant de la gauche. Ses lèvres esquissèrent le mot « salope ». Il l'avait insultée ainsi, pendant qu'il la violait. Et sa voix contenait tant de haine…

Elle eut un mouvement de recul. La vitre explosa en des milliers de piques scintillantes. Il n'y avait plus rien entre lui et elle. Les yeux toujours fixés sur elle, il avançait. Les débris de verre crissaient sous ses pas.

Les policiers ne firent pas un geste pour la

défendre. Elle pivota sur elle-même. Ils avaient tous disparu. Ils étaient sortis, sans qu'elle s'en aperçoive. Comment ? Pourquoi ? Elle recula, le cœur battant à tout rompre, au bord de la folie…

Elle s'éveilla en sursaut, la poitrine soulevée par des sanglots silencieux.

Pendant un moment, elle regarda autour d'elle sans comprendre. Des rais de lumière filtraient par la fenêtre. Une lueur rosâtre provenait de la salle de bains qu'elle avait laissée éclairée. Le berceau était à côté d'elle. Elle regarda le réveil. Il était 4 h 13.

Elle avait couché Lydia juste avant minuit. Cette semaine, elle avait décidé de supprimer la tétée de 2 heures du matin et par conséquent, elle l'allaitait le soir vers 11 heures, ou même 11 heures et demie.

Avant cela… Caleb était venu. Etait-il toujours là ?

Elle avait besoin d'être rassurée. Elle repoussa sa couverture et posa les pieds sur le sol. Puis elle sortit à pas de loup, laissant la porte entrebâillée derrière elle. Il faisait plus sombre dans le salon que dans la chambre. Elle jeta un coup d'œil par-dessus le dossier du canapé et éprouva un immense soulagement en voyant Caleb allongé sur le dos, les pieds sur l'accoudoir.

Elle n'était pas seule. Grâce à Dieu ! Elle avait juste fait un cauchemar.

Il se tourna et demanda d'une voix douce :

— Tu te sens bien ?

— J'ai fait un mauvais rêve. Je ne voulais pas te réveiller. J'avais juste besoin de m'assurer que…

— Que j'étais là ?

Il s'assit, ramenant la couverture sur ses épaules.

— Viens ici, dit-il en tapotant le coussin à côté de lui.

Laurel contourna le canapé et prit place à côté de lui. Il l'enlaça et elle se blottit tout contre lui, réconfortée. Il portait un T-shirt, mais elle sentait à travers la chaleur de son corps, les battements solides et rassurants de son cœur.

— Tu as rêvé du violeur ?

— J'étais en train de l'identifier. Mais la glace était transparente, il me voyait. Et soudain… elle a volé en éclats et il est entré. J'étais seule. Tout le monde était parti.

Il jura tout bas et resserra son étreinte.

— Tout semblait si réel…

— Tu l'as vu en rêve. Tu sais donc à quoi il ressemble ?

Elle fronça les sourcils et fit un effort intense pour rassembler ses souvenirs.

— Je ne suis pas sûre qu'il ait eu la même tête dans mon rêve que dans la réalité. Je savais simplement que c'était lui. Mais… je crois que je reconnaîtrais son visage. Et ses mains.

Caleb laissa passer quelques secondes, puis demanda :

— Pourquoi ses mains ?

— Il lui manquait une phalange.

Elle ferma les yeux pour mieux se concentrer. L'homme avait posé la main sur son visage. La main gauche.

— Tu as dit ça à la police ?

Elle eut un geste d'ignorance.

— Je ne me rappelle pas. J'ai dû le leur dire, mais je n'en suis pas sûre.

— Appelle l'inspecteur demain matin et dis-le-lui.

— Ça me dispensera peut-être d'aller l'identifier…

Elle éprouva immédiatement un profond soulagement à cette idée.

Les lèvres contre sa tempe, Caleb demanda :

— Quand il t'a agressée, tu as observé son visage, pour pouvoir le décrire ensuite aux policiers ?

— Pendant une minute, oui. A la fin. Je crois que j'ai perdu connaissance. J'avais l'impression d'être dans un tunnel, j'étais sûre que j'allais mourir. Mais tout à coup, je me suis dit que si je ne mourais pas, il fallait que je me souvienne de lui. J'ai essayé de graver ses traits dans ma mémoire, comme si j'avais pris une photo. Tu comprends ?

Il fit un signe de tête. Elle avait toujours eu une mémoire visuelle et photographiait mentalement les mots sur une page. Quand elle passait un examen, elle fermait les yeux et revoyait le paragraphe qu'elle avait appris. Pour les visages, c'était un peu différent, mais elle avait fait un effort.

— C'est à cause de maman, dit-elle.

— Quoi ? répondit-il, éberlué.

Il y avait de quoi être étonné. La mère de Laurel était morte depuis déjà dix ans, au moment de son agression.

— Je l'ai vue. Elle m'a dit que je n'allais pas mourir, qu'il fallait que je tienne bon. Alors, j'ai regardé l'homme.

— Tu as du cran, murmura Caleb d'une voix douce et veloutée.

— Tout s'est passé si vite.

A l'abri entre ses bras, comme dans un cocon, elle se demanda pourquoi elle ne lui en avait jamais parlé.

— Quand j'y pense, j'ai l'impression que ça a duré pendant des heures. Il s'est passé beaucoup d'autres choses, depuis, dans ma vie. Mais ce moment tient une place énorme. Il projette une ombre sur tout, il me domine.

— Le fait de le faire arrêter pourrait t'aider.

— Ça m'obligerait à témoigner. Il faudrait que je raconte devant un tribunal ce qui s'est passé.

Caleb demeura silencieux une minute. Puis il murmura :

— Ce n'est pas si grave. Tu n'as rien fait de mal. C'est lui qui t'a fait quelque chose d'horrible. Tu as survécu malgré tout. Et maintenant, tu tiens une chance de le regarder dans les yeux et de lui dire : tu n'as pas fait le bon choix. Tu as voulu attaquer une femme et tu sais quoi ? Tu as perdu la partie.

— Je ne veux pas qu'il voie…

Mais elle ne put aller au bout de sa phrase.

— Qu'il voie quoi ?

— Ce qu'il m'a fait. Parce qu'alors, il saurait qu'en réalité il a gagné.

— Gagné ?

Caleb retira le bras qu'il avait posé sur ses épaules et alluma la lampe. Laurel cligna les paupières, éblouie. Il lui agrippa les épaules et la tint solidement, pour qu'elle ne puisse pas détourner les yeux.

— Il n'a pas gagné. Tu ne dois pas penser ça une seule seconde ! Tu as guéri de tes blessures et tu mènes une vie normale. Tu es une mère, une fille, une amie. Tu t'es rétablie et tu iras de mieux en mieux. Ce type va passer le reste de sa vie dans une cellule sans fenêtre. Et s'il y a une justice divine, il ira pourrir en enfer !

Laurel fut stupéfaite de lire tant de fureur dans ses yeux.

— Au début, je me disais que c'était pour ça que j'avais survécu. Pour pouvoir le décrire et le faire jeter en prison avant qu'il ait pu violer une autre femme. Mais le temps passant, j'ai pensé que j'avais échoué.

— Tu te trompais. A présent, tu tiens une chance de le faire.

— Tu viendras avec moi ?

— Si on m'autorise à t'accompagner, oui.

— J'ai aussi une avocate. Elle m'a dit qu'elle resterait avec moi.

— Si on ne me laisse pas entrer, je t'attendrai devant la porte.

— D'accord.

Elle sourit, alors même que ses yeux s'embuaient de larmes.

— Merci d'être venu, Caleb. J'ai été si instable dernièrement. Mais tu es resté patient. Je ne te mérite pas.

Il se pencha et l'embrassa sur le front. Ses lèvres s'attardèrent un moment, il eut un soupir tremblant et s'écarta.

— Tu mérites beaucoup plus que ce que tu crois, Laurel.

Elle soutint son regard et sentit ses doigts lui communiquer leur force. Alors, elle fut sur le point de le croire.

— Merci, dit-elle. Je t'aime, tu sais. Nous sommes amis, à la vie à la mort.

Quelque chose passa dans le regard de Caleb, comme s'il avait éprouvé un choc. Presque aussitôt, il sourit.

— Je sais, Woodall. Maintenant, va te coucher, lui ordonna-t-il en désignant la chambre. Dans moins de deux heures, Lydia se réveillera.

— Toi aussi. Merci pour…

— Si tu me dis merci encore une seule fois, je vais finir par m'énerver.

Elle recula, se cogna contre la table et se ressaisit.

— D'accord. Je ne dirai plus rien, c'est promis. Bonne nuit.

— Bonne nuit.

Il attendit qu'elle soit dans le hall, puis il éteignit la lampe de chevet et l'obscurité l'enveloppa de nouveau.

Une fois dans son lit, Laurel écouta le silence.

« Je t'aime. » C'était la première fois qu'elle prononçait ces mots. Elle avait vite rajouté : « nous sommes amis », pour se rattraper. Mais ce n'était pas ce qu'elle voulait dire.

L'expression de ses yeux à ce moment-là… Laurel frissonnait en y repensant. S'il éprouvait tant de passion, pourquoi ses baisers étaient-ils toujours si doux ? Pourquoi l'avait-il laissée repartir aussi facilement ?

Megan avait-elle vu juste ? Caleb attendait-il qu'elle fasse le premier pas ? Si c'était le cas, oserait-elle se risquer à découvrir quelle passion couvait sous son extrême douceur ?

« Tu as du cran. »

Si seulement c'était vrai.

Apparemment, Caleb n'était pas dans son jour de chance. Aucune place pour se garer dans la rue ne se présentait.

Il mit son clignotant et Laurel comprit qu'il voulait entrer dans le parking sur leur droite.

— Si nous faisons encore un tour, nous finirons par trouver une place dans la rue, dit-elle d'une voix un peu aiguë.

— Quoi ? dit-il en se tournant pour la regarder. Oh, bon sang…

Il secoua la tête et rabattit son clignotant.

— Je suis désolé. Quel idiot !

Elle avait croisé les mains sur ses genoux et enfonçait ses ongles dans sa chair. Elle était tendue comme un arc, tremblante de nervosité.

— C'est bête, dit-elle.

— Non. Non, ce n'est pas bête.

Il tourna à l'angle de la rue, tout en sachant qu'il ne trouverait pas de place.

— C'est pour ça que tu ne prends pas ta voiture pour te rendre au travail ?

— C'est aussi parce que les parkings sont chers.

Il ne répondit pas. Laurel garda les yeux fixés droit devant elle.

— S'il y avait plus de places dans la rue, je viendrais en voiture.

Ils tournèrent encore plusieurs minutes autour de l'immeuble. Laurel regarda sa montre, en proie à une tension grandissante. Que se passerait-il si elle arrivait en retard ? Les policiers faisaient-ils attendre les suspects, quand un témoin n'était pas à l'heure ?

Au troisième tour infructueux, elle déclara :

— Entre dans le parking.

— Quoi ?

— Caleb, nous allons être en retard. Tu es avec moi. Et de toute manière, je ne peux pas continuer toute ma vie comme ça.

— Je peux te déposer devant la porte et aller me garer ensuite.

— Non. Je reste avec toi.

Si elle avait le cran de confronter son violeur, elle devait aussi avoir le courage de traverser le parking !

Le regard toujours fixé devant elle, elle perçut son signe d'acquiescement. Il actionna son clignotant et franchit le portail de béton.

Elle se tendit un peu plus. Rigide sur son siège, elle le vit prendre un ticket dans le distributeur et s'engager sur la rampe qui menait au sous-sol. Sa respiration s'accéléra. Le plafond était bas, il y avait des coins sombres, des ombres entre les voitures.

C'était presque pareil que ce soir-là. Sauf qu'aujourd'hui, le parking était plein. Des rangées et des rangées de voitures. Ils virent deux femmes élégantes se diriger vers la sortie, leur sac à bandoulière sur l'épaule. Les feux arrière d'une voiture s'allumèrent au bout de l'allée.

— Ah, dit-il avec satisfaction.

Elle vit un couple sortir de l'ascenseur et aller vers une berline. Caleb attendit et prit la place qu'ils venaient de libérer.

Laurel sortit de l'auto, en évitant de regarder les murs de ciment gris et la peinture jaune sur le sol.

Cependant, il fallait qu'elle rassemble ses souvenirs.

Elle devait tout se rappeler.

Caleb lui posa une main sur les reins. Ils pénétrèrent dans l'ascenseur et ressortirent dans la rue.

L'inspecteur qui s'était occupé de l'enquête et l'avocate l'attendaient dans le hall du bâtiment. Esther Smith avait à peu près son âge et elle avait été elle-même agressée quand elle était adolescente. Elle parla à Laurel, avec l'inspecteur Garner, lui répétant tout ce qu'ils avaient déjà dit des dizaines de fois. Laurel laissa les mots glisser sur elle. Ensuite, il y eut l'attente. Elle eut l'impression de vivre une expérience de dédoublement. Elle était là, Laurel Woodall, parfaitement maîtresse d'elle-même en apparence, hochant la tête lorsqu'on lui parlait. Mais déjà, elle n'entendait plus ce qu'on lui disait.

L'inspecteur demanda à Caleb d'attendre dehors. La pression de sa main forte et chaude l'aida à redescendre sur terre.

— Courage, murmura-t-il.

Elle eut un petit signe nerveux de la tête et l'inspecteur la fit entrer dans une petite pièce. Celle-ci était à peine plus large qu'un couloir, mais la vitre était d'une épaisseur rassurante. Rien à voir avec celle de son rêve.

Malgré cela, elle poussa une exclamation et eut un mouvement de recul involontaire lorsque les hommes alignés de l'autre côté de la vitre se tournèrent. Elle ne s'attendait pas à les voir de si près.

Elle le repéra tout de suite, le deuxième sur la gauche, et l'observa craintivement. Ses cheveux étaient plus longs et il était plus petit que dans son souvenir. Ses poings étaient serrés et elle ne pouvait voir s'il lui manquait bien une phalange, mais elle savait que c'était lui.

— Observez-les bien, lui dit l'inspecteur Garner à voix basse. Ne vous pressez pas, regardez-les tous avant d'en désigner un.

Elle inspira profondément et hocha la tête. Il lui fallut faire un effort pour détacher les yeux de celui qu'elle avait reconnu. Elle fut déconcertée en remarquant que tous les hommes présents se ressemblaient un peu. Elle scruta attentivement tous les visages. De toute évidence, ils avaient tous le même type. Peut-être n'était-ce pas le numéro deux, après tout. Comment pouvait-elle en être sûre ?

Les battements de son cœur s'accélérèrent.

— Allez-y doucement, murmura l'inspecteur. Trait par trait. Visage après visage. Prenez votre temps.

Elle inspira de nouveau en tremblant et reporta son attention sur le numéro six. Il y avait bien une ressemblance, mais ses lèvres étaient plus épaisses. Non, ce n'était pas lui.

Rassurée d'avoir pu en éliminer au moins un, elle passa au numéro cinq. L'homme était trapu, le visage large et épais.

Le numéro quatre avait un nez pointu et un menton fuyant qui lui donnait l'air d'une fouine.

Le numéro trois était le plus ressemblant. Elle passa au numéro un et l'élimina également. Ses joues portaient l'ombre d'une barbe noire et des poils sombres émergeaient du haut de son T-shirt. Non. Celui qui l'avait violée n'était pas aussi poilu.

Elle revint au numéro trois, puis au deux. Ils se ressemblaient beaucoup. Ils regardaient tous deux la vitre d'un air de défi, les lèvres plissées en une moue de mépris. Mais elle savait, maintenant.

Pour être tout à fait sûre, elle demanda :

— Pouvez-vous leur demander de lever les mains ?

L'inspecteur Garner s'approcha d'un micro.

— Tenez les mains devant vous, les doigts écartés.

La police avait bien fait son travail. Il manquait un doigt à la main gauche du numéro cinq. Mais seulement une phalange à l'index gauche du violeur.

— Le numéro deux, dit-elle, avec une fermeté qui la surprit elle-même. C'est lui.

— Vous en êtes certaine ?

— Oui.

— Dans ce cas, c'est terminé.

La tension retomba si brusquement que Laurel chancela. Elle fit un signe de tête et se tourna vers la porte. Avant de franchir le seuil, elle se retourna et regarda son agresseur une dernière fois. Elle voulait garder cette image de lui. Vêtu de l'uniforme orange des prisonniers, dans une file de détenus. Réduit à l'impuissance. Plus petit qu'elle ne l'avait cru, plus ordinaire.

Malgré son rictus méprisant, il y avait de la peur dans ses yeux. Il transpirait et ses poings étaient de nouveau crispés.

« Il a peur de moi », songea-t-elle avec un certain étonnement. Mais c'était normal, après tout. Elle pouvait l'envoyer en prison pour très, très longtemps. Si d'autres femmes l'identifiaient aussi, ou si son ADN correspondait à celui recueilli après l'une de ses agressions, il risquait d'être condamné à perpétuité.

Soulagée par cette pensée, elle tourna le dos et sortit. Caleb l'attendait en faisant les cent pas. Il se figea en la voyant et la rejoignit en deux rapides enjambées. Campé devant elle, il la regarda sans prononcer un mot, l'enlaçant simplement pour la réconforter.

— C'était lui, n'est-ce pas ? demanda-t-elle à l'inspecteur Garner.

Ce dernier sourit.

— Et comment ! Vous avez été fantastique, Laurel. Je savais que vous seriez un bon témoin. Il est rare qu'on puisse avoir des descriptions aussi précises que la vôtre, surtout lorsque la victime est aussi mal en point que vous l'étiez. Je n'ai pas oublié la façon dont vous avez fermé les yeux pour faire son portrait. Je ne regrette qu'une chose, c'est que nous ayons mis si longtemps à le coincer, ce salopard.

— L'autre femme, celle qu'il vient de violer. Comment va-t-elle ?

— Elle est sortie de l'hôpital. Elle a eu plus de chance que vous. Un étudiant en médecine faisait un somme dans sa voiture. Il avait rabattu son siège si bas, que l'autre ne l'a pas vu. La victime ne se rappelle pas avoir crié, mais quelque chose a réveillé le garçon. Il a jeté un coup d'œil dans son rétroviseur, vu le type agresser la fille et il est sorti tout de suite. L'autre était trop occupé pour le voir arriver. L'étudiant était costaud, il a eu la force de le jeter sur le sol et il s'est assis sur lui pour l'immobiliser, pendant que la femme appelait les secours avec son portable.

— Avez-vous d'autres accusations, contre lui ? demanda Caleb.

— Il a été assez malin pour utiliser un préservatif. Sauf une fois. Nous avons demandé des analyses d'ADN et si ça correspond, il va payer, je vous assure.

— Je vous remercie pour tout ce que vous avez fait, dit Laurel en lui tendant la main. J'ai senti que vous vouliez vraiment m'aider. C'est important.

— Nous restons en contact, de toute façon. Dites-vous bien que ce type est sous les verrous, à présent.

Elle remercia également l'avocate et sortit avec Caleb. C'était une belle journée d'hiver, le ciel était dégagé. L'air glacé la fit frissonner. Elle eut l'impression que ses sens étaient enfin libérés, que ses sensations étaient plus fortes. Une odeur appétissante s'échappait d'un petit restaurant, elle entendit l'éclat de rire de deux hommes d'affaires passant à côté d'eux, le crissement des freins d'un autobus.

— Comment te sens-tu ? lui demanda Caleb.

— Ça va. Je me sens bien.

Elle s'immobilisa au milieu du trottoir et s'exclama :

— Je l'ai fait ! C'est extraordinaire !

Il se mit à rire et elle l'imita.

— Je savais que tu y arriverais. Je te l'ai toujours dit.

— Caleb, il a eu peur de moi. Tellement peur, qu'il transpirait à grosses gouttes.

— Il a de bonnes raisons d'avoir peur ! répliqua Caleb, dont le regard s'assombrit dangereusement.

— Je ne redoute plus de devoir témoigner,

maintenant. Je veux le faire. J'espère que le juge ne réduira pas les charges contre lui.

— Tu dois dire au district attorney ce que tu as vécu.

— Je le ferai. Allons chercher Lydia chez ta mère et rentrons. Non… je meurs de faim. Allons déjeuner d'abord…

— Et célébrer cette victoire. Ce programme me plaît, Woodall !

Ils entrèrent dans le parking, prirent l'ascenseur et regagnèrent la voiture.

Laurel attendit qu'il ait ouvert les portières. Cette fois, elle regarda autour d'elle. Elle vit les traces noires sur les murs, les lignes jaunes sur le sol et songea, abasourdie : « Je suis libre. »

Une partie d'elle-même voulut protester. La femme brisée, apeurée, qu'elle avait été pendant cinq ans. « Ça ne va pas être aussi facile que ça, ne crois pas. »

D'autres monstres rôdaient, en liberté. Tout pouvait arriver.

Oui, mais ce monstre-ci n'était plus à craindre. Et le seul fait de le savoir changeait quelque chose en elle. La libérait.

Elle se sentait de nouveau forte. Sûre d'elle. Capable de dominer sa terreur. Elle avait passé les cinq dernières années obnubilée par la peur et par une sensation d'impuissance insurmontable.

Maintenant, elle était comme une droguée qui refusait de prendre une dose de plus.

Ce ne serait peut-être pas si facile. Peut-être était-elle simplement dans un état second, qui lui faisait oublier toute prudence ? Elle ne le croyait pas. Ne voulait pas le croire.

La Laurel d'autrefois n'était pas morte, cette nuit-là. Elle se cachait, c'est tout.

Elle ne se cacherait plus, désormais.

— Laurel ?

Elle tressaillit et vit Caleb se pencher à l'intérieur de la voiture pour lui ouvrir la portière. Il semblait inquiet.

— Désolée. J'ai eu un petit moment d'absence. Mais tout va bien, je suis là.

Il haussa les sourcils en l'observant.

— Je vois.

— Qu'est-ce que tu attends ? dit-elle avec un grand sourire. J'ai envie d'une coupe de champagne.

Après le déjeuner, ils allèrent chercher Lydia. Elle dormait encore.

Le père de Caleb était au bureau, mais Laurel raconta à Ellen ce qui s'était passé.

— C'est effrayant, dit celle-ci. Je suis contente que Caleb n'ait pas été au Brésil ou ailleurs et qu'il ait pu t'accompagner. Mais je crois que j'entends Lydia, ajouta-t-elle, en penchant la tête de côté.

Laurel alla dans la chambre pour allaiter la petite fille.

— Je t'aime, mon petit chou…

L'enfant eut un sourire radieux.

— Je suis sûre que grand-maman s'est bien occupée de toi.

Lydia battit des bras. Laurel la serra contre elle et chuchota :

— Je regrette que ton autre grand-mère ne puisse pas te gâter, elle aussi.

Réprimant son chagrin, elle rangea les affaires du bébé. Ils repartirent après avoir abondamment remercié Ellen.

— Je te ramène à la maison ? demanda Caleb.

— Eh bien, je n'ai presque plus de couches et…

Il l'arrêta d'un hochement de tête compréhensif. Ils firent les courses ensemble et il transporta les sacs à l'intérieur, tandis qu'elle s'occupait de Lydia.

Ensuite, il joua avec la fillette, la faisant rire aux éclats.

Assise à l'autre bout du canapé, Laurel les observait. Caleb serait le meilleur des pères. Et le meilleur des maris, une fois qu'il aurait donné son cœur à une femme. Il avait toujours été fidèle en amitié, il le serait aussi en amour.

Et tout à coup, elle eut terriblement envie d'être la femme de sa vie.

Il lui rendit le bébé pour la tétée et alla fermer son sac qui était resté dans le hall d'entrée.

— Je suppose que tu n'as pas besoin que je reste cette nuit.

Il rentrait chez lui. Elle devait le laisser partir. Ne pas se lancer dans une aventure qu'elle n'était pas encore prête à vivre. Pourtant, elle s'entendit lui dire, d'une voix qu'elle eut elle-même du mal à reconnaître :

— Tu n'es pas obligé de partir.

Il leva la tête, surpris.

— Tu es angoissée ?

— Non, je… j'ai seulement envie que tu restes, dit-elle en se mordillant les lèvres.

— Si ça doit se reproduire souvent, il faudra que tu changes ton canapé. Celui-ci est trop petit pour moi. Pourquoi ne viens-tu pas plutôt dormir chez moi ?

Lydia s'était endormie sur son sein. Elle l'écarta et ragrafa son soutien-gorge d'une main tremblante.

— Une minute, dit-elle en se levant.

Pour la première fois, elle alla coucher Lydia dans sa petite chambre d'enfant. Après s'être assurée qu'elle était profondément endormie, elle remonta la couverture sur elle et sortit.

Caleb l'attendait dans le salon. Il chercha son regard dès qu'elle apparut.

— Tu ne l'as pas mise dans le berceau ? demanda-t-il, la voix un peu rauque.

— Il est temps que je récupère ma chambre.

— Vous dormirez sans doute mieux ainsi, toutes les deux.

De fait, elle n'avait pas envie de dormir. Elle croisa les bras et dit, d'une voix précipitée :

— Je me suis dit que si tu restais, tu ne serais pas obligé de dormir sur le canapé.

Il se figea. Plusieurs secondes s'écoulèrent, avant qu'il ne parvienne à articuler :

— C'est une invitation ?

— Je… je crois.

Il fit un pas en avant et se campa face à elle, sans la toucher.

— Tu es sûre ?

Elle essaya de sourire, n'y parvint pas tout à fait.

— Non, mais je veux essayer. Si tu es d'accord.

Il poussa un long soupir et marmonna :

— Oui. Je veux bien.

Finalement, il l'entoura de ses bras. Elle réprima un sanglot et se haussa sur la pointe des pieds pour l'embrasser.

Chapitre 15

Caleb avait été tout près de renoncer. Et maintenant que Laurel avait prononcé les mots qu'il attendait, il était pétrifié.

Jamais, dans sa vie, il n'avait autant désiré quelque chose. Et jamais non plus, il n'avait été aussi terrifié à l'idée de tout rater. Faire l'amour avec quelqu'un pour la première fois était toujours un peu difficile. Parfois c'était raté, ou embarrassant. Parfois aussi c'était bien, sinon personne ne se serait risqué à recommencer…

Mais faire l'amour avec sa meilleure amie, après dix ans d'une relation platonique ! L'amour avec une femme qu'il aimait sans se l'avouer depuis dix ans…

L'amour avec une femme qui avait été violée, brutalisée, et qui avait juré de ne plus jamais laisser un homme l'approcher.

Il pensa à tous les risques possibles. S'il perdait son sang-froid ? S'il manquait de douceur ? Si elle avait une réaction inattendue ?

Il avait droit à un essai. Un seul. Et si ça se passait mal, il ne serait pas le seul perdant. Il voyait à son expression que Laurel avait rassemblé tout son courage. Si elle paniquait, s'il la faisait fuir, elle ne tenterait plus jamais sa chance.

En somme, leur avenir dépendait de lui.

Quand il la prit dans ses bras, elle laissa échapper un petit sanglot et lui offrit ses lèvres. Pendant un instant, il l'embrassa passionnément. Elle s'offrit sans réserve à son désir.

Lorsqu'il releva la tête pour la contempler, sa gorge se serra. Pourquoi ce visage, cette femme et pas une autre ? Il n'aurait su le dire. Ses joues étaient enflammées, ses lèvres entrouvertes et ses pupilles sombres exprimaient une multitude d'émotions.

— Tu es belle…

Ils échangèrent un sourire complice, puis il l'embrassa, avec plus de douceur cette fois. Il la caressa du bout de la langue, la mordilla, la taquina, comme s'ils avaient tout le temps. Il lui devait bien cela, même si le désir qu'il réprimait depuis des années bouillonnait en lui.

Il l'attira doucement dans la chambre. Elle eut un petit rire de gorge, qu'il avala d'un baiser.

Quand ils eurent passé le seuil, elle se tendit. Alors, il lui caressa les bras et lui embrassa le cou, jusqu'à ce qu'elle renverse la tête en arrière avec un soupir.

Il laissa ses lèvres s'attarder dans le creux de son cou, puis descendit entre ses seins.

— Je rêvais de tes seins, dit-il en les entourant du creux de ses mains. Tu es si sexy.

Il fit une pause pour faire passer sa chemise par-dessus sa tête, puis prit les mains de Laurel et les posa sur son torse nu.

Elle explora les muscles de sa poitrine avec une curiosité pleine d'innocence, comme si elle faisait cela pour la première fois.

Elle ne protesta pas quand il lui enleva aussi sa chemise, mais croisa vivement les bras devant elle.

— Mon soutien-gorge est affreux !

— Aucune importance, dit-il avec un petit rire.

Un peu timide, elle le laissa le dégrafer, et se mordit la lèvre quand il contempla longuement ses seins généreux, au centre desquels se détachait un mamelon brun et dur. Il recommença à la caresser, lui arrachant de petits gémissements de plaisir.

Il posa les mains sur ses hanches et la plaqua contre lui.

— Si Lydia se met à pleurer maintenant, je n'ai plus qu'à me tuer, dit-il.

— Je crois… je crois que si ça arrive, il faudra l'ignorer.

Aurait-elle peur, s'il l'allongeait sur le lit ? Etait-elle prête ? Il préféra ne pas poser la question.

D'un geste souple, il la souleva et la posa assise sur le lit, puis s'agenouilla sur le sol, devant elle. Il lui ôta ses chaussures, ses socquettes, puis lui massa les pieds.

Elle avait de longs doigts et une cambrure exceptionnelle.

— Tes pieds sont trop doux. Tu ne marches pas assez pieds nus.

— C'est vrai. Je ne sais pas pourquoi. Dès que je me lève, j'enfile des mules.

— Il faudrait que tu sentes l'herbe sous tes pieds.

Il souleva une de ses jambes, lui embrassa le pied et lui mordilla le petit doigt.

Elle poussa un petit cri.

— Tu peux parler. J'ai remarqué hier soir que tes pieds étaient très blancs.

— La dernière fois que je me suis aventuré pieds nus sur la pelouse, j'ai glissé sur une limace.

Laurel rit de nouveau. Bien, songea-t-il avec satisfaction. Le rire allait chasser sa panique.

Il se leva et ôta ses chaussures.

— Nous allons comparer nos pieds.

Il s'assit à côté d'elle, tendit les pieds et déclara :

— Les tiens sont très sexy.

— Comment des pieds peuvent-ils être sexy ?

— Les tiens le sont.

Il la renversa sur le dos, comme si c'était la chose

la plus naturelle du monde, et recommença à l'embrasser. Elle eut l'air surprise, heureuse, comme si elle ne s'attendait pas à ressentir du plaisir.

Il fit glisser sa main et déboutonna le pantalon de Laurel. Celle-ci retint sa respiration, mais elle ne se crispa pas comme il le craignait. Elle était un peu nerveuse, mais de toute évidence, elle n'avait pas peur. Encouragé, il défit la fermeture Eclair.

Puis il l'embrassa et murmura contre sa bouche :

— A ton tour.

— Oh…

Ses joues se colorèrent.

— D'accord.

Tandis que ses doigts glissaient timidement sur lui, il se concentra sur sa respiration. Mon Dieu… il ne parviendrait pas à se contrôler, si elle allait aussi lentement…

Il se redressa sur un coude, l'embrassa doucement, puis laissa ses doigts s'aventurer sous son slip de coton, caressant la toison brune entre ses cuisses.

Soudain impatient, il s'assit et fit glisser le slip sur ses jambes. Il caressa alors le cœur de sa féminité. Elle était douce et chaude. Elle souleva légèrement les hanches et il poursuivit ses caresses, les yeux plongés dans les siens. Il voulait absolument qu'elle se détende, que son corps soit prêt à le recevoir.

Ses caresses s'accentuèrent et il la sentit frémir

contre lui. Puis il l'embrassa, alors qu'une vague de jouissance la traversait.

Elle retomba sur le lit, les joues en feu. Alors, Caleb ôta son pantalon et mit le préservatif qu'il gardait depuis quelque temps dans son portefeuille.

Il se hissa au-dessus d'elle, lui écartant délicatement les jambes.

A ce moment-là, elle se raidit. Une ombre obscurcit son regard et il comprit qu'elle luttait pour repousser l'image de l'homme qui l'avait violée.

— Je... je suis désolée..., balbutia-t-elle, égarée.

— Non... ça ne fait rien, dit-il en roulant sur le côté.

Il la prit dans ses bras, sentit son visage humide de larmes contre son épaule.

— Tu sais quoi ? C'est toi qui vas me faire l'amour...

— Quoi ? fit-elle en relevant la tête.

Il demeura allongé sur le dos, les bras écartés.

— Je suis à toi. Tu peux disposer de mon corps.

Elle le dévisagea, le souffle court.

— Vraiment ?

— Oui, vraiment.

Elle se redressa, posa une main sur son torse. Puis elle s'enhardit, s'assit sur lui à califourchon et plaqua ses seins contre lui.

— C'est bon ?

— Oh, oui, dit-il d'une voix étranglée.

Il était sur le point d'exploser de désir.

— Prends-moi en toi, murmura-t-il.

Elle se souleva au-dessus de lui et obéit. Il sentit que son sexe la pénétrait lentement. C'était une sensation exquise.

— Encore, murmura-t-il, lorsqu'elle fit une pause.

Elle se mordit la lèvre, tout en se soulevant doucement, avant de revenir sur lui. Encore et encore.

Pendant quelques secondes, il tint bon.

Puis il ne put se contenir davantage. Ses hanches se soulevèrent, il lui agrippa la taille et l'attira vers lui. Elle poussa un petit cri tremblant.

Cette fois, lorsqu'il sentit ses muscles se contracter, il s'abandonna à la jouissance. Ce fut une explosion de plaisir.

Laurel se laissa retomber contre lui et il la serra entre ses bras.

— Tu es bien ? demanda-t-il au bout d'un moment.

— Bien ? répéta-t-elle d'une voix sourde. Je suis… merveilleusement bien. C'était… fantastique.

— Nous aurions dû faire ça il y a dix ans.

— Peut-être… Mais c'est peut-être mieux comme ça, finalement. L'attente, l'anticipation, tu sais… Je crois que je n'aurai plus jamais peur.

— Si, ça arrivera peut-être encore. Mais nous vaincrons ta peur ensemble.

Il était si heureux, qu'il se sentait capable de vaincre des montagnes.

Une seule chose l'inquiétait. Il l'avait libérée sexuellement, mais il n'était pas sûr qu'elle éprouve de l'amour pour lui. S'il lui demandait de l'épouser, que répondrait-elle ?

Cinq ans auparavant, elle avait renoncé au sexe, à l'amour, au mariage. Ce qu'il ne savait pas, c'était si elle avait proscrit l'idée du mariage, simplement parce qu'elle ne pouvait imaginer faire l'amour de nouveau.

Le pire serait encore qu'elle lui dise oui, uniquement parce qu'elle se sentait en sécurité auprès de lui, et non parce qu'elle ne pouvait pas vivre sans lui.

Il n'y avait qu'une seule façon de le savoir.

Mais avant qu'il ait pu parler, elle dit :

— Dommage que nous n'ayons pas conçu Lydia de cette façon.

Il saisit la balle au bond et suggéra :

— Maintenant que nous avons amélioré la technique, nous pourrions lui faire un petit frère.

— Oui.

— C'est encore un peu tôt.

Elle leva la tête et lui jeta un coup d'œil.

— En fait… J'ai pensé à quelque chose aujourd'hui.

Il ne laissa pas transparaître sa méfiance. Mais

il la soupçonnait de ne pas vouloir un autre bébé tout de suite.

— A quelque chose ? répéta-t-il prudemment.

— Je veux reprendre mes études de droit.

Elle s'assit sur le lit et serra un oreiller contre elle.

— Je crois que je suis prête.

Bon sang, elle ne faisait pas les choses à moitié !

— Tu en es sûre ?

— Tout à fait sûre.

Elle chercha son regard et reprit, d'une voix incertaine :

— Tu n'es pas de cet avis ?

— Je pense que tu es prête depuis longtemps.

— Vraiment ? Le problème, c'est que maintenant que j'ai Lydia, il faudrait que papa et toi m'aidiez financièrement.

Caleb s'assit brusquement.

— J'ai une idée. Si tu m'épousais ?

— T'épouser ?

Il agrippa vivement ses vêtements posés sur le montant du lit. Il avait l'impression que la nudité le rendait vulnérable.

— L'idée te paraît farfelue ? Nous avons pourtant un enfant.

— Ce n'est pas farfelu, répondit-elle d'un ton irrité. C'est juste que tu n'as pas l'air d'avoir envie de te marier avec moi.

— Si, je veux t'épouser.

— On ne dirait pas ! cria-t-elle.

Elle plaqua aussitôt une main sur sa bouche. Immobiles, ils attendirent que Lydia se mette à pleurer. Dix secondes s'écoulèrent. Vingt. Trente. Rien ne vint briser le silence.

Caleb soupira. Laurel laissa échapper une sorte de petit sanglot.

— Je le veux, répéta-t-il d'un ton sobre.

Elle avait remis ses sous-vêtements et un T-shirt. Elle se tourna vers lui, les yeux brouillés de larmes.

— Je ne te crois pas.

— Je crois que je suis amoureux de toi depuis dix ans.

Elle renifla et s'essuya vivement les joues.

— Tu *crois* ?

— Je ne me rappelle plus très bien quand ça a commencé.

— Tu ne me l'as jamais dit !

— Je ne pouvais pas. Tu proclamais partout que plus jamais un homme ne te toucherait.

— Tu n'es pas un homme. Je veux dire… tu es Caleb.

— Ce qui signifie ?

— Que tu es mon ami.

— Et maintenant, je suis ton amant.

— Je n'ai jamais éprouvé pour toi la répulsion que j'éprouvais pour les autres. C'est pour ça que…

— Que tu m'as laissé t'embrasser. Mais tu as quand même paniqué, dit-il en lui posant une main sur la nuque.

— Non ! Tu n'as pas compris. Je ne savais pas comment t'expliquer et à ce moment tu t'es éloigné en disant que ça ne faisait rien.

Alors, c'était ça ? Il n'avait pas compris ?

— Mais tu as tout de même dit que tu regrettais d'être venue chez moi ! Et tu t'es excusée de m'avoir donné de l'espoir !

Les épaules de Laurel s'affaissèrent un peu.

— Je me suis rendu compte que j'étais égoïste. Je prenais tout ce que tu me donnais. J'étais heureuse chez toi, mais je savais qu'un jour je devrais ramener Lydia ici. Et je n'avais pas pensé à quel point cela pouvait te faire souffrir.

— Alors, pourquoi n'as-tu pas voulu rester ?

— Rester, sans faire l'amour avec toi ? demanda-t-elle, l'air désespéré. A l'époque, je ne pensais pas que ça arriverait. Et tu n'as pas paru contrarié, quand je t'ai demandé de ne plus m'embrasser.

— J'avais peur de te perdre. Mais je t'aime, Laurel. Si la seule solution c'était d'être ton ami, je…

Sa voix se brisa. Seigneur… il était en train de la supplier.

Les yeux brillant de larmes, elle chercha son regard.

— Tu… tu veux vraiment de moi ?

— Je t'aime, répéta-t-il. Je t'ai toujours aimée et je t'aimerai toujours.

Elle se jeta contre lui. Il referma les bras sur elle. Ils demeurèrent un long moment blottis l'un contre l'autre.

Finalement, avec un autre petit sanglot, elle s'écarta un peu. Caleb relâcha son étreinte et vit que son visage était rouge, ses yeux gonflés. Il la trouva encore plus belle que d'habitude.

— Oui. Si tu le veux vraiment, c'est oui. J'accepte de me marier avec toi.

Il ferma les yeux un instant, submergé par le soulagement. Elle allait être à lui. Mais une petite voix continua de lui murmurer à l'oreille : « Elle dit oui, parce que tu es Caleb. Son ami. Vous avez réussi à faire l'amour et pour le moment tout va bien. Est-ce que ce sera assez ? »

— Tu ne voudras pas être libre, un jour ?

— Libre ?

Elle fit un pas en arrière et demanda :

— Que veux-tu dire ?

— Tu te sens en sécurité avec moi. Mais un jour…

Ses lèvres s'arrondirent de stupéfaction et elle eut un petit rire strident, presque hystérique.

— Caleb, je suis désespérément amoureuse de toi. Je suis certaine de l'être depuis dix ans, au moins. Et je ne veux pas être libre, si ça signifie que je dois vivre sans toi.

Il chancela et dut se rattraper au montant du lit.

— Tu m'aimes ?

— Je te l'ai déjà dit.

— Tu m'as dit que nous étions amis.

— Je n'étais pas sûre… de pouvoir faire ça, dit-elle avec un geste vers le lit.

Il la reprit dans ses bras et l'embrassa de toutes ses forces.

Ils retombèrent sur le lit. Cette fois, elle s'allongea sur le dos, tendit les bras et l'attira en elle sans hésitation. Il plongea dans sa chaleur avec toute la passion dont il était capable.

Elle poussa un cri aigu et il s'abandonna entre ses bras. Leurs larmes s'entremêlèrent.

— Merci, dit-elle un moment plus tard. Merci de ne jamais avoir renoncé.

— Je t'avais dit que c'était pour toujours.

— On dit ces choses-là sans vraiment y croire.

— Je l'ai toujours cru.

Trois ans et demi plus tard, Caleb tenait sa fille sur ses genoux, quand sa femme, dont la grossesse était dissimulée sous une toge universitaire, reçut son diplôme de juriste. Meg et Georges étaient assis à côté de lui. Ils n'avaient jamais été aussi fiers de leur vie.

Un peu plus tard, quand ils se retrouvèrent sur la pelouse, devant la faculté, Laurel embrassa son père et Megan en riant.

— Je regrette que ta mère ne puisse pas voir ça !

— Oh, mais elle est là, papa. Je le sais.

Puis elle tendit son diplôme à Caleb et prit Lydia en échange.

— Tu as vu maman ?

Le front de la fillette se plissa.

— Papa m'a dit que c'était toi. Tu étais loin.

Comme Caleb examinait le diplôme, elle dit en riant :

— J'ai pris le chemin le plus long pour devenir juriste, n'est-ce pas ?

— Tu auras tout le temps d'étudier encore, lui dit-il, en tapotant son ventre arrondi.

— Avec deux enfants en bas âge ?

Caleb l'embrassa.

— Tu sais quoi ? Tu as eu ton diplôme. Et maintenant, tu peux faire tout ce que tu veux.

— Je crois que c'est le plus beau jour de ma vie, dit-elle. A moins que ce ne soit celui de la naissance de Lydia. Ou bien le jour de notre mariage.

Le soleil brillait et ils allaient célébrer en famille la réussite de Laurel. Ce qu'elle avait accompli aujourd'hui était si difficile, que personne, à part Caleb, ne saurait jamais ce que cela représentait pour elle.

— Je pense que c'est aujourd'hui, dit Caleb. Mais demain sera peut-être tout aussi merveilleux.

— Et le jour suivant aussi, murmura-t-elle.

— Et le suivant…

Désormais, ils étaient amis et amants pour la vie.

PRÉLUD'

Le 1er octobre

Prélud' n°106

Un brûlant contrat - Dallas Schulze

Veuve et enceinte, Tessa fuit sa belle-famille prête à la faire passer pour folle dans le but de lui voler son bébé. Désespérée, elle se tourne vers Keefe Walker, celui qu'elle aimait en secret autrefois...

Prélud' n°107

Le fruit d'une nuit - Margaret Watson

La meilleure amie de Kate meurt dans ses bras en lui confiant sa petite fille de six ans, Regan. Mais au moment où Kate s'apprête à adopter Regan officiellement, un homme surgit dans sa vie : Seth, le père de Regan, qui envisage de reprendre l'enfant et qui en a le droit...

Prélud' n°108

Un jour de mariage - Brenda Mott

Le jour de son mariage, Miranda est abandonnée par Lucas, le garçon qu'elle adore. Des années de rancœur vont les séparer. Jusqu'au jour où Miranda n'a pas d'autre choix que d'appeler au secours Lucas, qu'elle hait pourtant plus que tout être au monde.

Prélud' n°109

Des baisers interdits - Terry McLaughlin

Fiancée au très convenable Henry, Sydney n'ose pourtant pas s'engager. Pour voir plus clair dans ses sentiments, elle s'envole pour deux semaines en Europe. Dès son arrivée, elle fait la connaissance de Nick. Une rencontre passionnée et une révélation bouleversante pour Sydney...

Prélud' n°110

Les roses écarlates - Diana Palmer

Un ruban de velours rouge... C'est la signature que laisse derrière lui le triste individu qui fait frissonner le comté. Homme de devoir, Garson prend alors sous son aile Grace, sa jeune voisine, une victime potentielle. Grace, à laquelle il ne trouve guère d'attraits et qui pourtant l'émeut profondément...

A paraître le 1er septembre

Best-Sellers n°341 • thriller

Le cercle écarlate - M.J. Rose

Des hommes nus, aux pieds marqués d'un chiffre rouge : c'est la troisième fois que la journaliste Betsy Young reçoit des clichés de cette mise en scène macabre. La police n'a aucune piste. Seule le Dr Morgan Snow est capable d'établir un lien entre les victimes, car elle reçoit des patientes liées à Scarlet, une société secrète de femmes qui asservissent les hommes à leurs désirs. Morgan, tenue par le secret médical, ne peut révéler cette information à la police. Pas même à l'inspecteur Noah Jordain, qui, sans elle, ne remontera jamais la piste du tueur…

Best-Sellers n°342 • suspense

Les fiancées du Mississippi - Carolyn Haines

Après la mort d'Annabelle, sa fille de 9 ans, dans un incendie criminel, Carson Lynch a connu la descente aux enfers : elle a quitté son mari, son métier de journaliste, et s'est réfugiée dans l'alcool. Deux ans ont passé. A Biloxi, Mississippi, où le patron du *Morning Sun* a recruté Carson, la découverte de cinq jeunes femmes assassinées 24 ans auparavant fait l'effet d'un coup de tonnerre. A peine sont-elles identifiées que la série noire recommence, avec deux nouvelles victimes. Toutes ont l'annulaire gauche sectionné et portent un voile de mariée. S'agit-il du même tueur ? Pour le savoir, Carson Lynch est prête à tout. Car elle a des raisons très personnelles de vouloir retrouver le criminel…

Best-Sellers n°343 • suspense

Dangereuse vision - Heather Graham

Chargés de retrouver le *Marie Josephine*, galion espagnol naufragé au XVIIIe siècle, Genevieve Wallace et Thor Thompson ne vont pas seulement devoir apprendre à explorer ensemble les superbes récifs et les eaux cristallines des tropiques au large de Key West. Car Genevieve, confrontée pour la première fois de sa vie à des visions effrayantes qui les guident dans leurs recherches, va, en levant peu à peu le voile sur le mystérieux naufrage, mettre sa vie et celle de Thor en danger…

Best-Sellers n°344 • roman

Le voile des illusions - Jackie Collins

Trois femmes extraordinaires. Trois carrières prometteuses. Trois divorces imminents.

Dans le monde impitoyable d'Hollywood, où les paparazzi font et défont les stars, Shelby l'étoile montante du cinéma, Lola la bombe latino, et Cat la réalisatrice rebelle, découvrent quelles illusions se cachent derrière le voile du succès. Sous les paillettes éclatent les scandales, les jalousies, les trahisons. Difficile alors, de rester fidèle à soi-même… si ce n'est aux autres.

Best-Sellers n°345 • roman

Retour au lac des saules - Susan Wiggs

A présent que sa fille a quitté la maison, Nina Romano s'apprête à réaliser son rêve de toujours : racheter et rouvrir l'auberge du lac de Saules. Aussi est-elle furieuse d'apprendre que la propriété vient d'être vendue… à Greg Bellamy, le fils de riches qu'adolescente, elle aimait en secret. De retour après son divorce, il a encore trouvé le moyen de se mettre en travers de sa route ! Mais quand il lui propose de s'associer avec lui, elle hésite, déchirée entre sa méfiance envers ce rival déloyal, et son attirance pour un Greg encore plus séduisant qu'autrefois…

Best-Sellers n°346 • historique

Une passion irlandaise - Brenda Joyce

Irlande, 1818.

Après le mariage de leurs parents respectifs, Eleanor et Sean grandissent ensemble. Mais, au fil des ans, Eleanor tombe amoureuse de Sean qui, lui, la considère comme sa petite sœur et ne rêve que de partir à l'aventure. Eleanor essaie en vain de le retenir. Quatre ans s'écoulent sans qu'il donne signe de vie, et la jeune fille, refusant de céder au chagrin, se fiance à un autre. Mais, à la veille de son mariage, Sean réapparaît. Eleanor, bouleversée, apprend qu'il s'est enrôlé dans la rébellion irlandaise et est recherché par les troupes du roi. Alors, elle n'hésite pas : peu importe le scandale, elle suivra Sean n'importe où, fût-ce au péril de sa propre vie. Sean l'enlève le jour de ses noces…

Best-Sellers n°347 • suspense

Les mains du diable - Gwen Hunter

Médecin dans le comté de Dawkins, en Caroline du sud, le Dr Rhea Lynch se trouve confrontée à une série d'étranges événements : tandis que les cas de malaises respiratoires se multiplient de manière inquiétante aux urgences, une jeune accidentée dont le corps porte la trace de sévices atroces se livre à des rituels de magie noire au sein de l'hôpital…
Ce roman est le troisième volet de la série consacrée au Dr Rhea Lynch.

Best-Sellers n°348 • roman

Le testament des Gerritsen - Emilie Richards

La Nouvelle-Orléans, 1965.

Aurore Gerritsen vient de rendre son dernier souffle. Respectant ses instructions, son avocat réunit les proches de la vieille dame, à qui il ne lira le testament qu'au bout de quatre jours, toute personne partant avant ce délai perdant son droit à l'héritage. Un héritage considérable, qui suscite tensions et convoitises. En huis clos dans le pavillon d'été de Grand Isle, les uns et les autres, à travers à travers les journaux intimes, les secrets de famille enfouis depuis des années, et la lecture du testament, vont alors découvrir le lien secret qui les unit à Aurore Gerritsen …

Best-Sellers n°349 • suspense

Spirale meurtrière - Meg O'Brien

Agent littéraire à Los Angeles, Mary Beth Conahan se trouve soudain confrontée aux meurtres de son ex-mari et de deux de ses auteurs. Coïncidence ? Au même moment, l'une de ses anciennes amies, dont elle était sans nouvelles depuis des années, frappe soudain à sa porte pour lui demander de l'aide…
Un récit haletant dans lequel secrets et trahisons s'entremêlent pour mieux nourrir le suspense jusqu'au coup de théâtre final.

Composé et édité par les
éditions Harlequin
Achevé d'imprimer en août 2008

par

LIBERDÚPLEX

Dépôt légal : septembre 2008
N° d'éditeur : 13757

Imprimé en Espagne